내가
너였을 때

내가 너였을 때

When I Was You

민카 켄트 장편소설
공보경 옮김

한스미디어

When I Was You

그때나 지금이나

한결같이 격려해주시는 부모님께

차례

* 모든 각주는 옮긴이 주입니다.

| 제1부 |

브리엔

1장

내가 운이 좋았다고들 했다.

의사와 간호사, 그리고 달 없는 하늘 아래 칼에 찔리고 폭행당해 피투성이인 채로 내 사무실 앞 골목에 쓰러져 있던 나를 발견한 경찰까지 다들 같은 말을 했다. "운이 좋아 죽지 않았다"고.

정말 그럴까?

내 인생은 그 사건을 기점으로 나뉜다. 그 사건을 겪은 후로 나는 완전히 다른 사람이 됐다. 더 이상 예전의 나는 없다. 죽은 것이나 다름없는 상태라고 해야 할까?

하지만 하루가 끝날 무렵에도 나는 여전히 숨을 쉬고 있다. 그러니 죽었다고는 할 수 없겠지. 심장은 여전히 고동치고, 혈관에는 그날 밤 수혈받은 낯선 이의 피가 흐른다. 여러 면에서 운이 좋았을 수도 있다. 비록 강박장애, 악몽, 외상후스트레스장애에 시달리고 있긴 하지만.

늦봄의 한기가 여전히 공기 중에 남아 있는 화요일 아침이다. 나는 앞 베란다 그네 의자에 앉아 세상을 둘러본다. 분홍색 베고니아에 물을 주는 옆집 이니드 데이비스에게 손을 흔든다. 털이 비단처럼 부드러운 골든 리트리버들을 데리고 산책 나온, 최근에 은퇴

한 클링엔비어드 부부에게도 미소를 지어준다. 그리고 자전거를 타고 보도를 달려가는 학생들을 멍하니 바라본다. 학생들은 몸에 비해 지나치게 큰 책가방을 등에 메고 바닥의 균열과 연석을 타넘으며 앞서거니 뒤서거니 달려가고 있다.

아침 8시가 막 넘어간 시각이다.

눈처럼 하얀 레인지로버 한 대가 칼리 마셜과 브라이언 마셜 부부의 집 앞에 멈춰 선다. 길 건너, 앤 여왕 시대 양식으로 지어진 집이다. 부동산 매물로 나온 지 8개월이나 된 집인데 호가가 터무니없게 높다.

운전석에 앉은 부동산 중개인 여자가 백미러로 제 얼굴을 들여다본다. 그녀는 앞뒤 길이를 다르게 자른 반짝이는 단발머리를 손으로 매만지고, 도톰하게 부풀린 입술에 립밤을 두 번 신중하게 바른다. 그리고 차에서 내려 당당하게 걸어간다. 밑창이 빨간 그녀의 구두가 눈에 들어온다. 브라이언 마셜과 잠자리를 같이하는 사이겠지. 지금은 아니라고 한다면 앞으로 그럴 계획임이 분명하다. 부동산 중개인이 아침나절부터 고객의 집을 저렇게 뻔질나게 드나드는 건 본 적이 없다. 부동산 시장이 최악일 때도 이 거리에 위치한 앤 여왕 시대 양식의 주택이 수개월 넘게 팔리지 않은 적은 없다.

브라이언이 현관문을 열자 중개인 여자가 안으로 들어간다. 창문의 커튼은 여전히 드리워져 있다. 집 바깥의 삶은 여전하다. 누가 보지 않는다고 생각될 때, 아무도 모른다고 여겨질 때 사람들은 온갖 추잡한 일을 저지르며 나를 경악하게 한다. 마치 그럴 권리라도 있다는 듯 분노를 일으키는 뻔뻔한 짓거리를 서슴지 않는다.

나를 습격해 핸드백과 지갑과 손목시계를 빼앗고 죽게 내버려 둔 뒤 밤의 어둠 속으로 사라진 범인처럼. 한밤중에 몰래 뒤에서 다가와 남의 머리를 건물 벽돌에 처박고 칼로 찌르고 귀중품을 강도질한 뒤 달아난 그놈처럼. 대체 어떤 인간이라야 그런 짓을 저지르고도 깔끔히 잊고 유유히 일상으로 돌아갈 수 있을까. 나는 짐작도 못 하겠다.

적어도 자기가 한 짓을 돌이켜 생각하지 않는 부류일 것이다.

악한 자들은 자신이 저지른 나쁜 짓에 대해 곱씹지 않는다.

내가 칼리 마셜과 좀 더 가깝게 지냈다면, 지나가다 손 한 번 흔들어주는 것 이상으로 친한 사이였다면, 그녀의 남편이 하는 짓에 대해 귀띔이라도 해줬을 텐데. 내가 끼어들 일이 아니긴 하지만 당하는 사람이 적어도 진실을 알고 있기는 해야 하니까.

그것은 신께서 우리에게 주신 권리이고,

우리는 그 권리를 누릴 자격이 있으니까.

최근 6개월 동안 나는 사람들을 관찰하며 많은 시간을 보냈다. 덕분에 유익한 교훈을 얻게 됐으니 영 쓸데없는 짓은 아니었다. 지난 30년 동안 나는 사람들을 크게 의심하지 않고 살았다. 사람들 내면에 존재하는 선량함을 믿었다. 내가 어느 날 〈데이트라인〉 뉴스에 강도를 당한 불쌍한 멍청이로 등장하게 될 줄은 꿈에도 모른 채 그저 순탄한 삶을 살아왔다. 내가 겪은 사건은 전국적으로 보도돼 방구석 탐정들의 탐욕스런 호기심을 채워줄 소재로 내던져졌다. 나는 혹시 그 사건에 관해 뭐라도 알고 있는 사람이 나타나 줄지도 모른다는 생각에 방송에 출연하기까지 했다.

하지만 부질없는 짓이었다.

내 사건은 미지근하게 회자되다가 곧 식어버렸다.

이제 나는 사람들이 얼마나 이기적인지 잘 안다. 사람들은 거짓말을 하고, 바람을 피우고, 남의 물건을 훔치고, 상처를 주고, 조종하고, 비밀을 만든다. 흔해빠진 가면을 쓰고서.

심지어 살인까지 저지른다.

어떤 사람들은 비대한 자아와 본능이 인생이란 차를 운전하게 내버려두고 제정신은 멍하니 조수석에 앉힌 채 자기 잇속만 챙기며 살아간다.

이런 생각에 너무 오래 붙들려 있었는지 머리가 욱신거린다. 이러다 또 두통에 시달리며 온몸의 기운을 뺏길지도 모르겠다. 이미 너무 많은 하루하루를 두통 때문에 망쳐왔다.

클링엔비어드 부부가 금빛 털이 달린 개들을 데리고 또다시 저 앞을 지나가며 내게 손을 흔든다. 나는 고개를 끄덕이고 미소를 지으며 화답한다. 부드럽고 미적지근한 미풍이 불어와 주변의 나무들이 바스락거린다. 몇 초 후 단색 운동복을 입고 발목에 모래주머니를 찬 여자 둘이 길 건너 보도를 따라 빠른 걸음으로 지나간다.

몇 분 뒤 브라이언 마셜의 집에서 부동산 중개인 여자가 나온다. 치마가 살짝 비뚤어졌고 머리를 한쪽 귀 뒤로 대충 넘긴 모습이다. 그녀는 곧장 SUV 운전석에 올라앉아 그곳을 떠난다.

우리 집 쪽으로 향한 브라이언의 집 커튼이 슬쩍 열린다. 그제야 집 안으로 햇볕을 들이는 모양이다. 내 의심이 사실로 확인된 순간이다.

옆집 이니드의 집 베란다에 매달아놓은 풍경이 바람에 흔들리며 딸랑거린다.

레지 번스틴이 집 앞 진입로를 빗자루로 쓸고 있다.

핼버슨네 집 스프링클러가 치익치익하며 잔디에 물을 뿌리기 시작한다.

이 동네에 또다시 아름다운 하루가 시작되려 한다.

집 안으로 들어가기 전 마지막으로 한 번 더 동네를 둘러본다. 백 년 넘은 떡갈나무들 사이로 흩뿌려지는 아침 햇살. 묵직한 머리를 달고 산들바람에 하늘하늘 춤추는 연한 빛깔 모란들. 가죽 끈으로 둘러맨 순종 개들과 함께 산책하다가, 돌아가신 내 외조부모님이 완벽하게 복원해놓은 앤 여왕과 빅토리아 여왕 시대풍의 집을 바라보느라 말뚝 울타리 너머에 멈춰 선 이웃들. 복잡한 문양의 축에 바람개비 장식이 달려 있고 박공지붕이 절반만 올려져 있는 우리 집을 가리키며 그들은 저 집 좀 보라고 서로에게 말한다.

세월의 흐름조차 비껴간 듯 박물관의 전시품처럼 잘 보존된 이 집에서 사는 게 어떤 기분일지 그들은 무척 궁금해할 것이다. 아마 집 주변을 빙 둘러싼 베란다에 나와 레모네이드를 마시고, 성탄절이면 격식 있는 현관 입구에서 손님들을 맞이하고, 퀴너섹블러프시 사교모임 숙녀들과 함께 집 뒤의 장미 정원에서 오후의 차를 마시는 자신들의 모습을 상상하겠지.

여기는 식구가 여럿 있는 가족이 살기에 적합한 집이다. 이런 집을 나 혼자 쓰고 있으니 때로는 미안한 마음이 들기도 한다.

이 집에는 서른 살 여성 브리엔 두그레이가 혼자 살고 있다. 집의 4분의 3은 아예 쓸 일이 없다. 그래서 나는 고풍스런 가구들, 윤기 나는 호두나무 널빤지, 픽페어* 대저택풍의 벽지로 꾸며진 아름다운 방 대부분을 고이 보관하듯 잠가 놓았다. 서재, 부엌방, 앞쪽 응접실도 거의 쓸 일이 없어서 선반 위 인형들처럼 감상용으로 고이 놓아두고만 있다.

집을 팔까도 생각했지만 익숙한 환경이자 안식처인 이 집을 떠나기엔 마음의 준비가 되지 않았다. 아직은.

우편물을 꺼내 들고 집으로 들어와 등 뒤로 자물쇠를 잠근다. 분명히 잠겼는지 재차 확인한다. 편지 더미를 들춰보다가 발신인 주소와 발신인의 이니셜 'HPG'가 적힌 작은 마닐라 봉투를 발견한다. 주방으로 가서 편지 개봉용 칼을 집어 들고 봉투 측면을 따라 내리 긋는다. 봉투를 열고 자그마한 상자를 꺼낸다. 정사각형 모양으로 된 반들거리는 파란 상자다. 뚜껑을 열자 가죽 열쇠고리가 달린 반짝이는 은색 열쇠가 들어 있다.

열쇠를 꺼내 열쇠고리를 뒤집어보니 화려한 글씨체로 'B. D.'라고 돋을새김되어 있다.

B. D.

브리엔 두그레이Brienne Dougray의 이니셜 아닌가.

잠시 후 상자의 뚜껑 안쪽에 붙어 있는 포스트잇만 한 크기의 쪽지가 눈에 들어온다.

* Pickfair. 호화롭고 거대한 주택들이 모여 있는 베벌리힐스의 드넓은 사유지.

브리엔 두그레이 씨,

하코트에 오신 걸 환영합니다!
저희와 함께 즐거운 시간 보내시기를
뢰스힐스Loess Hills의 아름다운 골짜기에서 행복을 만끽하시길 바랍니다.
감사합니다.

HPG(하코트 부동산 그룹) 소속 팀
아이오와주 쿼너섹블러프시

쪽지 반대쪽에는 스콧 피츠제럴드의 소설에서 튀어나온 것 같은, 넋이 나갈 만큼 아름다운 1920년대의 아르데코풍 건물 사진이 유광으로 인쇄돼 있다. 사진 하단 오른쪽 구석에는 웹사이트 주소가 보인다.

공동 소유인 휴가용 주택을 구입하라며 다짜고짜 가짜 열쇠를 보내주는 사기 범죄의 냄새가 난다. 열쇠를 들고 막상 찾아가면 그들은 네 시간 동안 주구장창 발림소리를 늘어놓으며 계약서에 서명하게 하고 인생을 망쳐놓을 것이다.

열쇠를 상자에 도로 넣고 옆으로 치운 뒤 나머지 우편물을 들춰본다.

열쇠에 대해서는 나중에 다시 확인해봐도 될 것이다.

분명 아무것도 아닐 테니까.

2장

화요일 저녁 6시 40분, 우리 집에 세 들어 사는 나이얼이 귀가했다. 나는 그와 함께 저녁을 먹고 싶어서 일부러 느지막이 식사를 차렸다.

종종 그렇게 한다. 나이얼은 그런 내게 늘 고마워하는 것 같다. 나는 요리를 하지 않을 때면 그가 식사하는 모습을 조용히 바라보곤 한다. 그는 칠면조 샌드위치와 사과 한 알, 딸기 맛 그릭요거트 같은 것으로 저녁을 때운다. 대충 먹고 치울 수 있는 차가운 음식이다. 영양가와는 거리가 멀다. 하루에 열두 시간씩 서 있어야 하는 의사인데도 새처럼 조금 먹는다. 그러니 때로는 따뜻한 음식을 먹게 해줘야 한다.

"냄새 좋네요. 뭐예요?"

뒷문으로 들어온 나이얼이 청록색 수술복에 달려 있던 신분증을 떼면서 묻는다.

"셰퍼드 파이*요."

우리 할머니는 위안을 주는 음식을 차려주곤 했다. 덕분에 내가

* 으깬 감자와 다진 고기를 잔뜩 넣은 따끈한 오븐 요리.

만들 줄 아는 요리의 4분의 3은 캐서롤 냄비 요리다.

그가 씩 웃자 낯빛이 환해지면서 뚜렷한 이목구비의 얼굴이 한결 부드러워진다. 크리스털처럼 맑으면서 움푹 들어간 눈동자, 그리고 각진 턱 때문에 진지한 표정을 지으면 인상이 차가워 보인다. 하지만 기분이 좋을 때면 밝은 눈빛 하나만으로도 방 안을 온통 환하게 만들 수 있는 사람이다.

"혼자 먹기엔 양이 많네요."

나는 무심한 척 그를 저녁식사에 초대하곤 했다. 이제는 굳이 초대하지 않아도 그와 나는 함께 저녁을 먹는다. 그가 우리 집에 산 지 몇 개월 됐다. 괴한에게 습격당한 후 혼자 살기가 두려워진 나는 그를 세입자로 들였다.

"잠깐 샤워하고 내려올게요."

그는 지나가면서 두 손으로 내 어깨를 지그시 붙들어준다. 그의 발소리가 이내 이층으로 멀어져간다.

나는 오븐에 타이머를 맞춰놓고 식탁을 차린다.

우리 관계가, 이런 걸 관계라고 부를 수 있을지 모르겠지만 어쨌든, 다분히 플라토닉함에도 불구하고 때로는 그와 더불어 1950년대 스타일로 소꿉장난을 하는 기분이 들곤 한다. 나는 가정주부고 그는 의사이며 내 남편이다. 우리는 가로수가 예쁘게 줄지어 선 거리의 집에서 살고 있다. 우리는 정치나 종교에 대한 얘기는 일체 하지 않으며 우리 인생에서 가장 즐거운 이야기만 오로지 입에 올린다. 다만 우리에겐 두어 명의 자식이나 구식 로맨스, '프리즈비'라는 이름의 보더콜리 개는 없다.

사실 어떤 사이든 상관없다. 그와 함께 있는 동안에는 내가 괴물이라는 생각이 들지 않는다. 그와 함께 있으면 잊게 된다. 나이얼 덕분에 내 외로움의 시간은 하루에 한두 시간으로 줄었다. 그가 곁에 있는 동안 나는 내 인생 자체가 되어버린 괴상한 거품에서 잠깐씩이나마 벗어날 수 있다.

몇 분 뒤 나는 식탁 앞에 앉는다. 김이 모락모락 나는 셰퍼드 파이가 우리 할머니의 쇠 삼발이 위에 놓였다. 배 속에서 꼬르륵 소리가 난다. 정오도 되기 전부터 아무것도 먹지 않았지만 그래도 꿋꿋이 예의를 차려 그를 기다렸다. 자물쇠가 잠겼는지 확인하려고 앞문을 흘끗 쳐다본다. 현관문 자물쇠를 하루에 몇 번씩 확인해도 마음이 놓이지 않는다. 언제 또 봉변을 당할지 모른다며 다음 상황을 끝없이 머릿속으로 떠올려본다.

팔꿈치를 식탁에 대고 두 손으로 턱을 받친다. 식당 창문에 드리운 레이스 커튼 너머를 보니 창밖 하늘은 이미 한참 전에 황혼에 물들었다.

상념에 잠긴 지 얼마나 지났을까. 나뭇가지 모양의 오래된 놋쇠 샹들리에가 천장에서 깜박거리며 시선을 잡아끈다.

그때 팟! 하는 날카로운 소리와 함께 어둠이 쏟아진다. 마비된 폐 안에 공기가 갇혀버린 듯 순간적으로 숨을 쉴 수가 없다.

유리창으로 흘러드는 빛 말고는 집 안이 온통 캄캄하다.

"나이얼?"

이층 계단 쪽을 향해 소리친다. 허벅지에 얹은 두 손바닥이 식은땀으로 촉촉이 젖는다. 그의 대답을 기다릴 새도 없이 곧장 주방으로 달려가 서랍에 넣어둔 열쇠를 꺼내 든다. 단지 두꺼비집의 누전차단기가 내려갔을 뿐인지도 모르지만, 최소한의 예방 조치도 없이 칠흑 같은 집 안을 돌아다닐 순 없다. 퇴원하고 제일 먼저 한 일 중 하나가 열쇠고리에 매달 수 있는 휴대용 방범장치 몇 개를 주문한 것이었다. 후추 스프레이, 호신용 경보기, 소형 전기충격기, 그리고 손가락에 끼워 주먹으로 공격할 때 쓰는 놋쇠 너클 같은 것.

싱크대 옆 찬장에서 초 몇 개를 꺼내 식탁 한가운데 놓고 라이터로 불을 붙인다. 불빛이 약하긴 해도 어둠 속에서 발이 걸려 넘어지는 것보단 나을 것이다.

라이터를 들고 주방 쪽으로 돌아서던 순간이었다. 뭔가에 쿡 부딪히고 만다. 문간에 서 있던 나이얼에게! 가슴이 철렁하고 확 아리다. 어찌나 놀랐는지 심장이 목구멍까지 솟구칠 뻔했다.

"이런……." 그의 부드러운 목소리가 연고처럼 내 마음을 어루만진다. "놀라게 할 생각은 없었어요." 그가 떨리는 내 손을 붙잡고 달랜다.

흙내 같기도, 소독약 냄새 같기도 한 티트리오일 바디워시 향기가 그의 따뜻한 몸에서 풍겨 나온다. 어둠 속에서도 촉촉이 젖은 그의 머리가 눈에 띈다. 한쪽으로 가르마를 타서 단정히 빗어 넘긴 모습.

"전기면도기를 쓰던 중이었는데 뭔가 잘못됐나 봐요."

그제야 나는 숨을 크게 내쉰다. 그의 말이 어둠의 이유 전부일 것이다. 이 낡은 집은 전기 공사를 한번 해줘야 한다. 하지만 낯선 사람들이 며칠, 어쩌면 몇 주일간 이곳을 들락거리며 공사할 걸 생각하면 그냥 참고 살자는 쪽으로 마음이 기울어버린다.

"손전등 있어요?"

나이얼이 내 손을 놓아주며 묻는다. 나는 그와 문틀 사이를 비집고 주방으로 건너간다. 주방의 잡동사니 서랍을 뒤져 검은색 소형 손전등을 꺼낸다.

손전등을 받아 든 그는 차분하게 지하실 문으로 걸어간다.

"전기분전함을 마지막으로 들여다본 게 언제죠? 교체할 때가 된 것 같은데."

그가 손전등을 딸깍 켜고 아래층으로 내려간다.

나는 촛불이 놓인 식탁으로 돌아간다. 일렁이는 촛불을 바라보며 마음을 진정시키고 있는데 천장의 샹들리에가 깜박깜박하더니 이윽고 살아난다.

가끔 일어나는 일이다. 누전차단기가 내려가 정전이 되는 일. 다만 오늘처럼 해가 지고 어두울 때 정전이 된 건 처음이다.

지금 이 순간 나이얼이 집에 함께 있어서 얼마나 다행인지! 나는 지하실이 늘 싫었다. 퀴퀴한 냄새, 선반에서 수십 년 넘게 잠자고 있는 채소 통조림들, 기분 나쁘게 생긴 금속 난방기, 세찬 북풍이 불어올 때마다 삐걱삐걱 신음하는 집과 그 소리가 한층 증폭되어 들리는 지하실.

"손 다 봤습니다."

이 분쯤 지나 돌아온 나이얼이 말한다.

내 뺨이 발그레하게 달아오른다. 내가 오버했다는 거 알고 있다. 아무것도 아닌 일로 수선을 떨고 말았다. 하지만 내 몸이 투쟁도피반응*을 보이기 시작하면 안전을 위협하는 요소가 사라진 후

* 갑작스런 위협 앞에서 자동으로 나타나는 생리적 각성 상태로, 자신을 보호하기 위한 방어 조치와 같다.

에야 비로소 경계심이 누그러진다. 부상에서 회복되는 동안 새삼 깨달은 사실이다.

나이얼은 식탁을 앞에 두고 내 옆으로 와 앉는다.

"날 기다려줄 필요는 없는데."

나는 그의 말에 굳이 대꾸하지 않고 살짝 미소 지으며 "어서 들어요"라고 말한다. 방금 전 수선을 떨어대던 내 모습을 우리 둘의 기억에서 지워버리고 싶다. 우리는 집주인과 세입자의 관계지만 나는 늘 그를 내 집을 찾아온 손님처럼 대우한다. 이를테면 친구처럼. 그와 함께하는 시간을 내가 좋아한다는 걸 그가 알았으면 좋겠다. 그가 환영받는 존재로서 이 집에서 편안히 머물기를 바란다.

여기는 그의 집이기도 하니까.

"배고파 죽겠네요." 나이얼은 음식을 접시에 옮겨 담는다. "오늘은 점심을 챙겨 먹기는커녕 배고프다는 생각조차 할 틈이 없었어요."

화요일은 그가 제일 바쁜 날이라고 전에 말한 적이 있다. 주초에 수술이 많이 잡힌다고 했다. 그래야 주말 전에 복잡한 문제나 비상사태가 발생했을 때 의사들을 호출하기가 쉽기 때문이다.

"당신이 없었으면 내가 제대로 먹지도 못하고 어떻게 살아남았을까 싶어요." 그는 내 쪽으로 서빙용 큰 접시를 밀어주며 싱긋 웃는다. "오늘 잘 지냈어요?"

나는 그가 이런 질문을 하는 게 싫다.

"늘 똑같아요."

그는 캐묻지 않는다. 이미 답을 알고 있기 때문이다. 그를 이 집에 들이기에 앞서 나는 내가 처한 상황에 대해 털어놓았다. 하숙계약서에 서명하기 전, 그가 궁금해하는 부분에 대해 최대한 대답해주는 게 옳다고 생각했기 때문이다. 서른 살 여자가 이렇게 큰 집에 혼자 살면서 종일 하는 일 없이 창밖을 내다보며 이웃 사람들 구경이나 하고 있는 게 일반적이진 않으니까.

다행히 동정심이 많은 나이얼은 내게 도움이 될 만한 곳을 소개해주고 추천해주는 등 내 처지를 진심으로 이해해준다. 나를 돌봐주고 내 회복에 일조하고 싶어 하는 마음이 엿보인다.

그런 점에서 보면 내가 정말 운이 좋은지도 모르겠다.

나이얼과 나는 음식을 먹으며 친근한 눈빛을 주고받는다. 그와 함께 있으면 말없이 이해받는 기분이다. 다른 이와는 불가능한 공감대다. 친해진 지 얼마 되지 않았고 편의상 형성된 관계임에도 불구하고 여러 면에서 그를 평생 알아온 것 같은 느낌이다.

그가 예전의 나를 알았으면 좋았을걸. 내가 활기차게 사회생활하던 시절. 아침, 점심, 저녁 가리지 않고 휴대폰으로 쉴 새 없이 전화며 문자가 오던 시절. 당시 나는 모두가 부러워할 만한 휴가 계획을 세우곤 했고, 흥미로운 대화 주제도 많았고, 얼굴에서 미소가 떠나지 않았다.

어쩌면 내면 깊숙한 곳에는 아직 예전의 내가 존재할지 모른다. 나는 무너진 심리의 잔해와 감정의 잿더미 아래서 예전의 나를 끄집어내려 애쓰고 있다. 예상보다 오래 걸리고 있지만 아직 포기하진 않았다.

우리는 말없이 식사를 마친다. 그는 의사로서 환자의 비밀을 지켜야 할 의무가 있기에 그날 하루에 대해 길게 말하지 않는 편이다. 얘기하더라도 두루뭉술하게 넘어가곤 한다. 그는 의사들끼리만 이해하는 농담을 잘 하는 편이라 나는 예의상 웃어준다. 오늘 저녁은 배도 부르고 기분도 괜찮고 분위기도 적당히 고요해서 하루가 흡족하게 마무리되는 것 같다.

먼저 식사를 마친 나이얼은 접시를 싱크대 개수대로 가져간다. 잠시 후 물 쏟아지는 소리가 들린다. 다 먹은 접시를 들고 그의 곁에 가보니 따뜻한 세제 물이 개수대 절반쯤 채워져 있다. 그는 긴 팔에 고무장갑을 끼고 거품이 보글보글 나는 물에 스펀지를 담근 뒤 접시 하나를 물에서 끄집어낸다.

"설거지 안 해도 되는데요."

"무슨 그런 말씀을."

우리는 늘 이렇게 밀고 당긴다. 내가 요리를 하면 그는 설거지를 하겠다고 고집을 부린다. 나는 그럴 필요 없다고 말하면서도 속으로는 무척 고맙다.

사람의 목숨을 구하는 그의 귀한 손이 냄비와 프라이팬, 포크를 스펀지로 문질러 닦고 있다. 강인한 어깨의 근육이 팔 동작에 맞춰 부드럽게 움직인다.

잠시 후 나는 서랍에서 마른 행주를 꺼내 그가 씻어놓은 접시들을 닦아 정리한다.

나이얼과 나. 우리는 좋은 팀이다.

설거지를 마친 그는 고무장갑을 벗어서 싱크대 옆에 나란히, 깔끔하고 산뜻하게 걸쳐둔다.

"그만 올라가 볼게요." 그는 날씬한 엉덩이에 두 손을 짚고 말한다. 나는 시계를 흘끗 돌아본다. 아직 이른 시간이다. 실망한 마음을 밝은 미소 뒤에 감춘다. "서재에 있을 테니 필요하면 불러요."

두 달 전 나이얼은 위층의 빈 방 중 하나를 서재로 써도 되는지 물었다. 그러라고 하자 그는 코냑색 체스터필드 가죽소파, 고전과 의학 교과서로 가득한 책장, 초록색 갓이 달린 뱅크스 램프와 마호가니 책상을 그 방에 채워 넣었다.

나는 그에게 저녁때 뒤쪽 응접실에 와서 함께 편하게 텔레비전을 봐도 된다고, 퇴근해서 이층에 줄곧 혼자 머물지 않아도 된다고 몇 번이나 말했다. 하지만 그는 긴 하루를 마치고 나면 혼자 있어야 비로소 긴장이 풀린다고 했다. 홀로 서재에 들어가 문을 닫고 차분히 하루를 마감하는 게 좋은 모양이다.

"잘 자요."

어느새 그는 시야에서 사라진다.

나는 내 방으로 가 회색 플란넬 잠옷 바지와 부드러운 저지 티셔츠로 갈아입고 주방으로 돌아온다. 밤마다 마시는 캐모마일 차를 우려내고 멜라토닌 3밀리그램을 복용하기 위해서다.

나는 밤에 좀처럼 잠을 이루지 못한다. 그렇다고 약효가 센 수면제를 복용할 수도 없다. 처방받은 수면제를 먹으면 몇 날 며칠 내리 자버리게 되고, 처방전 없이 산 약을 먹으면 잠들지는 못하고 다음 날 정신만 혼미하다. 두 가지 약을 적당히 섞어 먹으면 약효도 어느 정도 있고 야간공포증도 거의 밀려들지 않는다.

찻주전자를 개수대로 가져가 수도꼭지 아래 받쳐 들고 온수 손잡이를 돌린다. 물이 채워지는 동안 잠시 몽상에 잠긴다. 머릿속에서 나는 집이 아닌 다른 곳에 가 있다. 세인트토머스섬이다. 2년 전 동성 친구들과 함께 그 섬에 놀러 가 8일 동안 지낸 적이 있다. 눈부신 햇살과 모래사장, 특대 사이즈의 칵테일 잔에 꽂힌 선명한 색깔의 앙증맞은 우산 장식으로 빛나던 나날이었다.

재미있네. 그때 우리 넷은 무척 친했는데, 내가 괴한에게 습격당한 후로 친구들은 이유도 말해주지 않고 내 인생에서 사라져 버렸다.

내 삶은 늘 그런 식인 것 같다…… 주변 사람들이 말도 없이 내 곁을 떠나는 삶.

친구들에 앞서 엄마가 그랬다. 어느 날 엄마와 나는 조금씩 녹아내리는 아이스크림 콘을 먹으며 공원에서 놀았는데, 다음 날 엄마는 언젠가 데리러 오겠다는 말과 함께 나를 외가에 맡겼다.

그리고 그날 이후로 돌아오지 않았다.

과거에 대한 상념을 떨치고 현재로 돌아온다. 찻주전자에 물이 넘치고 있다. 주전자를 옆으로 옮겨 든 채 수도꼭지 너머 창문으로 눈을 돌려 유리창에 비친 내 모습을 바라본다. 그리고 비명을 지르고 만다. 내 뒤에 키 큰 사람의 형체가 서 있었다. 나는 묵직한 주전자를 개수대에 떨어뜨리고 뒤로 물러선다.

나이얼이 다가와 두 팔로 나를 감싸고 잔잔한 목소리로 속삭인다.

"나예요."

따뜻한 기운이 내 온몸을 감싼다. 잠시 후 그가 나를 품에서 놓아준다.

나는 쿵쾅대는 가슴에 손바닥을 얹는다.

"오는 소리 못 들었어요."

"미안합니다." 그는 두 팔을 약간 들어 올리며 말한다. "일하면서 소리 없이 걷는 게 습관이 돼서. 괜찮아요?"

그는 이마에 주름을 잡으며 내 어깨에 한 손을 얹는다. 놀라게 해서 몹시 미안해하는 표정이다.

"예, 괜찮아요."

나는 고개를 끄덕이고는 물이 잔뜩 쏟아진 싱크대 카운터 쪽으로 돌아선다.

"내가 닦을게요." 그는 재빨리 카운터의 물을 닦고 찻주전자를 가스레인지에 올린다. 이 남자는 그야말로 사람들을 돌보는 일이 직업인 사람이다. "뒤쪽 응접실에 가서 앉아 있어요. 내가 차를 갖다 줄게요."

나는 지나치게 예의를 차려 짜증을 유발하는 부류로 취급받고 싶지 않아 그가 하는 대로 두기로 한다. 뒤쪽 응접실로 가서 텔레비전 리모컨을 집어 들고 저녁 뉴스 프로그램 채널로 돌린다. 수다쟁이 주부들이 나오는 리얼리티 쇼를 보고 싶은 마음이 굴뚝같지만, 그에게 내 지적인 면을 과시하고 싶다.

사실 요즘 나는 온통 정신적 탈출구를 찾을 생각뿐이다.

잠시 후 나이얼이 뒤쪽 응접실 문간으로 들어온다. 그의 단단한 손이 받침접시에 올린 장미 무늬 도자기 찻잔을 들고 있다.

"여기 있어요."

그는 내 앞의 티테이블에 잔을 내려놓는다.

"당신밖에 없네요." 나는 담요를 끌어당겨 무릎을 덮는다. "여기 좀 있다가 갈래요? 마침 기후변화에 대한 뉴스 특집을 보던 중이거든요. 흥미로워요."

거짓말이다. 물론 나는 습관적으로 거짓말을 하지는 않는다. 그가 내 곁에 있어주길 간절히 바랄 때가 종종 있는데 지금도 그렇다. 그가 아니라 누구라도 좋다. 괴한의 습격을 받은 후 외로움이 부작용으로 남았다. 외로움의 부작용은 이렇게 때때로 간절히 고개를 치켜들며 거짓말을 하게 만든다.

"내일 아침에 일찍 나가 봐야 해서요." 그는 눈가에 잔주름을 잡으며 미안해하는 표정을 짓는다. 그의 말은 사실이다. 그는 수요일마다 아침 6시까지 출근해야 하는데, 그러려면 새벽 5시 반에 집에서 나가야 한다. "다음에 같이 봐도 될까요?"

나는 앞으로 몸을 기울여 찻잔과 받침접시를 들어 올린다.

"그럼요."

"잘 자요."

그는 이 말을 하고 나서 잠시 머뭇거린다. 어두운 응접실에서 텔레비전 화면의 깜박이는 빛이 그의 얼굴에 어둑한 그림자를 드리운다. 그의 눈빛에 슬픔이 어려 있는 듯하다.

아니면 동정심이거나.

그는 나를 불쌍하게 보는 모양이다.

나이얼은 돌아서서 응접실을 나간다. 문득 우리가 친구가 아닐지도 모른다는 생각이 든다. 지난 몇 달간 한 집에 살면서 내 대화 상대가 자기밖에 없다는 걸 눈치채고 나를 가엾게 여기는 걸까?

그의 짐작은 틀리지 않았다.

3장

수요일 아침, 나는 다시 조심스레 앞 베란다로 나간다. 나무 그네에 앉아 커피를 마시며 세상이 깨어나는 풍경을 바라본다. 우편으로 열쇠를 보내온 HPG라는 곳에 아침 일찍이 전화를 한다. 그리고 블론드 로스트 커피를 새로 끓이고 날씨를 확인한 뒤 옷장에서 니트 카디건을 꺼낸다.

집 주변 떡갈나무 가지에 앉은 개똥지빠귀들이 지저귀고, 한 무리의 학생들이 자전거를 타고 보도를 달려 내려간다. 뒤처진 한 아이가 친구들에게 기다리라고 소리친다.

몇 주 후 방학이 되면 동네의 낮 풍경이 좀 더 활기차게 될 것이다. 좀 더 안전해진다는 뜻이다. 주변에 사람들이 있는 게 좋다. 증인들이니까. 어떤 일이 벌어질지는 아무도 모른다. 애들이라도 눈은 있다. 남의 이목을 끌고 싶지 않은 자들에게 목격자의 시선은 범죄에 대한 의지를 꺾게 만든다.

나를 공격한 자에 대해 생각해본다. 지갑을 가져갔으니 내가 어디서 사는지 알 것이다. 무작위로 강도 짓을 한 게 아니라면, 다시 돌아와 내 목숨을 끊을 작정이라면, 어디로 찾아가야 하는지 정확히 알 것이다. 하지만 경찰들은 범인이 무작위로 범행 대상을 고른 거라고, 공격하기 쉬운 대상을 찾은 것뿐이라고 말했다. 그 일은 11월의 어느 화요일 밤에 일어났다. 나는 광장에 있는 내 일터인 보험회사에서 늦은 시간까지 일하고 있었다. 책상을 비추는 천장의 형광등 불빛 아래 혼자 일하고 있던 내 모습을 범인은 아마 봤을 것이다. 내가 사무실을 나와 앞문을 잠그고 어두운 골목으로 들어가는 모습도 봤을 것이다. 그다음 일어난 일은 누구나 아는 바다.

나는 범인이 나를 무작위로 고른 것이길, 내가 운이 없어 그 시간에 그곳을 지나가다가 우연히 당한 것이길 신께 빈다. 나를 그 정도로 적대시할 만한 사람을 딱히 떠올릴 수가 없다. 그런데 그 공격을 받았던 해의 일들은 머릿속에서 어렴풋하기만 하다. 뇌 손상을 입을 만큼 큰 충격을 받은 탓일 것이다.

동네 길고양이 울음소리가 희미하게 들린다. 시선을 돌리니 얼룩고양이 한 마리가 현관 앞 계단을 올라오고 있다. 내가 어렸을 때 키웠던 통통한 고양이를 닮아서 몰래 비어트리스라는 이름을 붙여준 녀석이다.

비어트리스가 꼬리를 살짝 말고 뽐내듯 내게 걸어온다. 명랑한 노란 눈으로 나를 올려다보며 야옹거린다. 이내 그늘 위로 훌쩍 뛰어 올라 내 곁에 자리를 잡고 내 팔에 볼을 비벼댄다.

몇 번 본 게 다인데도 비어트리스는 마치 나랑 절친인 양 군다. 내가 딱 한 번 준 참치와 우유 때문이겠지.

"미안해, 지금은 못 줘."

나는 고양이가 내 말을 알아듣기라도 하는 듯 말한다.

이 암고양이는 깡마르지도, 털이 지저분하지도 않다. 내가 멋대로 길고양이라고 부르고 있긴 하지만 아마 누군가의 집에서 사는 산책냥이일 가능성이 높다.

혹시 비어트리스에게 머물 집이 필요하다고 해도 나는 녀석을 집에 들일 수가 없다. 언젠가 나이얼이 자기는 꼬리 달린 네발 짐승에게 심한 알레르기가 있다고 한 적이 있어서다. 티베탄마스티프Tibetan Mastiff나 타이리지백Thai Ridgeback 같은 경비견을 기르고 싶었던 터라 그의 알레르기가 못내 아쉬웠다. 부드럽고, 멋지고, 주인에게 지독히 충성스런 녀석을 곁에 두고 싶었는데.

비어트리스가 계속해서 야옹거린다.

마음이 아프다. 진심으로. 나는 내 무정함을 벌충해주려고 비어트리스의 귀 뒤를 몇 번 쓰다듬어준다.

잠시 후 저 멀리 있는 뭔가를 쫓으려 자리에서 일어난 비어트리스가 옆집 이니드 데이비스네 모란 덤불 사이로 모습을 감춘다.

나는 커피를 한 모금 마시고 앞 베란다 너머, 말뚝 울타리 건너쪽을 바라본다. 두 아주머니가 요크셔테리어와 미니어처슈나우저를 데리고 산책하고 있다.

내가 아는 사람들이다. 옆 블록에 사는 이웃들. 그들은 늘 퀸스대로를 느긋하게 걸어와 이 앞에서 걸음을 멈추고 우리 집 쪽을 멍하니 쳐다보곤 한다.

오늘은 내가 있어서인지 괜히 다른 곳을 보는 척한다.

지켜보는 이가 없었으면 분명 우리 집을 쳐다봤을 것이다. 그들도 여길 빤히 쳐다보는 게 실례인 줄은 알 거다. 이 집의 외부에 대해 자기네끼리 이러쿵저러쿵 떠들듯이 내부에 대해서도 그만큼 떠들고 있지 않을까.

저들은 나를 동정한다.

남몰래 그러지 말고 차라리 나를 동정하는 사람들 모임에 정식으로 가입하라고 말해주고 싶다.

날카로운 휴대폰 벨소리에 부연 상념의 진창에서 깨어난다. 그네에서 일어나 집 안으로 들어가 등 뒤로 문을 잠그고 현관 입구의 선반에 놓인 휴대폰을 집어 든다.

화면에 모르는 번호가 떠 있다.

"여보세요?"

"안녕하세요, 브리엔 씨."

여자 목소리다.

"예?"

"하코트 부동산 그룹의 해리엇입니다. 일전에 연락 주셨죠?"

"예." 나는 그런 척 말을 잇는다. "이틀 전에 우편으로 열쇠를 받았어요. 이게 무슨 열쇠인지……?"

해리엇은 흡연자처럼 깊은 쇳소리를 내며 웃는다.

"농담도 참 잘하시네요."

나는 그 말에 대꾸하지 않는다.

"2주일 전쯤 저희를 찾아오셨잖아요."

나는 몸이 굳어 조용히 듣고만 있다.

"원룸을 임대하고 6개월치 월세를 내셨고요." 그녀는 여전히 쿡쿡 웃으며 말한다. "설마 잊어버리신 건 아니죠?"

나는 무어라 대답을 꾸며낼 수가 없다.

"저희는 고객님들을 위해 계약일 전에 열쇠를 우편으로 보내드리고 있어요. 요청하신 대로 내일부터 원룸을 사용하실 수 있어요."

'브리엔 두그레이'라는 여자가 몇 명이나 될까? 한 동네에 두 명이 있을 수 있나?

말도 안 된다.

해리엇은 노래하듯 말한다.

"여보세요? 아직 안 끊으셨죠, 두그레이 씨?"

나를 습격한 누군가가 다크웹Dark Web, 그러니까 인터넷 암시장 같은 곳에 내 신분을 팔았을 가능성이 있다. 나인 척하는 여자가 내 이름으로 원룸을 임대했다면, 내 인생을 피폐하게 만들고 악몽처럼 나를 괴롭히는 질문에 대한 답을 그녀가 줄 수도 있지 않을까.

"예, 혼란스럽게 해드려서 미안합니다. 전화까지 해주시고 고맙습니다."

전화를 끊는데 이마에 식은땀이 맺히고 복부가 묵직하게 짓눌리는 느낌이다.

이건 큰 단서일 수 있다.

6개월이 다 되도록 우리는 범인에 대한 실마리 하나 찾아내지 못했다.

범인을 잡으려면 일단 내 이름으로 원룸을 임대한 여자가 경계심을 갖도록 해서는 안 된다. 내가 접근하는 걸 알아챈 순간 여자는 도망쳐버릴 수 있다.

심장이 쿵쾅쿵쾅 뛰는 소리가 귓속을 울린다. 주변의 공기가 후끈 달아오른 듯하다. 새로이 얻게 된 충격적인 정보로 인해 내면의 가장 깊숙한 곳이 흔들리고 있다. 나도 모르게 현관 앞 복도를 서성인다. 얕은 숨을 쉬면서 빠른 걸음으로 앞으로 갔다 뒤로 갔다를 반복한다.

무력감이 압도적인 무게로 내 온몸을 뒤덮는다. 손가락으로 머리채를 쓸어 올리고 욱신거리는 관자놀이를 손으로 문지른다. 무의식적으로 일층을 한 바퀴 쭉 돌면서 문과 자물쇠, 창문의 상태를 확인한다. 나와 바깥세상 사이의 추가 보호막이 제 기능을 하고 있는지 알아야 한다.

잠시 후 호흡이 진정되고 나서야 비로소 초조한 걸음을 멈춘다.

또다시 범죄 피해자가 될지 모른다는 생각, 누군가 내 신분을 도용해 이미 끔찍한 일을 겪은 나를 또 괴롭히려 한다는 생각을 분노로 곱씹으며 종일 시간을 허비할 수 있다. 두통약을 먹고 몽롱한 상태로 이틀 정도를 흘려버릴 수도 있다.

하지만 내 행세를 하는 '또 다른 나'를 찾으려면, 합법적으로 내 것인 신분을 되찾으려면 정신이 맑아야 한다. 차분해야 한다. 섣불리 과잉반응을 해서는 안 된다.

예전엔 내가 사냥을 당했지만,

이젠 내가 사냥을 할 차례인지도 모른다.

4장

수요일의 대부분을 전략을 짜며 보내고 있다.

무턱대고 쳐들어가 상투적으로 총부터 들이대며 브리엔 두그레이라는 이름을 훔친 여자에게 내 신분을 내놓으라고 요구할 수는 없다. 그랬다간 미친 여자로 몰려 경찰차 뒷좌석에 실린 채 집으로 돌려보내질 공산이 크다. 온 동네 사람들이 커튼 뒤에서 창밖을 내다보며 저 불쌍한 젊은 여자가 드디어 완전히 돌았구나 할 것이다.

가급적 품위 있고 우아하게, 진취적으로 대처해야 한다. 전략적으로 처신해야 한다. 행동에 나서기 전에 내가 처한 상황을 제대로 파악해야 한다.

동명이인을 찾아주는 사이트 '하우매니오브미How Many of Me'를 통해 알아보니 미국에 이름이 '브리엔'인 사람은 1700명이 못 된다. 성이 '두그레이'인 사람은 122명 정도이고, 이름이 '브리엔 두그레이'인 사람은 한 명뿐이다.

신용조회 사이트에서 내 신용 상태를 확인해본다. 마지막으로 확인해본 게 언제였는지 기억도 나지 않는다. 화면 상단에 행복하게 웃는 모습의 초록색 얼굴 일러스트가 나타난다. 지난 12개월간 신용 상태를 확인한 적이 없고, 새로 만든 계정도 없고, 최근에 신용 관련 활동을 한 적도 없고, 신용점수는 여전히 양호한 814점이다.

어떤 여자인지 몰라도 내 신분은 훔쳤으되 내 신용 정보는 도용하지 않았다. 아직은.

화이트페이지Whitepages, 피플파인더PeopleFinder, 트루스파인더TruthFinder, 피플Pipl, 패스트피플서치FastPeopleSearch, 스포키오Spokeo 같은 사람 찾기 사이트를 차례로 뒤져본다.

클릭. 클릭. 클릭.

'브리엔 로럴린 두그레이'처럼 엉뚱한 중간 이름이 들어간 사람이 검색되거나, 내 집 주소와 전화번호 일부만 애매하게 노출되고 나머지는 결제를 해야 보여주는 식의 정보들뿐이다.

두 손에 얼굴을 묻고 숨을 깊게 들이마신다. 관자놀이를 손가락으로 꾹꾹 누르다가 두피를 문지르며 긴장을 풀어준다.

사설탐정을 고용하지 않는 이상 더 찾아낼 수 있는 정보는 없을 듯하다. 금융사기 사건도 아니니 경찰을 찾거나 FBI에 신고할 수도 없다. 가명을 쓰는 게 딱히 불법도 아니다. 유명인이나 고위 인사들은 늘 그렇게 한다. 어쩌면 철저한 신분 확인 없이 임차인을 받는 아파트일 수도 있지 않을까? 임차인에게 이름과 서명, 최근 은행 잔고 증명서 외에는 아무것도 요청하지 않는 수상한 집주인도 많다. 눈앞에 현금 다발을 들이밀거나 임대료를 미리 지불하기만 하면 임차인 이름이 에이브러햄 링컨이라 한들 아무 문제도 안 된다.

줄곧 책상 앞에 앉아 컴퓨터 화면을 들여다보던 나는 피곤해진 눈을 문지르며 이만 일어선다. 주방 쪽으로 걸어가는데 양 무릎에서 두둑 소리가 나고 오른쪽 어깨가 결린다. 답을 찾는답시고 인터넷을 뒤지느라 몇 시간을 허비한 결과다. 바깥을 내다보니 땅거미가 깔리기 직전이다. 내가 꽤 여러 시간 그러고 있었던 모양이다.

주방으로 천천히 걸어가 차가운 카베르네 와인 한 병과 대 없는 와인 잔을 집어 든다. 예전에는 퇴근하고 오면 밤마다 레드 와인을 한 잔씩 따라 마셨다. 저녁의 작은 축배를 기대하면서 하루를 보내기도 했다. 최근에는 특별한 때만 이 와인을 꺼내 마신다. 이를테면 나이얼과 함께하는 저녁식사 같은 때. 그와 함께 시간을 보낼 때는 레드 와인만 한 게 없다.

주방 카운터에 몸을 기대고 와인을 조금씩 마신다. 어느새 눈빛이 흐릿해진 나는 오늘 무수히 답을 찾아 헤맨 과정을 머릿속으로 되짚어본다. 어디서부터 시작해야 할지 막막하다.

그러다 문득 그 생각이 떠오른다.

소셜미디어.

그래.

요즘은 사람들에 대한 정보를 알아낼 때 구글로 검색하는 경우는 거의 없다. 대부분 핀터레스트Pinterest나 스냅챗Snapchat, 트위터, 인스타그램 등을 들여다본다. 나는 인터넷 친구들과 낯선 이들에게 내 일상의 세세한 부분까지 드러내는 걸 결코 좋아하지 않는다. 그런 면에서 소수 집단에 속해 있다고 할 수 있다.

페이스북부터 시작해보기로 한다. 사용자가 20억 명이 넘으니 그 여자를 찾을 가능성이 높지 않을까? 쓰고 버릴 이메일 주소로 임시 계정을 만드는 데만 몇 분이 걸린다. 클릭을 몇 번 하고 설정 프롬프트들을 전부 무시하자 마침내 제대로 검색 결과가 뜨기 시작한다.

어느새 미지근해진 와인을 한 모금 마시고 검색창에 내 이름을 친다. 엔터 키를 친 뒤 숨을 죽이고 결과를 확인한다.

—브리언 두그레이

—브리앤 두그레이

—브리앤 올컷-두그레이, DDS

—브리애나-딜런 두그레이

—브리엔 두그레이

뭐야!

놀란 나는 손으로 입을 막으며 작은 정사각형에 담긴 한 여자의 사진을 들여다본다. 나를 빼닮은 얼굴이지만 절대 나는 아니다.

나는 페북 계정이 없다. 만든 적도 없다.

그 여자의 페북 페이지를 훑어보며 로딩을 기다린다. 곧 웃고 있는 여자의 사진들이 홍수처럼 쏟아진다. 윤기 나는 흑갈색 단발머리의 그녀는 소셜미디어 프로필을 삶의 환희로 가득, 정성을 다해 채워놓았다. 프로필을 보고 있자니 머릿속이 오염된 기분이다.

'소개'란에는 그 여자가 퀴너섹블러프시의 오팔그린Opal Green 홍보대행사에서 일한다는 간략한 설명이 적혀 있다.

시카고의 '더 빈The Bean'이라는 유명 조각상 옆에서 찍은 여자의 사진이 보인다. 에펠탑 옆에서 찍은 사진도. 너저분한 금발과 탄탄한 체격에 버버리 스카프를 두른 잘생긴 남자와 함께 찍은 사진도. 모슬린 천으로 감싼 아기를 안고 있는 사진에는 새로 태어난 조카가 너무 예쁘다는 글이 적혀 있다. 일상의 모습뿐이지만 나는 집요하게 한 장 한 장 클릭하고 마우스를 쥐었다 놓았다 하면서 미세한 단서라도 찾기 위해 화면을 확대해 들여다본다.

이제 그만 다른 사이트를 살펴봐야지 하는데, 문득 이 여자의 친구 목록을 확인해봐야겠다는 생각이 든다.

큰 기대는 하지 않는다. 다크웹에서 내 신분을 돈 주고 샀다면 굳이 내 지인들과 친구맺기할 이유는 없을 것이다. 하지만 전체적으로 괴상한 이 상황에서, 어쩌면 핵심에 가까이 왔을 수도 있는데 친구 목록을 확인해보지 않고 넘어가는 건 태만한 짓일 것이다.

땀에 젖은 손바닥을 허벅지에 문질러 닦은 뒤 커서를 움직여 친구 목록으로 가져간다. 친구 이름을 검색하는 난부터 털어보는 게 제일 쉬울 듯하다.

검색란에 '두그레이'라고 치자 이 여자와 친구맺기한 내 가족들 이름이 뜬다.

세 명이다. 데니스 두그레이(내 친할아버지의 남자 형제, 코네티컷주 거주), 클라우디아 두그레이(내 친할아버지의 여자 형제, 캘리포니아주 거주), 캐리 두그레이-스타인(데니스의 손녀).

나는 의자에 앉은 채 뒤로 물러나며 두 손으로 머리를 쓸어 넘긴다.

그래.

좋아. 심호흡을 하자.

조금 생각해보면 어떻게 된 일인지 알 수 있을 듯하다.

데니스와 클라우디아는 각각 80대 후반과 초반의 노인이다. 소셜미디어를 잘 다루는 분들이 아니다. 어느 날 문득 페북에서 날 찾아보다가 이 여자를 발견하고는 나인 줄 알고 친구추가를 했을 것이다. 일 년에 한두 번 이상 페북을 들여다보지도 않을 분들이니 이 브리엔이 내가 아니라 전혀 모르는 여자라는 것도 알아채지 못하셨겠지.

잔에 남은 미지근한 와인을 마저 마신 뒤에도 진정이 되지 않는다. 한 잔 더 마셔야겠다 싶어 자리를 뜬다.

잠시 후 컴퓨터 앞으로 돌아온 나는 결심을 한다.

사립탐정을 고용하기로. 내 힘으로 할 수 있는 건 그 정도가 고작이다. 폭행 사건 피해자라 그런지 애초에 예상했던 것보다 더욱 큰 두려움이 밀려든다. 진상을 파악하려는 노력 자체가 위험을 초래할 수 있겠다는 생각도 든다.

다시 인터넷 화면을 열고 이 지역 사립탐정들을 검색해 이름과 연락처를 쭉 적어 내려간다.

몇 분 뒤 전화기를 집어 들고 목록 맨 위에 있는 사립탐정 G. K. 토머슨에게 전화를 건다.

첫 번째 발신음이 끝나기도 전에 남자 목소리가 전화를 받는다.

"예."

"안녕하세요." 말을 하려는데 입안에서 혀가 사포처럼 까끌거린다. 상대가 이렇게 빨리 전화를 받을 줄 몰랐다. 설마 받을까 싶었던 탓에 몹시 당황스럽다. 원래는 신호가 한참 간 뒤에 음성 메시지를 남길 생각이었다. 전화벨이 울리자마자 받을 만큼 한가한 탐정인 게 부디 나쁜 징조가 아니길.

"누구십니까?"

"아, 예. 죄송해요. 저는 브리엔이라고 하는데요. 누가 제 신분을 훔친 것 같아서요."

"그런 일이라면 관할 경찰서에 신고하세요. 여러 주에 걸쳐 발생한 범죄면 FBI에 의뢰하시고요. 온라인으로도 신고가 가능합니다."

"아뇨. 그 사람은, 그 여자는 제 돈을 훔치거나 제 이름으로 신용카드를 만들지는 않았어요."

그는 말이 없다. 그의 생각이 무선으로 전해지는 것 같다.

나는 천천히, 신중하게 설명한다.

"그 여자는…… 저로 살고 있어요."

"그건 어떻게 아셨죠?"

"실수로 저한테 집 열쇠가 배송돼 왔거든요."

나는 마른침을 삼킨다. 내 말이 상대방에게 어떻게 들릴지 안다. 게다가 이 남자는 남의 얘기를 곧이곧대로 믿는 부류가 아니다. 누구 얘기든 의심을 깔고 들으면서 생계를 이어가는 사람이니까. 위아래를 모조리 살피고 그사이 어디쯤에서 진실을 찾아내는 일을 하는 사람이니까.

"열쇠를 보내온 부동산 중개소에 전화해봤더니, 제가 2주일 전에 자기네와 임대계약을 하고 계약서에 서명까지 했다는 거예요."

그는 재미있다는 듯 쿡쿡 웃는다. 별로 좋은 징조는 아니다.

"두 사람이 같은 이름을 사용하는 게 불가능하다고 생각하시는 건 아니죠?"

나는 손이 떨려 휴대폰을 꽉 쥔다.

"동명이인일 뿐이라면 왜 중개소에서 제 집으로 그 집 열쇠를 보냈을까요?"

그는 수화기에 대고 신경질적으로 숨을 내뱉는다.

"행정적 실수인가? 잘 모르겠습니다. 묻지 마세요."

"이 사건을 맡기 싫으시면 싫다고 하세요." 내가 날카롭게 쏘아붙인다. 내 입에서 이런 말투가 나오게 만드는 이 상황이 싫다. "함부로 말씀하지 마시고요."

그는 웃음을 멈춘다.

"지금 장난하는 거죠? C. J.가 이러라고 시킵디까?"

나는 반쯤 오므린 입술 사이로 숨을 훅 들이마시며 침착을 유지한다.

"장난치는 거 아니에요."

"전화 잘못 거셨습니다. 제가 도와드릴 수 있는 일이 아닙니다." 그는 꽤나 진지한 말투다.

"도와주실 수 있어요. 이 여자가 누군지 알아내야 해요. 이 여자가 본인이 주장하는 신분이 아닌 게 너무나 확실하거든요."

"아뇨, 아닙니다. 당신한테 필요한 건 사립탐정이 아니라 의사예요. 정신과 의사. 제정신이 아니구만요."

두 뺨이 달아오르고, 속에서 열불이 인다.

무안해서 이렇게까지 열이 확 올라본 게 언제였는지 기억도 나지 않는다. 지금 나는 생판 처음 대화하는 사람에게 바보 취급을 당하며 굴욕감을 느끼고 있다.

"엿이나 먹어라."

나는 전화를 끊고 벌떡 일어나 방 안을 서성인다.

이 추악하게 얽힌 거미줄을 풀어내야 한다.

아무도 내 말을 믿어주지 않는다면, 나를 미쳤다고 생각할 뿐이라면, 혼자서라도 해보는 수밖에 없다.

5장

오늘이 며칠인지, 얼마나 오래 잠을 잤는지 모르겠다. 눈을 뜨고 일어나 앉아 창문 커튼으로 손을 뻗는다. 하늘에 폭풍우 구름이 잔뜩 끼었다. 빗방울이 부드럽게 후두둑 떨어지고 멀리서 천둥이 다가오는 소리가 나지막하게 들린다. 지금이 새벽인지 초저녁인지 분간이 가지 않는다.

'또 다른 나'로 인한 터무니없는 상황과 정신적 긴장으로 인해 나는 또다시 쇠약한 상태에 접어들었다. 며칠 혹은 몇 시간이 나도 모르게 흘러가 버렸다.

잠시 멍하니 앉아 있는데 머리 옆쪽이 불로 지지는 듯 욱신거리고 뱃속이 요동친다. 욕실까지 가려면 시간이 얼마나 걸릴지 헤아려본다.

괴한에게 습격받은 후로 나는 스트레스성 편두통을 앓아왔다. 하루의 절반을 편두통에 시달리는 날도 있는데 잠을 자면 좀 덜하다. 하루 24시간 혹은 그 이상으로 편두통이 오래갈 때도 있다.

휴대폰을 집어 들고 시간을 확인한다. 처방받은 두통약을 먹을 때마다 중복 복용을 막기 위해 노트Notes 어플에 기록해두고 있다. 시각이 잔뜩 예민해져서인지 어두운 방에서 휴대폰 화면을 볼 생각만 해도 벌써 두통이 심해지는 느낌이다.

눈을 반쯤 감은 채 방에서 천천히 걸어 나간다. 꽃무늬 벽지를 바른 벽을 두 손으로 짚으며 주방으로 향한다. 알약 통이 내가 두었던 곳, 싱크대 옆에 놓여 있다.

한쪽 눈을 감고 한쪽 눈만 반쯤 뜬 채로 컵에 물을 따른다. 약을 삼키고 나서 방으로 돌아와 두툼한 이불 밑으로 기어들어간다.

편두통을 떨쳐내려면 잠을 자야 한다. 자고 나면 괜찮을 것이다.

머리가 너무 아파 더는 생각을 못 하겠다. 명상하듯 누워서 잠이 오길, 차츰 의식이 멀어지길 기다린다.

방문을 향해 옆으로 돌아 눕는다. 사방이 흐릿해진다…….

그런데 문간에 누군가 서 있는 게 보인다.

남자인 것 같다.

놀라서 숨을 훅 들이마시다가 침으로 목이 잠겨 아무 말도 하지 못한다.

그가 속삭인다.

"괜찮아요. 나예요. 집에 왔어요. 집이 어둡네요. 당신 상태를 확인하려고 왔어요. 다시 자도록 해요."

나는 베개에 다시 머리를 묻는다.

나이얼이다.

6장

정신이 들어 휴대폰을 보니 토요일 이른 아침이다. 정신이 몽롱하지만 편두통은 없다. 평소보다 더 오래 정신을 놓고 있었던 걸 보면 아무래도 약을 이중으로 복용한 듯싶다.

인생의 중요한 부분들이 뭉텅이씩 사라지니 현실 같지가 않다. 하지만 정신이 전보다 맑아지기도 했고 아직 내 몸에 활기가 남아 있다는 사실이 고맙기도 하다. 한바탕 앓고 났더니 정상 궤도로 돌아가 내 것을 되찾고 싶은 욕망이 불타오른다.

내가 원하는 것은 오직 정상적인 생활이다.

다시 나답게 살고 싶다.

샤워기를 틀고 이틀 동안 몸에 밴 퀴퀴한 잠 냄새를 씻어낸다. 샤워를 마치고 옷을 갈아입은 뒤 커피를 끓이러 주방으로 향한다.

"좋은 아침!"

나이얼이 손에 커피포트를 들고 나를 맞이한다. 그는 굳이 물어보지 않고 머그잔을 하나 꺼내 커피를 따라준다.

"고마워요." 나는 냉장고에서 커피 크림을, 가스레인지 옆 통에서 설탕 한 봉지를 꺼내며 묻는다. "이번 주말은 비번인가 봐요?"

이미 답을 아는 질문이다. 하지만 내가 답을 안다는 사실을 나이얼이 굳이 알 필요는 없다. 그가 언제 집으로 들어오고 나가는지 나는 훤히 안다. 하지만 그가 그 사실을 신경 쓸지까지 알 만큼 그와 가깝지는 않다. 그저 한 집에 살고 있으니 편하게 주고받는 안부인사인 양 말을 건넨 것이다. 하지만 내 마음속 깊은 곳에서는 그가 행간의 의미를 읽고도 남을 만큼 똑똑한 사람임을 잘 안다.

그와 함께하는 시간과 그의 존재가 너무도 소중한 지금, 그를 놀라게 해서 도망치게 만들고 싶지 않다. 그는 내 유일한 친구다. 무슨 일이 있어도 그를 내 인생에 붙들어두고 싶다. 지난 6개월 동안 깨달은 게 있다면 우정, 특히 진짜 우정은 값을 매길 수 없을 만큼 소중하다는 것이다.

카운터에 기대선 나이얼은 머그잔에 담긴 커피를 마시며 나를 바라본다.

"맞아요. 오늘 뭐 할 거예요?"

나는 뜨거운 커피 위로 입바람을 후 불며 어깨를 으쓱한다.

"밀린 집안일 좀 하려고요. 먼지 털고 청소기 돌리고, 빨래도 하고요."

젠장, 그냥 입 다물자.

내가 세상에서 제일 재미없는 여자라는 걸 광고해봤자 득 될 게 없다. 길 건너 마셜 부부의 집이나 지켜볼 계획이라는 말은 그에게 절대 하지 않을 것이다. 주말 동안 칼리 마셜은 출장 때문에 집을 비웠다. 오늘 부동산 중개인 여자가 몇 시쯤 레인지로버를 타고 브라이언 마셜을 만나러 올지 무척 기대되는 바다.

"당신은요?"

"아직 계획은 없지만 일단은 밖에 나갈 생각이에요. 같이 나갈래요?"

나이얼은 자물쇠로 잠긴 현관문을 턱으로 가리킨다.

나는 기쁨을 애써 감추며 "그러죠 뭐"라고 간단히 대답한다. 이웃 사람들이 지나가면서 우리 쪽으로 곁눈질을 하고, 우리 둘에 관해 얼토당토않은 추측을 해댈 걸 생각하니 나도 모르게 웃음이 나오려 한다.

우린 그냥 친구예요.

만약 누가 물으면 난 이렇게 대답할 것이다. 하지만 그런 질문을 할 만큼 용기 있는 사람은 없겠지. 사람들은 남에 대해 멋대로 추측하길 좋아한다. 우리는 대부분 나름의 이유로 진실을 외면하며 살아간다.

잠시 후 나이얼과 나는 그네에 나란히 앉는다. 우리는 머그잔에서 커피가 쏟아지지 않도록 조심하며 조금씩 커피를 마신다. 새들이 지저귀고 토요일 아침나절의 해가 빛나고 있다. 사람들은 자전거를 타고 지나가고 동네 개들은 짖어댄다.

내 마음이 방황하지만 않는다면,

거의 완벽할 텐데.

우리는 지난 수개월 동안 함께 많은 시간을 보냈지만 서로에 대해 모르는 게 너무 많다.

여자에 대해 나이얼이 특별히 좋아하는 취향이 있는지, 여자친구를 사귀거나 약혼했던 적이 있는지 자꾸 궁금해진다. 이 정도의 호기심은 자연스러운 거겠지. 친구끼리는 서로의 연애사와 사생활에 대해 어느 정도 캐물어도 되지 않을까? 흔치 않은 경우도 아니다. 사람은 누군가를 사랑하고, 사랑받는 존재다. 애초에 홀로 살아가게끔 만들어진 존재가 아니다. 그런데 나이얼처럼 괜찮은 남자가 어째서 아직도 '싱글'인 걸까.

그의 반듯한 이목구비, 움푹 들어간 맑고 파란 눈, 적갈색 머리카락, 차분하고 지적인 분위기만 봐도 훌륭한 짝이 될 자질이 충분하다는 걸 알 수 있다.

내가 보기에 그는 딱히 사귀는 사람이 없는 듯하다. 한 집에서 살다 보면, 그가 집에 들어오고 나가는 모습을 지켜보다 보면, 다른 누군가와 헌신적인 관계를 맺고 있는지 여부를 어렵지 않게 눈치챌 수 있다.

하지만 혹시…….

혹시 그가 사귀는 사람이 있지만 낯선 이를 경계하는 나를 배려해 이 집으로 데려오지 않는 거라면 어쩌지?

나이얼이라면 충분히 그럴 수 있다.

지독한 궁금증이 밀려들어 속이 탄다. 수많은 질문이 머리에서 입으로 순식간에 쏟아져 내려와 견딜 수가 없다.

클링엔비어드 부부가 우리 둘이 앉아 있는 이쪽을 향해 목을 길게 빼고 쳐다보며 지나간다. 부인은 내게 손을 흔들고 남편은 미소를 지어 보인다.

나는 나이얼에게 얘기해준다.

"저 두 분은 얼마 전에 은퇴했어요. 결혼한 지는 50년이 넘었죠. 누군가와 그렇게 오랜 시간을 함께 사는 게 상상이 돼요?"

그는 커피를 한 모금 마시며 대답한다.

"아름다운 일이죠. 드물기도 하고요. 적어도 요즘은요."

"맞아요." 나는 입술을 꾹 깨물고 숨을 훅 들이마신 뒤 묻는다. "결혼에 대해 생각해본 적 있어요?"

그 순간 나이얼은 사레가 들 뻔한다. 나를 흘끗 돌아본 그가 묻는다.

"그건 왜 물어요?"

아, 맙소사! 아직 우린 그 정도로 친한 사이는 아닌가 보다. 내가 관습적인 친분 쌓기 과정을 멋대로 생략하고 무례한 질문을 하고 만 걸까…….

"그래요. 드문 일이죠. 왜 그런 질문을 했는지는 묻지 마요. 나도 모르게 말이 나왔네요." 나는 나지막한 웃음으로 질문을 무마하고 머그잔으로 얼굴의 반을 슬쩍 가린다.

그는 머그잔을 왼손으로 옮겨 들고 오른팔을 그네 등받이에 걸친다. 내 어깨 뒤로. 그리고 다리를 꼰다. 확실하진 않지만 그의 손가락 끝이 내 어깨를 스친 것도 같다.

"음, 가끔 생각해볼 때도 있어요. 안 하려고 애쓸 때도 있고요. 아내와 떨어져서 사는 게 꽤 힘들거든요."

나는 숨이 턱 막힌다. 분명 티가 났을 것이다.

심장이 철렁할 정도다.

그는 별거 중인 걸까?

전에 이 사람이 그런 얘기를 했는데 내가 놓쳤나?

듣고도 잊어버린 걸까? 요즘 나는 툭하면 잊어버린다.

나는 허벅지 사이에 놓아둔 따뜻한 머그잔을 내려다본다. 이 남자와 결혼한 여자에 대해 전부 알고 싶다. 왜 그들의 결혼생활이 잘 풀리지 않았는지, 내게도 기회가 있는지 알고 싶다. 잘난 남자이니 이미 새로운 사랑을 하고 있을 수도 있지만.

나이얼은 행복을 누릴 자격이 있다.

충분히 사랑받을 만한 사람이다.

나는 나이얼과 그의 아내가 어려움을 이겨내고 잘 살아가길 바란다. 하지만 마음속 깊은 곳에선 이기적인 욕심이 고개를 치켜든다. 그들의 재결합이 너무 빨리 이루어지진 말기를 나를 위해 소망해본다. 나이얼이 내 인생에 들어온 지 얼마 되지 않았지만 그가 없는 삶은 이미 상상할 수도 없다. 그의 아내가 어떤 사람인지 모르지만, 남편이 다른 여자와 우정을 나누는 걸 좋아라할 아내는 없을 듯하다.

그런 부분에 대해서는 생각하고 싶지 않다…….

적어도 지금은.

"미안해요, 나이얼, 나는……."

"미안해하지 마요." 그는 언뜻 따뜻한 미소를 보여준 뒤 말을 잇는다. "인생이 마음대로 되지 않을 때가 있잖아요. 그냥 살아가는 수밖에 없어요."

아내와의 별거를 염두에 두고 한 말인지, 아니면 모든 치료법을 다 동원하고도 효과를 보지 못한 말기 환자들에게 그가 평소에 들려주는 위로의 말인지 모르겠다. 다만 쓸쓸한 회한이 담긴 말투라 그의 손을 잡아주고 싶은 마음뿐이다.

하지만 그럴 수가 없다.

부적절한 처신이니까. 슬픔으로 마음이 약해진 틈을 파고드는 기회주의자처럼 보이고 싶진 않으니까.

나는 그네에서 일어나 한 손을 엉덩이에 대고 허리를 쭉 편다.

"이제 슬슬 집안일을 시작해야겠네요."

나는 현관문을 향해 세 걸음쯤 가다가 그를 흘끗 돌아본다.

"아, 그리고 내가 괜찮은지 살펴봐줘서 고마워요. 두통약 먹고 길게 잤거든요."

"내가 살펴봐줬다고요? 언제요?"

그가 눈을 가늘게 뜨며 묻는다.

"어젯밤에요. 그제 밤인가……." 혹시 꿈에서 봤던 걸까? "내 방에 와서 들여다보지 않았었나요? 문간에 서 있었던 것 같은데. 퇴근해서 와보니 집 안이 온통 어두워서 내가 괜찮은지 보러 왔다고 했잖아요."

그는 입술을 굳게 다물고 생각에 잠긴 얼굴로 거리를 바라본다.

"목요일엔 오후 5시쯤 집에 왔어요. 와서 보니까 당신이 복용하는 두통약이 꺼내져 있고 침실 문은 닫혀 있더군요. 그래서 그냥 자게 뒀어요…… 굳이 깨우고 싶지 않아서. 어젯밤엔 10시쯤 왔는데 늦은 시간이라 당신 방문이 닫힌 걸 보고 잠들었나 보다 했고요."

장난이길 바라며 나는 애써 소리 내어 웃는다. 하지만 그는 진지한 성격이라 어지간해서는 허튼소리를 하지 않는다. 게다가 의료 전문가이니 이런 일에 대해 농담을 할 리도 없다.

"난 분명히 당신을 봤어요." 속이 울렁거린다. 내 눈으로 똑똑히 그를 봤다. 어두운 방 안을 가로질러 다가와 속삭인 말도 분명히 들었다. 생각을 거듭할수록 너무 생생해서 도저히 꿈 같지가 않다. "당신은 문간에 서 있었는데……."

나이얼이 미간을 찌푸리며 고개를 살짝 치켜든다.

"아뇨. 나는 아닐 겁니다."

나는 방충망 문의 손잡이를 손으로 꽉 잡는다.

"휴우."

"시각장애 증상일 수도 있어요. 당신이 먹는 약은 과용할 경우 렘수면 주기를 방해하기도 해요."

그 말을 믿고 싶다.

믿어야 할 것이다.

믿어야만 한다.

7장

요전 날 밤에 본 것은 꿈도 아니고, 나이얼의 주장처럼 '시각장애 증상'은 더더욱 아니었을 것이다. 결국 나는 토요일 오후 내내 집 안 구석구석을 확인해보기로 했다.

모든 벽장,

방,

창문,

출입문,

걸쇠와 자물쇠와 방충망까지.

백 년 전 건축될 당시 이 집에는 별도의 하인용 출입구와 하인용 거주 공간까지 갖춰져 있었다. 그런 만큼 이 집에는 출입문이며 창문이 무척 많은 편이다. 하지만 보안을 위해 출입문과 창문에 널빤지를 대고 박을 수도 없다. 그랬다간 이 거리의 역사적 가치를 훼손하고 동네 풍경을 을씨년스럽게 만들었다는 불평을 들게 될 것이다.

오후 1시 반쯤 나이얼이 서재에서 나온다. 내가 레몬향 플레지Pledge 세제와 걸레를 들고 청소하고 있는데 그가 식당을 가로질러 간다. 나는 집 안을 한 바퀴 쭉 돌아보면서 창틀의 먼지까지 닦는 중이었다.

나이얼이 두 손을 허리춤에 얹은 채 묻는다.

"음, 도와줄 거 있어요?"

"괜찮아요. 오늘 무슨 계획 있어요?" 나는 그에게 등을 보인 채 칙칙한 나무 창틀을 걸레로 문지른다.

"친구 만나서 커피나 한잔하려고요."

친구.

별거 중인 아내를 '친구'라고 한 건가? 커피를 마시면서 둘이 화해를 위한 논의라도 할 생각인 걸까? '친구'라니, 나이얼다운 품격 있는 용어 선택이다. 그는 과장스런 감정 표현을 질색하는 섬세한 남자다. 내가 그에 관해 가장 높게 평가하는 자질 중 하나이기도 하다.

혹시 그가 아내와 다시 잘 살아보기로 마음먹고 이곳을 떠나버리면 어쩌지? 마구 뻗어나가는 망상에 고삐를 죄어야 한다. 나는 나이얼이 짐을 싸서 이 집을 나가는 악몽 같은 상상을 떨쳐내려 안간힘을 쓴다.

최악의 상황이 펼쳐질 것을 상상하며 걱정을 키워나가는 게 내 습관이다. 어렸을 때부터 늘 그랬다. 엄마는 8년 동안 나를 데리고 살면서 내 삶을 그야말로 바닥까지 떨어지게 만들었다. 찬장 안에 먹을 것이라곤 없었고, 엄마는 며칠씩 집을 비우곤 했다. 할부금을 제때 갚지 못해 차를 빼앗겼고, 결국 우리는 살던 집에서 쫓겨났다…….

외조부모님은 그렇게 살아온 내 불안한 마음을 달래려 심리 치료를 받게 했다. 어린 시절의 상처를 치유하는 데는 수년이 걸렸다. 괴한에게 습격당한 후유증으로 혹시 어린 시절의 불안증이 되살아나는 건 아닐까 두렵기도 하다.

"올 때 뭐라도 사 올까요? 카터 거리에 새로 생긴 카페에 갈 건데. 스콘이라도 사다 줄게요. 블루베리 맛 괜찮죠?"

그가 묻는다.

나는 스콘을 무척 좋아한다. 특히 블루베리 스콘. 그는 좋은 친구라면 응당 그렇듯 내가 좋아하는 음식을 기억하고 있다.

나는 여학생처럼 얼굴 가득 웃음이 피어나려는 걸 꾹 누르며 그를 향해 돌아선다.

"사다 주면 고맙죠."

"알겠습니다. 그럼 이따 봐요." 그는 앞주머니를 뒤져 차키를 꺼낸다.

나는 아무렇지 않다는 듯 손을 흔들어 보인다. 잠시 후 그가 진입로를 빠져나가는 모습이 식당 창문 너머로 보인다. 그의 반질반질한 은색 볼보가 햇빛을 받아 반짝거린다.

이층으로 향하는 계단을 흘끗 돌아본다. 그의 전용 공간에 들어가 본 지가 벌써 수개월은 됐다. 나는 그가 쓰는 공간에 되도록 들어가지 않으려 애쓰는 편이다. 하지만 오늘은 예외다. 오늘 청소하며 유일하게 확인하지 못한 문이 바로 그의 침실과 서재의 문들이다. 그가 외출한 틈을 타 서둘러 올라가서 확인해야겠다.

팔 밑에 걸레와 세제를 끼고 계단을 올라가 복도 끝으로 걸어간다. 나이얼은 왼쪽 끝의 방 두 개와 그 사이의 욕실을 전용으로 쓰고 있다.

심장이 묵직하고 느릿하게 쿵쾅거린다. 그의 서재 문에 달린 검은색 손잡이를 잡는데 손가락 끝이 얼얼하다.

끼이익 하고 나지막한 소리와 함께 문이 열리자 오래된 책과 가죽 냄새가 훅 밀려든다.

동쪽 벽 대부분을 차지한 오르내리 창문 두 개를 향해 곧장 걸어간다.

모든 창문을 두 번씩 확인한다.

전부 걸쇠로 단단히 잠겨 있다.

이만하면 됐다. 이상 무.

돌아서서 책장을 마주 본다. 손가락으로 책등을 쭉 훑으며 제목들을 속으로 읽어본다. 『임상 종양학 관련 베데스다Bethesda 안내서』 『미국암연합위원회AJCC 암병기설정staging of cancer 설명서』 『암 약리학과 약물치료 리뷰』 『암 치료 기술 안내서』…….

고전 소설들도 보인다. 『오디세이』 『캔터베리 이야기』 『데이비드 코퍼필드』 『몽테크리스토 백작』…….

전통적인 것을 좋아하는 그의 취향이 마음에 든다. 그가 한 손에 맥주를 들고 밤새 텔레비전 앞에 죽치고 앉아 ESPN* 하이라이트 장면이나 보다가 곯아떨어지는 부류가 아니라서 정말 좋다.

책장을 지나 책상 앞으로 가서 의자에 앉아본다. 빈티지풍의 라펜드리치 시가 상자가 눈에 들어온다. 손가락으로 톡 건드리면 열리는 판지 뚜껑이 달린 그 상자를 나도 모르게 열고 만다.

종이로 돌돌 만 쿠바 시가 수십 개가 들어 있다.

지나치게 단순한 생각인지 모르겠지만, 흡연이 암을 유발한다

* 미국의 스포츠 방송 채널.

는데 어째서 종양학자인 나이얼이 시가를 갖고 있을까? 어쩌다 한 번 피우는 건 해롭지 않기 때문에? 그의 몸에서 담배 냄새가 난 적은 없는데 상자 안에는 시가 몇 개가 비어 있다. 그는 이 집에서 담배 냄새를 풍기지 않으려고 조심하는 걸까? 내가 비흡연자라 배려하는 차원에서? 아니면 자기가 흡연한다는 사실이 창피한가…….

마지막으로 한 번 더 시가 향기를 들이마신 후 상자 뚜껑을 닫고 원래 있던 곳에 놓아둔다.

누구에게나 약점은 있는 법이다.

그만 밖으로 나가려는데 책상 위 램프에 기대 있는 작은 수첩에 시선이 간다. 어째서 이제야 저 수첩이 눈에 들어온 걸까. 히비스커스 같은 열대지방의 꽃 그림이 그려진 커버, 청록색 책등. 나이얼의 취향은 아니다.

심장이 벌렁거려 목이 조이고 죄책감이 혈관을 따라 흐르는 걸 느끼며 나는 램프 쪽으로 살그머니 다가간다. 그리고 낚아채듯 수첩을 손에 쥔다. 대형 할인점에서 신학기에 주로 파는 4달러짜리 싸구려 수첩이 아니다. 꽃무늬 가죽 커버에 'K. E.'라는 이름 첫 글자가 돋을새김으로 새겨져 있다.

커버를 넘기고 안쪽 면에 쓰인 '케이트 엠벌린의 소유'라는 글자를 본 순간 심장이 철렁한다.

떨리는 손끝으로 페이지를 넘긴다. 손으로 쓴 일기다.

6월 23일

나이얼은 어젯밤에도 늦게까지 일했다. 어제가 결혼기념일이라는

걸 잊었나 보다. 지난달에 그는 우리가 오페라 <아이다> 티켓을 사놓은 걸 잊었고, 지지난달엔 내 생일도 잊고 넘어갔다…….

그가 좋아하는 요리로 저녁 식탁을 차려놓고 촛불과 잔잔한 음악까지 준비해뒀는데. 요리는 차갑게 식어버렸고 나는 식욕이 사라져 요리를 입에도 대지 않았다. 밤 9시가 넘자마자 촛불을 꺼버렸다. 그는 11시가 돼서야 돌아왔다. 침대로 올라오며 내 뺨에 입을 맞췄지만 나는 자는 척했다.

지금은 그에게 일이 전부지만, 내가 그의 전부였던 시절도 있었다. 때로는 내가 다른 여자와 그를 공유하고 있는 듯한 느낌도 든다. 잊힌 존재가 되어 외로움에 몸부림치는 이런 생활을 내가 얼마나 더 견딜 수 있을까. 그가 그립다. 내 남편이 그립다. 나와 결혼을 한 그 남자가 그립다.

어쩐지 필체가 익숙하다. 딱히 누구 글씨 같다고 집어 말할 순 없지만…….

내 글씨체 같기도 하지만 그럴 리 없다. 비슷한 거겠지?

"여기서 뭐 해요?"

문 쪽으로 고개를 돌리자 나이얼이 서 있다. 심장이 철렁한다. 내 두 손에서 수첩이 침대로 툭 떨어진다. 놀랍게도 그는 화가 난 표정이 아니다. 바다처럼 푸른 그의 눈동자에 분노의 감정은 전혀 담겨 있지 않다. 흥분해서 매부리코를 손으로 잡지도 않고, 각진 턱에 힘을 주지도 않는다.

"창문 좀 확인하려고, 전부 잘 잠겨 있는지 보려고 와봤어요."

서둘러 변명을 하려다 보니 발음이 뭉개진다.

나는 볼일이 끝났다는 듯 의자에서 일어나 문 쪽으로 걸어간다.

"미안해요. 화내지는 마요. 그냥…… 요전 날 밤에 내가 본 게 너무 생생해서……."

그는 알 수 없는 표정으로 나를 유심히 쳐다보더니, 차분하고 확고한 말투로 나를 달랜다.

"시각장애 증상이라니까요. 확실해요. 이틀 밤 내내 출입문과 창문은 모두 잠겨 있었어요. 집 안에는 당신과 나뿐이었고요. 우리 말고 다른 사람은 없었어요."

그의 말에 마음이 놓이지만 몸은 마치 상처를 입은 듯 여전히 뻣뻣하다.

나는 일기장을 본 것에 대해서는 언급하지 않는다. 그 생각을 하니 창피해서 얼굴이 또다시 벌겋게 달아오른다. 내 입장을 변호할 적당한 말을 찾아야 하는데 그런 말이 과연 있기는 할까 싶다.

내 잘못이다.

호기심에 휘둘리고 말았다.

창피해 견딜 수가 없다.

그의 긴 손가락이 내 손목을 감싼다. 그는 옆에 있는 침실로 나를 데려간다. 문득 생각해보니 나는 그에게 왜 벌써 집으로 돌아왔는지 묻지 않았다. 그가 말한다.

"내가 옆에 있는 동안 이 방 창문들도 확인해보는 게 어때요? 그럼 마음이 좀 더 편할 겁니다."

내가 바보처럼 느껴진다. 그와 함께 방 한가운데 서서 고민하던 나는 창문들을 마저 확인한다. 잠시 후 그가 묻는다.

"이상 없죠?"

그가 일기장 얘기를 꺼내지 않아 고맙다. 지금까지 알아온 바로 그는 눈치도 있고 이해심도 넓은 편이다. 당분간은 일기장 얘기를 꺼내지 않고 넘어갈 것 같다.

나는 고개를 끄덕이고는 더 꾸물대지 않고 그의 침실에서 나간다. 시트 모서리를 완벽하게 접어서 정리해놓은 침대를 흘끔거리지 않으려고 애쓴다. 이 공간에 사적인 물건은 보이지 않는다. 아침식사를 제공하는 하숙집 방의 전형적인 분위기다. 그는 이 집에서 편안하게 눌러 살 생각이 없는 걸까? 적어도 장기간 그렇게 살 생각은 없어 보인다.

우리는 함께 복도로 나간다. 서재로 돌아간 그는 책상 중간 서랍에서 서류 한 뭉치를 꺼내 팔 밑에 끼운다.

이혼 서류일까?

"미안해요, 나이얼."

나는 또 한 번 사과한다.

그는 연푸른색 눈으로 부드럽게 나를 바라보며 내 왼쪽 어깨에 손을 올린다.

"사과하지 마요. 여긴 당신 집이잖아요. 안전하게 지내야죠. 내가 당신 삶을 위태롭게 만들 짓은 절대 안 한다는 것만 알아주면 좋겠어요."

"그런 게 아니라……." 말끝이 흐려진다. 나는 대충 눙치고 넘어가는 걸 잘 못하는 편이다. 얼버무리다 보면 속이 타서 결국 문제가 해결될 때까지 강박적으로 매달리고 만다. "애초에 이러지 말았어야 했는데……."

그는 고맙게도 고개를 살짝 끄덕인다. 사과를 조용히 받아준다는 뜻이다. 그가 내 어깨에서 손을 치우자 그 자리가 별나게 시리다. 그는 계단 쪽으로 향한다.

나는 이층에 남아 나머지 방들을 돌아다니며 창문들이 잠겨 있는지 확인한다. 손님이 오면 쓰도록 꾸며놓았지만 절대 쓸 일 없을 방 두 개만 더 확인하면 된다.

확인 결과, 이상 무다.

계단 쪽으로 돌아가면서 그의 방 앞을 지나간다. 활짝 열린 문 너머로 그의 침대 위에 펼쳐진 화려한 커버의 일기장이 보인다.

아까 읽다 만 일기를 마저 읽고 싶어 미치겠다. 내가 관여할 문제가 아닌 걸 알면서도 그의 결혼생활의 내밀한 부분까지 알고 싶다. 방금 전의 글에서는 그들의 결혼이 감정적으로 파탄에 이르렀다는 걸 읽을 수 있었다. 그의 아내는 나이얼의 인간적이고 불완전한 면을 드러냈다. 그 다음 내용이 몹시 궁금하다.

하지만 읽을 수가 없다.

옳은 일이 아니니까.

저 일기장을 몰래 읽다가 또 나이얼의 눈에 띈다면? 두 번째로 걸리면 나이얼도 아까처럼 품위 있게 나오진 않을 것이다. 내게 실망해 짐을 싸서 떠나버릴 수도 있다.

아래층으로 내려간 나는 일부러 진이 빠지도록 집안일에 매달린다. 위층에서 줄기차게 나를 불러대는 일기장의 유혹에 넘어가지 않으려고.

8장

"목적지가 오른쪽에 있습니다."

자동차 스피커에서 내비게이션이 말한다.

나는 두 손으로 운전대를 꼭 잡고 있다. 십오 분 전 집 진입로를 후진으로 빠져나온 뒤 운전대를 잡은 손을 조금도 움직이지 않았다. 지난 6개월간 외출을 한 횟수는 두 손으로 꼽을 수 있을 정도다. 그나마도 넉넉하게 헤아린 것이다. 오늘은 그 문제를 해결하기 위해 부득이 외출하게 됐다. 내가 직접 나서서 알아보는 것밖엔 방법이 없다는 판단이 들었기 때문이다.

월요일 늦은 오후, 원형도로로 진입해 광장 남쪽에 위치한 아르데코 스타일의 10층짜리 대형 건물 앞으로 향한다. 심장이 터질 것 같고 목덜미에 식은땀이 솟는다. 광장 앞에 있는 내 예전 사무실에서 그리 멀지 않은 곳이다. 천 번은 더 오갔던 곳인데, 지금까지 신경 써서 본 적이 없다. 최근에 저 건물을 대대적으로 수리한다는 소문을 듣기는 했지만 아파트로 바뀌었는지는 몰랐다.

방문자용 주차장을 찾아 들어가 차를 멈춘다. 아파트 공동현관까지 얼마 안 되는 거리지만 양산을 꺼내 들고 걸음을 옮긴다.

현관문 오른쪽에 '하코트, 헤이워스가 138번지'라고 적힌 작은 주소 간판이 눈에 띈다. '1921년 건축'이라는 글자가 새겨진 명판도 붙어 있다. 공동현관 위, '임대 중'이라는 하얀 안내판은 글자가 약간 비딱하긴 하지만 나름 현대적이다. 비딱하지 않았으면 아마 이 아파트의 환상적인 분위기에 더 잘 어울렸을 것이다.

경비원은 없다. 아파트 입구에 다른 입주민들도 보이지 않는다. 천장 한구석에 작은 방범 카메라가 설치돼 있지만 깜박이는 빨간 불빛은 보이지 않는다. 내가 알기로 저런 카메라는 가짜다. 어쩌면 전선이 연결돼 있지 않을 수도 있다. 리모델링한 지 얼마 되지 않아서인지 새것 냄새가 물씬 풍기지만 나는 어쩐지 과거로 시간여행을 온 기분이다. 널찍한 로비는 대리석 부스러기가 섞인 테라조 바닥, 손으로 그린 벽화, 식각蝕刻 유리로 된 인상적인 펜던트 등으로 꾸며져 있다.

내가 플래퍼 드레스*를 입고 손에 샴페인 잔을 들고 근사한 개츠비 스타일의 남자와 팔짱을 끼고 걸어 들어가면 어울릴 만한 곳이다.

왼쪽의 작은 문에 '관리인 사무실'이라는 명판이 붙어 있고, 근무 시간과 퇴근 후의 비상 연락처가 함께 기재돼 있다. 지금은 오후 5시가 넘었으니 관리인은 아마 퇴근했을 것이다.

나는 종일 고민한 끝에 겨우 여기 왔다. 갈등한 시간만 수 시간이 넘는다. 오랫동안 망설이면서 직접 와보는 것 말고는 방법이 없겠다는 결론을 내렸다. 그 여자가 내 신원을 도용해 금융사기를 쳤다는 증거가 없으니 경찰에 사건을 의뢰할 수도 없다.

* flapper dress. 1920년대 자유분방한 여성들이 입던 민소매의 짧은 드레스.

이제부터 나 혼자 알아서 해야 한다. 지금 그 여자를 멈추게 하지 못하면 그녀가 내 개인정보로 무슨 짓까지 벌일지 알 게 뭐람.

나는 줄지어 놓인 우편함 앞에 서서 각 우편함 뚜껑에 적힌 이름들을 한 줄 한 줄 살펴본다.

그러다 숨이 턱 막힌다.

2B호 — 브리엔 두그레이

이미 알고 왔으니 굳이 놀랄 건 없었지만 두 눈으로 확인하니 비로소 현실감이 든다.

머리가 어찔하지만 침착하려 애쓰며 로비를 서성인다. 어쩌면 그동안 범죄 리얼리티 쇼를 너무 많이 봐서 지레 겁을 먹었는지도 모른다. 〈데이트라인Dateline〉 뉴스와 〈48시간48 Hours〉 뉴스도 지나치게 많이 봤다. 다양한 사건 속에서 살인자와 사이코패스의 머릿속을 깊숙이 탐험하는 넷플릭스의 범죄 다큐멘터리까지 본 탓이다. 이 일이 잘못될 경우 벌어질 오만 가지 가능성으로 머릿속이 가득 찬 기분이다.

이건 덫일지도 모른다. 함정이나 미끼일 수도 있다.

대체 누가 나를 여기로 오게 만든 걸까?

이유는 뭐지?

근래에 내가 교류하는 사람이라고는 나이얼, 그리고 가끔 보는 옆집의 이니드 데이비스뿐이다.

(경찰 말로) 괴한은 순전히 무작위로 나를 공격한 거라고 했다.

소위 내 친구였다는 이들에게 나는 더 이상 존재하지 않는 사람이다. 나는 그들에게 완벽하게 버려졌다.

게다가 나는 원수지간인 사람도 딱히 없다.

주머니에서 호신용품을 매달아놓은 열쇠고리를 꺼내 손가락 관절 사이에 마치 칼처럼 끼운다.

왼쪽 주머니에 아이폰이 들어 있다. 예전에 어디서 읽었는데 아이폰의 '전원' 버튼을 다섯 번 빠르게 클릭하면 긴급구조 요청 슬라이더가 화면에 나타나고, 슬라이더를 드래그하면 911에 자동으로 연결된다고 한다.

기껏 여기까지 왔는데 경계만 하다가 도망칠 수는 없다. 또한 미리 조심해서 나쁠 것은 없다.

승강기로 다가갔더니 '고장' 안내문이 붙어 있다.

계단을 찾아 한 걸음에 한 칸씩, 이내 두 칸씩 올라가기 시작한다. 문득 숨을 헐떡이며 계단을 올라가다간 불시에 습격당할 수도 있겠다는 생각이 뇌리를 스친다.

속도를 늦추고 마지막 층계참에서 방향을 돌리는데, 황록색 비옷을 입은 볼품없는 형체와 코앞에서 마주친다.

"앞 좀 똑바로 보고 다녀요."

턱에 수염 자국이 거뭇거뭇하고 머리카락이 새까만 키 큰 남자다. 그가 비옷의 두건을 젖히자 얼음처럼 싸늘한 눈빛이 드러난다. 눈동자 색깔이 너무 옅어서 마치 어둑한 복도에서 빛을 내는 듯하다.

"계단이 어두워서요."

내 입에서 나온 말은 정확히 따지면 사과가 아니다. 나는 싸가지 없는 것들에게 사과하는 습관 따위 없다.

남자는 나를 밀치고 무거운 걸음으로 계단을 내려가 얼마 후 시야에서 사라진다. 어느새 나는 2A호 앞에 서 있다.

거의 다 왔다.

심장이 거세게 뛰다 못해 목구멍을 타고 튀어 올라올 것만 같다. 손에 쥔 묵직한 열쇠들이 미지근하게 느껴진다. 나는 옆집 문 앞으로 걸음을 옮긴다.

검은색 페인트칠이 된 문에 황금색 숫자 '2'와 알파벳 'B'가 붙어 있다. 티 하나 없는 문이 마치 거울 같다.

나는 복도를 좌우로 살핀 뒤 문에 귀를 갖다 댄다. 문 너머에서 혹시 뭔가 움직이는 소리가 들리지 않을까 하고.

아무 소리도 들리지 않는다.

잠시 그 자세를 유지하면서, 솟구쳐 오른 두려움을 내 영혼의 깊숙하고 은밀한 곳으로 밀어 넣는다. 오른쪽 재킷 주머니에서 내 이름의 이니셜이 새겨진 열쇠고리를 꺼낸다.

자물쇠 구멍으로 열쇠를 부드럽게 밀어 넣자 자물쇠가 툭 열린다.

노크를 먼저 했어야 했나? 하지만 누군가 내게 이 아파트 열쇠를 우편으로 보냈으니 그런 형식적인 절차는 생략해도 되지 않을까? 집 안에 있던 누군가가 지금 뭐 하는 짓이냐고 따진다면 우편으로 받은 열쇠 탓을 하면 될 것이다. 목에서부터 올라온 열이 두 뺨을 달군다. 빈집털이범이 된 것 같기도 하고, 은밀한 물건을 찾아 부모님 침실을 뒤지러 온 십 대 청소년이 된 것 같기도 하다. 손잡이를 돌리고 문을 연 순간 호기심이 가라앉는다.

커튼이 드리워져 있어 집 안이 온통 어둡다. 가구가 있어야 할 자리에 시커먼 덩어리들이 언뜻 보인다. 오른쪽으로 손을 뻗어 벽을 더듬은 끝에 스위치를 찾아낸다.

잠시 후 짧은 U자형 주방의 천장 등 세 개가 켜진다. 눈이 환한 빛에 적응하자 주변을 둘러본다.

소파, 의자, 식탁.

구석진 곳마다 쌓여 있는 이삿짐용 판지 상자들.

문이 닫히게 두고 손에 열쇠를 꼭 쥔 채 주방에서 거실로, 침실로, 그리고 다시 주방으로 돌아온다. 공간마다 풀지 않은 이삿짐 상자들이 그득하고 가구들이 아무렇게나 놓여 있다.

주방으로 돌아온 나는 찬장을 열어본다. 비어 있다. 냉장고도 마찬가지다.

이 집에는 아무도 살지 않는다. 아직까지는.

잠시 후 카운터 위에 놓인 밀봉되지 않은 마닐라 봉투가 눈에 띈다. 봉투를 열어보니 상단에 하코트 아파트의 로고가 찍힌 임대 계약서가 들어 있다.

6개월짜리 임대계약이다.

월세는 수도요금과 가스요금을 포함해서 975달러.

계약서 다음 페이지의 서명란을 살펴본다. 일주일 전에 서명된 계약서의 날짜 옆에 내 이름이 적혀 있다.

하지만 내 필체가 아니다.

전혀 다르다.

주머니에서 휴대폰을 꺼내 나이얼에게 전화를 건다. 휴대폰을 제대로 잡고 있기가 힘들 정도로 손이 덜덜 떨린다.

나이얼이라면 내가 어떻게 해야 하고 무슨 말을 해야 할지, 이 상황을 어떻게 해석해야 할지 알 것이다.

그런데 참, 그는 이 일에 대해 아무것도 모르고 있지 않은가. 나는 그에게 이 집 열쇠에 대해 말한 적도 없다. 그러니 지금 내 얘기를 들으면 제정신이 아니라고 의심하겠지. 그를 탓할 일도 아닐 것이다.

발신음이 한 번 들리자마자 현관 복도에서 발소리가 들린다. 처음에는 조그맣던 목소리가 점점 크게 들려온다. 몸에 열이 오르고 숨이 가빠진다. 전화를 끊고 벨소리를 무음으로 돌린다.

지금의 이 피 마르는 상황에 비하면 나 자신을 설득해 여기로 온 과정이 어이없을 정도로 쉽지 않았나 싶다. 상황이 급박하다. 몰래 빠져나가기엔 이미 늦어버렸다. 나는 웰링턴 부츠를 신은 채 몸을 덜덜 떤다. 내가 지금 여기가 아닌 다른 곳에 있었다면 얼마나 좋을까.

목소리가 한층 가까워졌다. 현관문 바로 앞이다.

현관문 안쪽의 작은 벽장이 눈에 들어온다. 얼른 그 안으로 들어가 최대한 살그머니 벽장문을 닫는다.

손가락 관절이 아플 정도로 벽장문 안쪽의 손잡이를 꽉 잡는다.

누군가 다가와 이 벽장문을 당겨도 문이 어디 끼여 안 열리는 것처럼 해야 한다. 그래야 이 집에서 빠져나갈 시간을 벌 수 있다.

벽장문과 문틀 사이로 주방이 살짝 내다보인다.

아파트 현관문이 열렸다가 닫힌다. 순식간이다.

새로 손질된 목재 바닥을 밟고 빠르게 걸어 들어오는 하이힐 소리가 들린다. 석영으로 된 U자형 주방에 열쇠를 짤그락 내려놓는 소리, 내용물이 그득 담긴 식료품 종이봉투를 가만히 내려놓는 소리도 들린다.

여자 목소리가 말한다.

"진짜 이상하네요. 예, 한 번 더 확인해주시겠어요? 엉뚱한 사람이 열쇠를 갖게 되면 안 되잖아요. 자물쇠는 언제 바꿔주실 거죠?"

여자가 핸드백을 주방 카운터에 내려놓는다. 갈색과 검정색 무늬가 들어간 고야드 생루이백. 우리 집 벽장 맨 위 선반에 있는 핸드백과 똑같다. 내 것은 할머니가 돌아가신 후 받은 유산의 일부로 구매한 클래식하고 단순한 핸드백인데, 그걸 들 때마다 내가 번 돈으로 산 게 아니라는 죄책감이 들곤 했다.

"알겠어요."

여자는 내가 지금 입은 것과 비슷한, 클래식한 카키색 방수 외투를 벗는다. 그녀가 혹시라도 벽장문을 열까 봐 나는 안쪽의 문손잡이를 더 단단히 붙잡는다. 여자가 외투를 스툴에 걸쳐놓은 후에야 나는 손에서 힘을 푼다.

하마터면 들킬 뻔했다.

내가 이 상황을 절반만이라도 장악하고 있다면, 정신병자처럼 벽장에서 뛰쳐나가 저 미친 여자를 상대할 것이다. 하지만 내 신분을 도용해 임대계약까지 할 만큼 영리한 여자이니 기본적인 안전 대책쯤은 세워두지 않았을까. 무작정 뛰쳐나가 기겁하게 만들었다간 저 여자가 열쇠고리에 달린 칼 같은 것으로 내 경정맥을 찌를지도 모른다. 저 여자가 내 철저한 준비성마저 모방하고 있다면 말이다.

카운터에 기대선 여자의 모습이 훤히 내다보인다.

나는 머리를 자른 지 오래됐지만 저 여자는 나와 똑같은 밤색 머리를 한때 내가 즐겨 했던 똑단발 스타일로 잘랐다.

각진 턱과 곧은 콧대도 나를 닮았다.

그리고 내 안경과 똑같은, 도시적이고 세련된 느낌의 투명 테 안경을 썼다.

연하고 차분하고 클래식한 느낌의 회갈색 매니큐어. 다양한 해석의 여지와 시크함 때문에 나는 한때 회색 매니큐어를 좋아했다. 여자가 한쪽 귀 뒤로 머리를 넘기자 로즈골드 소재의 달랑거리는 줄세공 귀고리가 드러난다. 예전에 내가 즐겨 했던 스타일이다. 캐나다의 세인트토머스시에서 휴가를 보내면서 저것과 비슷한 귀고리를 구매한 적이 있다.

여자는 휴대폰으로 문자 메시지를 보내는 듯하다. 문자를 하나 더 보내고 나서 답장을 기다리며 엄지 끝을 이로 잘근잘근 씹는다.

일 분쯤 지나자 여자는 카운터에 휴대폰을 엎어 내려놓은 후 종이 봉투에서 식료품을 꺼내기 시작한다.

화이트 와인 두 병.

빵 한 덩어리.

냉동 즉석식품 세 개.

여러 가지 통조림.

오트밀 한 상자.

여성 위생용품.

치약.

화장실 휴지.

이 집에서 살 작정인 모양이다…… 내 이름으로.

달리 설명이 안 된다.

조용히 숨을 죽인 채 여기서 들키지 않고 빠져나갈 기회를 노리기로 한다. '브리엔'은 저녁으로 먹을 냉동 즉석식품을 데우면서 수시로 휴대폰을 확인하는 한편, 상자에 담긴 주방용품들을 신중하게 꺼내고 있다. 거의 절반쯤 꺼내 놓았다.

그녀는 라자냐 냄새가 나는 음식을 먹고 난 후 핸드백에서 흰색 충전 코드를 꺼내 가스레인지 옆 소켓에 꽂는다. 잠시 후 또 한 차례 문자 메시지를 열심히 보내더니 휴대폰을 충전해놓고 주방에서 복도로 당당하게 걸어나간다.

침실이나 욕실로 갔을 것이다. 내 추측이 잘못됐다면 일이 완전히 꼬이게 될 것이다. 그것도 급속도로.

벽장 뒷벽에 머리를 기댄 채 문손잡이를 살며시 놓는다. 손에 쥐가 난 것 같다. 손잡이를 움켜쥐었던 모양 그대로 손이 굳어버린 듯하다.

그때 소리가 들린다. 샤워기 물이 쏟아지는 소리.

희미하게 메아리치는 음악 소리. 이어서 샤워 커튼 고리가 금속 커튼 봉을 따라 차르륵 미끄러지는 소리.

지금이다.

지금 나가야 한다.

나는 소리를 거의 내지 않고 벽장문을 살며시 연다.

여자가 한껏 틀어놓은 피츠 앤 더 탠드럼스Fitz & The Tantrums 밴드의 노랫소리 덕분에 벽장문 여는 소리는 욕실에 가닿지도 않았을 것이다. 그런데 저 노래는 내가 토요일마다 대청소를 할 때 늘 틀어놓는 앨범에 수록된 곡이다.

나는 네 걸음 만에 현관문 앞에 다다른다. 문밖으로 도망치려는데 여자가 현관문에 걸어놓은 사슬 안전고리가 눈에 들어온다.

이대로 문을 열고 나가면 샤워를 마치고 나온 여자는 이 집에 자기 말고 다른 누군가가 있었음을 알아챌 것이다. 하지만 더 고민할 시간이 없다. 최대한 소리를 죽이고 이곳을 빠져나가는 게 우선이다. 나는 눈 깜짝할 사이에 내 아우디의 운전석으로 달려가 앉는다.

부리나케 시동을 걸고 출발해 곧장 옆 골목으로 들어간다. 손가락 관절이 하얗게 질리도록 운전대를 꽉 잡고 미친 듯이 머리를 굴리며 집으로 향한다.

생각을 제대로 하려면, 조금 전 눈으로 본 것을 이해하려면, 일단 진정해야 한다.

내가 본 게 무엇인지는 확실히 알고 있다.

그건 '시각장애 증상'이 아니다. 나와 비슷한 외모에 나처럼 옷을 입고, 내 이름으로 아파트 임대계약서에 서명한 여자였다.

어느새 나는 집 진입로로 들어선다. 집까지 어떻게 운전해서 왔는지 기억도 나지 않는다.

한 시간 안에 나이얼이 집으로 돌아올 것이다. 그에게 모든 사실을 털어놓고 싶은 마음이다. 하지만 지난주 사립탐정과 나눈 대화, 사립탐정이 비웃으며 내 의뢰를 묵살한 일이 자꾸만 떠오른다.

나이얼도 내 걱정을 그렇게 무시해버리면 어떻게 하지?

뒷문으로 다가가 자물쇠에 열쇠를 꽂아 넣으며 힘겹게 숨을 들이마신다.

나이얼에게 말해야겠다.

오늘 저녁 말고 다음에.

9장

이상하게도 나이얼은 여태 집에 오지 않았다. 월요일에는 5시 반이면 칼같이, 일 분도 늦지 않고 오던 사람인데.

나이얼과 케이트가 화해 끝에 함께 낭만적인 저녁식사를 하고 있는 게 아닐까. 자꾸만 상상을 하게 된다. 어쩌면 그들은 케이트의 집에서 뜨거운 섹스를 하고 있는지도 모른다. 안 그러려고 해도 생각이 자꾸만 그쪽으로 흐른다.

요전 날 사립탐정에게 들은 말들이 머릿속을 맴돈다. 그 말을 되씹지 말아야 한다는 걸 안다. 그 사립탐정은 돼먹지 않은 개새끼였을 뿐이다. 하지만 말투가 기분 나쁘기는 했어도 아주 틀린 말은 아니었다.

그자는 나를 미친 여자 대하듯 했다.

하지만 나는 똑똑히 봤다.

그 탐정이 내 말에 귀 기울이고 내 설명을 잘 들어주기만 했어도…….

오늘 오후에 내가 목격한 것이 무엇인지 나는 잘 알지만, 다른 이에게도 확인받고 싶다. 다른 이도 내가 본 것을 똑같이 본다면 나는 미치지 않은 거니까.

밤 9시 무렵, 뒷문 자물쇠가 딸깍 열리는 소리가 들리더니 곧 나이얼의 나직한 발소리가 주방 타일을 가로지른다. 뒤쪽 응접실로 다가오고 있는지 발소리가 조금씩 커진다.

얼마 후 청록색 수술복 차림의 나이얼이 뒤쪽 응접실 문간 앞에 서서 말한다.

"아, 미안해요. 예전 친구를 만나 저녁을 먹느라고요. 얘기가 좀 길어졌네요……."

나는 소파에 앉은 채 시선을 든다. 그는 옅은 색 눈을 가늘게 뜨며 나를 바라본다.

예전 친구라…….

역시 케이트를 만난 게 분명하다.

"이런, 괜찮아요? 몸을 떨고 있잖아요." 나이얼은 옆으로 와 앉으며 내 손을 잡는다. "나 때문에 또 놀랐어요?"

나는 고개를 젓는다.

그에게 다 털어놓고 싶다. 그 아파트에 대해. 내 신분으로 살고 있는 여자에 대해. 하지만 나이얼도 사립탐정처럼 반응하면 어떡하지? 내가 꾸며내거나 상상한 이야기라고 생각하면? 연민이 담긴 그의 시선도 불편한데, 나를 완전히 정신 나간 사람 보듯 하면 그 시선을 내가 견딜 수 있을까? 이런 생각이 계속 머릿속을 맴돈다.

"괜찮아요."

결국 나는 거짓말을 하고 만다.

그는 내 앞에 놓인 술잔을 바라본다. 레드 와인이 반쯤 차 있는 잔. 저녁부터 벌써 네 잔째 마시는 중이지만 그런 말은 굳이 하지 않는다. 나는 술꾼이 아니라 단지 머릿속에서 떠드는 목소리를 닥치게 하고 기진맥진한 육신의 신경을 무디게 하기 위해 술을 마시는 것뿐이니까.

“저녁식사는 어땠어요? 어디서 먹었어요?”

“안토넬라 레스토랑에서요.” 목소리는 쾌활한데 그의 표정에는 우려가 섞여 있다. 내가 별안간 화제를 바꾼 것도 마뜩잖은 모양이다. “정말 괜찮은 거 맞아요? 평소 같지 않은데.”

“음식을 사 와서 먹었는데 맛이 별로라 그런가 봐요.”

나는 괜한 거짓말로 넘어가려 하지만 쓸데없는 짓이다. 그는 주방 쓰레기통을 들여다보기만 해도 내가 음식을 사다가 먹지 않았다는 걸 알아챌 것이다. 생각해보니 나는 아직 저녁을 먹지 않았다. 안 그래도 기분이 좋지 않은데 빈속에 와인까지 마셨더니 속이 울렁거린다. 내가 말한다.

“와인 마실래요? 어차피 병을 땄는데 남은 걸 버리기 아까워서요.”

“음, 그럴까요?”

나이얼이 소파로 와 앉는다. 그가 내 옆에 앉은 것은 안색이 좋지 않은 나를 가엾게 여겨서일 뿐이라고 머릿속 목소리가 말한다. 하지만 나는 애써 그 말을 무시하고 주방으로 가 대 없는 와인 잔을 가져온다.

와인을 따라 건네며 그에게 묻는다.

“저녁식사는 어땠어요?”

젠장.

아까도 물어본 거다.

“정말 괜찮아요?” 그는 어설픈 내 거짓말에 넘어가지 않고 재차 확인한다. "저녁으로 뭘 사다 먹었어요?"

이럴 때면 그가 내 속을 빤히 들여다보는 것만 같다.

상기된 내 뺨을 가려주는 방 안의 어둠에 감사하며 나는 어깨를 으쓱한다.

"새로 생긴 중국 음식점에서 사다 먹었어요."

나는 억지로 미소를 짓는다. 평소처럼 행동하고 싶다. 또 다른 브리엔에 대한 생각, 지금 상황에 대해 고민할 때마다 혈관에 범람하는 지독한 무력감은 그만 떠올리고 싶다. 이틀 밤쯤 푹 자고 나서 공격 계획을 세우고 가능한 선택지들을 검토하고 나면 문제를 해결할 수 있지 않을까.

음모를 잘 꾸미는 똑똑한 사람들은 남들보다 한 수 앞서 나간다. 무작정 서두르기나 하고 필요한 사실 정보를 미리 확보하지 못한다면 그 여자를 도망치게 만들 뿐이다. 기필코 그 여자를 붙잡아 의문에 대한 답을 들어야겠다.

왜 내 인생을 훔치려 하는지, 원하는 게 뭔지 알아야겠다.

"아, 아까 내가 우편물 가져왔어요. 당신 건 전자레인지 옆에 뒀어요."

우편물을 집으로 가져오는 일은 늘 나이얼이 했다. 작년에 지역 우체국은 이 집에서 한 블록 떨어진 곳에 '동네 우편함'을 설치했다. 그 후 나이얼은 퇴근하고 오는 길에 동네 우편함을 확인하고 우리 우편물을 가져오곤 했다. 아까 보니 우리 집 우편함 칸이 꽉 차 있었다. 쓸데없는 광고지와 카탈로그가 대부분이었지만.

"아, 이런. 우편함이 꽉 차 있었겠네. 미안해요." 나이얼은 긴 손가락으로 와인 잔을 감싸 쥔다. "내가 요즘 왜 이러지? 우편물 챙기는 걸 깜박한 적이 없었는데."

문득 다른 쪽으로 생각이 미친다.

그가 우편물 챙기는 걸 잊어버렸다면 요전 날 밤에 출입문이며 창문들을 잠그는 걸 잊어버렸을 수도 있지 않나?

또 시작이다. 또다시 성급한 결론을 내리고 있다.

와인 잔을 들어 남은 술 몇 방울을 마저 마시며 초조함을 내리누른다.

소파에 앉은 우리는 노부부처럼 〈데이트라인〉 뉴스 재방송을 멍하니 시청한다. 내 옆에 앉은 나이얼. 바로 옆이라 그의 체온이 팔에 전해지고 몸에 전율이 흐른다…….

곧 케이트가 머릿속에 떠오른다.

얼굴 없는 또 다른 여자.

웃긴다. 나는 나이얼을 남자로 좋아하는 게 아닌데, 나이얼과 케이트에 대한 상상을 할 때마다 질투로 속에서 천불이 난다.

나이얼은 친구다.

아직 케이트의 남편이기도 하다.

이건 경쟁 대회가 아니다.

나는 텔레비전 소리를 줄이며 입을 연다.

"나이얼?"

그가 나를 돌아본다.

"왜요?"

"결혼생활은…… 만족스러웠나요?"

순간 그의 몸이 굳는다. 깜박이는 텔레비전 화면의 빛이 그의 얼굴을 괴상한 색으로 물들인다.

"그럼요."

그와 나 사이에 의미심장한 침묵이 흐른다.

"부인과…… 재결합할 생각 있어요?"

나는 대담한 질문을 던지고 만다.

와인에 취한 탓일까. 자제력도, 입안의 필터도 잃고 말았다.

"무엇보다 바라는 바죠." 그는 나지막이 대답한 후 잠시 뜸을 들이다 덧붙인다. "그런 건 왜 물어요?"

화가 났을까. 주제넘게 참견을 하고 말았다. 집주인과 임차인 사이의 선을 넘어버렸다. 우리 사이에 싹트기 시작한 우정마저…… 또다시 저만치 밀어내고 말았다.

"요즘 결혼에 대한 생각을 많이 하고 있거든요. 이것저것." 나는 방금 전 캐물은 것을 무마하려고 애써 덧붙인다. "알잖아요…… 내가 잡생각 많이 하는 거."

나는 리모컨을 들고 소리 버튼을 누른다. 〈데이트라인〉 뉴스 진행자의 목소리가 다시 응접실을 가득 채운다. 나이얼은 두 다리를 꼬았다 풀었다 하면서 다시 편안하게 앉는다. 당장 자리를 박차고 일어날 생각은 없는 듯하다.

내가 사생활을 캐물은 일로 그가 옆방으로 가버리거나, 아예 짐을 싸서 이 집을 떠나는 일이 일어나진 않을 것 같다. 나는 안도의 한숨을 내쉰다.

우리는 다시 노부부처럼 텔레비전을 본다. 그와 케이트 사이가 좋아지고 있다면 지금 그가 내 옆에 앉아 있을 리 없다는 생각이 뇌리를 스친다.

케이트와 화해했으면 그녀와 함께 있겠지. 그런데 지금 나이얼은 여기 있다.

친구인 나와 함께 시간을 보내고 있다.

내가 알기로 그의 제일 친한 친구는 나다.

다른 사람이 아닌 바로 나.

하지만 신중해야 한다. 그는 케이트에게 아직 감정이 남아 있다고, 결혼생활은 좋았다고, 다시 합칠 가능성이 없지는 않다고 분명히 밝혔다.

나는 강도를 당해 머리를 다쳤다.

심장마저 갈가리 찢기고 싶진 않다.

친구들을 전부 잃었는데…… 나이얼마저 잃을 수는 없다.

10장

이러지 말자고 스스로를 타이르며 화요일 아침을 내리 보냈다. 하지만 오후로 접어들면서 머릿속 이성의 목소리는 잔소리와 쓸데없는 잡소리가 되어 힘을 잃고 만다. 삐걱거리는 계단을 밟고 위층으로 올라가는 동안에도 나는 말없이 자책한다. 이건 잘못된 짓이라고, 지난 주말처럼 나이얼의 눈에 띄면 얼마나 큰 창피를 당하겠느냐고 자신을 뜯어 말린다.

하지만 결국 완벽하게 정돈된 나이얼의 침대 가장자리에 걸터앉아, 그의 별거 중인 아내의 일기장을 펼쳐보고 만다.

7월 17일

저녁때 나이얼에게 부부상담을 받아보는 게 어떻겠느냐고 드디어 물어봤다. 그는 쌍수를 들어 환영했다. 그도 상담을 받을 필요성을 느꼈다고, 요즘 우리 사이가 점점 멀어지는 기분이었다고 말했다. 오늘 아침에 그는 내게 꽃을 보냈다. 내가 좋아하는 파스텔톤 복숭아색에 줄기가 기다란 장미 스물네 송이. 우리 둘이 좋아하는 식당에 오늘 저녁 예약을 해뒀다는 다정한 쪽지도 함께였다.

일기를 삼 일치 더 읽고 있는데 뒷문 닫히는 소리가 울려 퍼진다.

나이얼이 돌아온 모양이다.

얼른 일기장을 덮고 그의 침대 옆 램프에 도로 기대놓는다. 오늘 읽은 일기의 내용은 내 바람만큼 흥미롭지는 않았다. 가정주부인 케이트는 취미 삼아 이런저런 자선활동을 하면서 지루한 일상을 일기장에 기록해놓았다. 지금까지 읽은 내용에 따르면, 두 사람은 수년 전 나이얼이 종양학과 의사로 교대근무하던 시기에 매사추세츠주에서 처음 만났다. 케이트는 매사추세츠주에 아는 사람이 없었다. 행간을 읽어보니 케이트는 외롭고 불안한 나날을 보내면서도 남편과의 사랑에 푹 빠져 그 힘으로 버틸 수 있었던 것 같다.

일기장에는 그들의 사랑 이야기가 담겨 있다. 남들은 공감할 수 없겠지만, 나는 이 일기장이 어떤 식으로 끝을 맺을지 궁금해 애가 탄다.

가볍고 민첩하게 그의 방을 빠져나가려다 서랍장에 몸이 스치며 그 위에 있던 서류를 떨어뜨리고 만다. 바닥에 엎드려 주섬주섬 서류를 모아 다시 서랍장 위에 올려둔다. 그러고 나서야 이게 무슨 서류인지 알아챈다.

나이얼과 케이트 엠벌린의 이혼 서류다.

아, 맙소사!

서류에 나이얼의 서명은 되어 있다.

서둘러 방을 나와 복도 맞은편의 간이 욕실로 숨어 들어간다. 발소리를 들어보니 나이얼은 곧장 자기 방으로 오고 있다. 잠시 후 그의 방문이 닫히는 소리가 들린다. 이제 나가도 될 것 같다.

발을 옮길 때마다 계단이 삐걱댄다. 식은땀이 밴 손바닥으로 난간을 잡았더니 손바닥이 쭉쭉 미끄러진다. 계단 맨 아래칸에 다다라서야 고개를 돌려 계단 위쪽을 확인한다. 나이얼이 그곳에 있지 않은 걸 보니 이번에는 들키지 않은 것 같다.

주방으로 돌아와 저녁 메뉴로 뭘 할지 생각하며 냉장고와 식료품 저장실을 뒤적인다.

치킨 카르보나라를 해야겠다.

재료는 집에 다 있다.

나이얼이 좋아하는 요리다. 지난번에 만들어줬을 때도 그는 칭찬을 아끼지 않았다. 예의상 한 말일 수도 있지만 내가 보기엔 진심 같았다.

상자에 담긴 자연방목 계란과 갈색 종이에 싸인 얇은 베이컨 조각을 냉장고에서 꺼낸다. 냉장고 문을 닫은 순간 문 뒤에 서 있던 나이얼을 발견한다. 너무 놀라 손에 든 걸 떨어뜨릴 뻔한다. 그는 언제나처럼 조용하고 멀쑥한 모습으로 공간을 차지하고 있다.

"음, 오늘 저녁은 같이 나가서 먹을까 했는데요."

어쩐지 평소보다 밝아 보이는 얼굴로 그가 말한다.

같이 축하를 하자는 뜻인가?

그가 이혼 서류에 서명을 했으니 말이다.

나는 베이컨과 계란을 도로 냉장고에 집어넣는다.

"좋아요. 그렇게 해요."

'바루Baru46'은 퀴너섹블러프시의 세련된 상업지구에서 제일 최근에 개점한 레스토랑이다. 이 지역에서는 온갖 인기 있는 상점과 식당이 태어나고 때로는 죽어 사라진다. 바루46에는 온갖 낭만적인 요소가 갖춰져 있다. 촛불, 소믈리에, 두 사람을 위한 특별 요리, 그리고 구석에서 스패니시 기타를 퉁기는 연주자까지. 이 정도면 평범한 저녁식사가 아닌 것 같다.

지나친 의미 부여를 하지 않으려고 마음을 다잡고 있는데 사방에 앉아 있는 커플들이 눈에 띈다. 그의 이혼 서류에 잉크가 마르지도 않았고 그는 내게 키스조차 시도한 적이 없다. 분별력 있고 이성적인 사람이니 마음의 상처를 아직 완전히 회복하지 못한 여자와 성급하게 연애를 시작할 것 같지는 않다.

"내가 당신 것까지 주문할게요."

나이얼이 말한다. 내가 메뉴판을 들여다보며 어쩔 줄 몰라 하는 걸 알아챈 모양이다. 내가 너무 긴장해서 혀까지 굳어버린 걸 눈치챘는지도 모르겠다. 아니면 신사처럼 처신하기 위해 대신 주문해주겠다고 했을 수도 있다. 어느 쪽이든 사려 깊은 그다운 제안이다.

"그래주면 좋고요."

나는 메뉴판을 내려놓고 안도의 숨을 내쉰다.

잠시 후 서빙 직원이 우리 테이블로 다가온다. 나이얼과 서빙 직원이 특별 요리와 추천 요리에 대해 얘기하는 동안 나는 실내를 둘러본다. 어두운 편이다. 테이블 한가운데 놓인 촛불 빛이 깜박거리며 사람들의 얼굴을 물들이고 있다. 어둑한 실내에 적응하고 나니 구석 자리에 앉아 있는 익숙한 얼굴이 눈에 들어온다.

앰버. 예전에 친하게 지냈던 친구다.

앰버는 웬 남자와 함께 앉아 있다. 남편 주드를 두고 바람을 피우는 건가? 그새 이혼했나?

나이얼과 서빙 직원은 타파스[●] 메뉴를 놓고 상세한 논의를 하고 있다. 나는 가만히 앉아 있기가 힘들다. 테이블 아래서 발을 움직거리고 허벅지에 올려놓은 손가락으로 춤을 춘다. 소매를 정돈하고 자세를 바꾼 뒤 머리를 귀 뒤로 넘긴다. 마음이 좀처럼 안정되지 않는다.

앰버를 마지막으로 만난 날, 우리는 여자들이 흔히 보내는 오후 시간처럼 발톱 관리를 받고 곧장 마르가리타 칵테일을 마시러 갔다. 멕시코 푸에르토바야르타시에서 치를 앰버의 언니 결혼식에서 앰버가 맡게 될 신부 들러리 역할에 대해 이런저런 얘기를 나눈 뒤, 나중에 또 문자하자는 인사말을 끝으로 헤어졌다.

여직원이 빵이 담긴 바구니를 갖고 와 나이얼과 나 사이에 내려놓는다. 배가 몹시 고팠던 나는 빵 한 조각을 손으로 집으면서도 앰버에게서 시선을 떼지 못한다.

빵을 조금 뜯어서 맛도 모르고 씹으며 앰버를 줄곧 바라본다.

잠시 후에야 앰버가 내 쪽을 돌아본다. 눈이 마주치자 긴장한 듯 몸이 굳은 앰버는 턱을 살짝 숙이고 동석한 남자에게 무어라 중얼거린다. 남자는 곧 바지 뒷주머니에서 지갑을 꺼내더니 테이블에 지폐 몇 장을 던지듯 내려놓는다.

의자에서 일어선 그들은 레스토랑 가장자리 쪽으로 빙 돌아서 밖으로 나간다. 나를 피하려는 것 같다.

나이얼이 묻는다.

"무슨 생각을 그렇게 해요?"

● 여러 가지 요리를 조금씩 담아내는 스페인식 음식.

나는 앞에 앉은 잘생긴 나이얼을 바라본다. 그의 온화한 푸른 눈동자를 보고 있으니 마음이 곧 편안해진다. 앰버의 유치한 행동에 마음 쓰느라 이 순간을 망치고 싶지 않다. 여기가 중학교도 아니고, 우린 성인들이니 우정이 끝났더라도 어린애처럼 굴 필요는 없다.

그런데 앰버와의 우정이 어쩌다가 끝나 버렸는지 도무지 기억나지 않는다. 방금 전에 보인 앰버의 행동으로 판단컨대, 내 기억에는 없지만 뭔가 사이가 크게 틀어질 만한 일이 있었던 모양이다.

"이 빵이 앞으로 나올 코스 요리의 분위기를 보여주는 건가 하는 생각요……." 나는 빵을 한입 더 베어물고 그에게 한쪽 눈을 찡긋한다. "촛불이 있어서 좋네요. 아늑해요."

"좋아할 줄 알았어요."

나이얼은 와인 잔을 향해 손을 뻗는다. 이제 보니 우리 앞에 레드 와인이 한 잔씩 놓여 있다.

나이얼이 언제 이걸 주문했을까? 언제 와인을 따라놓았지? 내가 왜 몰랐을까?

수술복 차림의 키 큰 남자 의사가 우리 자리 오른쪽 부스에 앉아 있다. 잠시 후 올리브 빛깔 피부를 가진 미인이 의사의 맞은편 자리로 가 앉는다. 의사는 레스토랑 안을 둘러보다가 나이얼을 보더니 눈을 가늘게 뜬다. 마치 아는 얼굴을 발견하기라도 한 것처럼.

"저 사람 알아요?"

내가 그 의사 쪽을 턱 끝으로 가리키며 묻자 나이얼이 그쪽을 돌아본다. 그 순간 의사는 마침 데이트 상대 쪽으로 시선을 돌린다.

"아, 예. 판셔스라고, 동창생이에요."

"가서 인사 안 해요?"

이렇게 묻긴 했지만 두 사람이 학창 시절에 자주 어울렸을 것 같지는 않다.

나이얼은 잔을 들어 입술에 댔다가 내려놓는다.

"됐어요. 난 당신이랑 여기 온 겁니다. 인맥 관리하러 온 게 아니라."

심장이 두근거린다. 잔을 들어 얼른 표정을 숨긴다.

'난 당신이랑 여기 온 겁니다…….'

주문한 코스 요리가 나오기 시작한다. 총 다섯 가지로 구성된 코스다.

이런 요리를 먹어본 게 얼마 만인지 기억나지 않는다.

이윽고 디저트가 나온다. 두 스푼이면 다 먹을 양이지만 식사를 마치기가 아쉬운 마음에 나는 마냥 느릿거린다.

마침내 식사가 끝이 났다. 나이얼이 직원에게 계산서를 요청한다. 그사이 나는 잇새에 파슬리가 끼진 않았는지 확인하려고 서둘러 화장실로 간다.

각자 볼일을 마친 후 카운터 근처에서 만나기로 했다. 먼저 도착한 나는 수조 옆에서 그를 기다린다.

"두그레이라는 이름으로 예약했어요."

갑자기 들려온 여자 목소리에 나는 고개를 돌린다. 누군가 내 성을 입에 올렸다. 한 여자가 불과 1.5미터 떨어진 곳에서 여직원에게 예약 확인을 하고 있다. 내 쪽에서 여자는 뒷모습만 보인다.

여자는 목깃 뒤쪽에 공단 소재의 나비 모양 장식이 붙어 있는, 콘플라워블루 색깔의 세련된 리넨 재킷 차림이다. 어깨에는 눈에 익은 갈색과 검정색 무늬의 고야드 핸드백을 멨다. 핸드백이 그녀의 여성스런 옷차림과 날카로운 대조를 이룬다. 여자가 밤색 머리를 귀 뒤로 넘긴다.

바로 그 여자다.

"이쪽으로 오세요, 두그레이 씨."

안내를 맡은 여직원이 메뉴판 네 개를 집어 든다. 또 다른 나는 여직원을 따라 홀 안으로 들어간다.

그들이 나이얼 옆을 지나가는데 나이얼은 오직 나만 쳐다보며 묻는다.

"괜찮아요?"

나는 고개를 끄덕인다.

그가 내 등허리에 한 손을 갖다 댄다. 우리는 함께 레스토랑 문쪽으로 걸어간다. 나는 그 여자를 한 번 더 보려고 고개를 획 돌리지만 이미 늦었다. 그 여자는 보이지 않는다.

"괜찮은 거 맞아요?"

차에 도착하자 나이얼이 재차 물으며 조수석 문을 열어준다.

"그럼요."

거짓말이다.

그는 나를 가만히 바라본다.

"유령이라도 본 것 같은 표정인데요?"

조수석 문을 닫은 나이얼은 차 앞으로 빙 돌아서 운전석에 올라탄다.

"정말 괜찮죠?"

그는 차에 시동을 걸고 대로로 나간다. 우리 동네에 가까워질

수록 간간이 서 있는 가로등이 보인다. 헤드라이트 불빛이 가로등 빛에 섞여 들어간다.

"괜찮아요. 아는 사람을 본 것 같았거든요. 잘못 봤나 봐요."

"나도 그럴 때 있어요." 그는 운전을 하면서 나를 돌아본다. "낮에 사람들을 많이 만나다 보니까 시간이 지나면 그 얼굴들이 다 뒤섞여요."

내 기분을 풀어주려는 말 같아 고맙다. 하지만 그 여자에 대한 생각을 떨칠 수가 없다. 심장도 계속 빠르게 뛴다. 레스토랑에서 본 그 여자의 모습이 머릿속에서 끝없이 재생된다.

집에 도착하자 나는 그가 차에서 내려 신사처럼 조수석 문을 열어주길 기다리지 않고 직접 문을 열고 내린다.

얼른 집 안으로 들어가고 싶다. 혼자서 생각을 정리하고 싶다. 아까 그 여자의 정체를 어서 알아내야 할 텐데.

뒷문 앞에서 열쇠를 꺼내려고 손을 더듬거리다 열쇠를 바닥에 떨어뜨리고 만다. 열쇠를 줍고 일어서는데 나이얼이 어느새 뒤에 와 있다. 그는 내 손에 자기 손을 가만히 얹는다. 그제야 나는 내가 떨고 있다는 걸 깨닫는다.

"내가 열게요."

그는 자물쇠에 자신의 열쇠를 꽂아 넣는다. 문이 스윽 열린다.

집 안의 편안하고 익숙한 향기가 폐 안을 가득 채운다. 나는 서둘러 집 안으로 들어간다. 힐이 뒤집히든 말든 러그에 아무렇게나 벗어놓고 곧장 내 방으로 들어가 문을 닫는다.

괴한의 습격으로 내 세상이 무너진 후 내 생활은 나이얼을 중심으로 돌아가고 있다. 지금 이 순간도 그와 함께한 멋진 저녁식사를 떠올려야 마땅할 것이다. 하지만 내 머릿속은 온통 익숙한 재킷을 입은 그 여자 생각뿐이다.

침대 발치에 멍하니 앉아 있는데 방문을 노크하는 소리가 부드럽게 들린다.

"저기, 나예요."

나이얼의 목소리에 문 앞으로 달려간 나는 얼굴로 흘러내린 머리를 얼른 손으로 쓸어 넘기고 문을 연다.

우리는 잠시 침묵하며 그 자리에 마주 선다. 나이얼은 엷은 갈색 머리를 손으로 넘긴다.

"혹시 내가 말실수라도 했어요?"

이 상황에 맞는 질문이지만 그는 오글거린다고 생각했는지 말끝에 웃음을 짓는다.

"아뇨. 절대 아니에요."

"그럼 왜……."

그는 내 어깨 너머를 힐끗 쳐다보고는 다시 나와 시선을 맞춘다.

나를 완전히 돈 여자라고 생각하지 않을까.

솔직히 내가 봐도 아주 돈 것 같다.

"아직 시간이 이르니까, 와인 한 병 더 하면 어떨까 하는데……."

그는 자기 때문에 내가 화난 줄 아는 모양이다. 같이 술을 마시면서 내 기분을 풀어주려는 것 같다. 거의 늘 효과가 있었던 방법이긴 하다.

"좋아요. 금방 나갈게요."

내가 분위기를 싸하게 만들었으니 벌충해줘야 한다. 같이 좋은 시간을 보내다 말고 변덕을 부렸으니까. 그가 지금 나를 어떻게 생각할지 상상도 못 하겠다.

우리는 걱정스런 미소를 주고받는다. 진심으로 혼란스러워하는 그의 표정을 뒤로하고 나는 옷을 갈아입기 위해 방문을 닫는다. 지금 입은 원피스 때문에 숨도 못 쉬겠다. 예전에 출근할 때 입었던 원피스인데, 회사를 접고 매일 집에서 빈둥거린 탓인지 허리가 굵어진 것 같다.

머리를 뒤로 쓸어 넘기고 레깅스와 티셔츠로 갈아입은 뒤 주방으로 간다. 나이얼이 와인 병의 코르크 마개를 따고 있다. 나를 보자 그의 표정이 부드러워진다. 안도하는 표정이랄까? 그도 오늘 저녁을 이런 식으로 끝내고 싶지 않았을 것이다. 나도 마찬가지지만.

내가…… 그 여자 생각에 사로잡히지만 않았어도 지금쯤 우리는 키스를 하고 있지 않았을까?

"아까 누굴 봤는데, 당황해서 과잉반응을 했나 봐요."

나는 상황을 정리하고 분위기를 풀어보고자 불쑥 말을 꺼낸다.

그는 코르크 마개를 돌리다 말고 묻는다.

"그 얘길 좀 더 하고 싶어요?"

"아뇨."

그는 코로 공기를 훅 들이마신다.

"알았어요."

그가 강요하지 않는 사람이라 정말 좋다.

나는 와인 잔 두 개를 집어 든다. 그가 잔에 와인을 따르고 우리는 건배를 한다.

분위기가 어느 정도 무르익자 내가 입을 연다.

"고마워요. 오늘 저녁 대접해줘서요. 그런 시간이 필요했거든요."

“그래 보였어요. 언제든 환영이에요. 나중에 또 같이 외식해요.”

“당신 부인이 괜찮다고 하면요.”

또 분별없는 말을 주절거리고 말았다. 와인 탓이라고 하고 싶지만 저녁식사 때 두 잔밖에 마시지 않았으니 와인 때문에 입안의 필터가 고장났다고 말하기는 무리다.

“당연히 괜찮다고 할 겁니다.”

그는 잔 안쪽에 대고 숨을 내쉬며 한 모금 마신다.

문득 이혼 서류가 머릿속을 비집고 들어온다.

그는 서류에 관련 내용을 작성했다.

그리고 서명을 해놓았다.

내가 그걸 어떻게 잊을 수 있을까?

싱크대 앞에 나란히 선 우리 모습이 뒤쪽 어두운 창에 비친다.

우리는 꽤 잘 어울린다. 나이얼과 나. 우리가 커플이라면 모든 면에서 어이없을 정도로 합이 잘 맞는 한 쌍일 것이다. 싸움 한 번 하지 않고, 일상의 소소한 순간에서 만족감을 찾는 커플.

나이얼을 사랑하는 건 너무나 쉬운 일이다.

케이트는 어떻게 이 남자와 헤어질 생각을 했을까?

더 이상은 그를 좋아하지 않는다는 뜻인가?

일기를 보니 케이트는 결혼에 대한 기대치가 무척 높았던 것 같다. 하지만 그들의 결혼생활은 완벽하지 못했다. 그런데 결혼이라는 게 원래 그렇지 않나? 나이얼도 완벽한 남자는 아니다. 완벽에 가까울 뿐이지.

결국 케이트의 손해다.

나는 와인을 다 마신 후 잔을 헹군다. 여기서 멈출 수도 있고 한 잔 더 마실 수도 있을 것이다. 그와 조금 더 대화를 나눌 수도 있다. 서로 적당히 시선을 주고받다가 키스를 할 수도 있을 것이다. 감정이 차오르다 못해 어느 순간 터져버리면 보통 그렇게들 한다. 막혔던 감정의 병목이 뚫리는 순간 자제력을 잃는다. 나는 나이얼과의 키스가 세상 무엇보다 간절하지만 경솔하게 서두르고 싶지는 않다.

나이얼은 이혼 서류에 서명했지만 케이트는 하지 않았으니까.

그의 가슴에 손바닥을 갖다 댄다. 예상보다 더 탄탄한 느낌이다.

"오늘 저녁 같이 있어줘서, 다시 한 번 고마워요."

나이얼의 우묵한 눈이 평소보다 멍하게 보인다. 피곤에 지쳤거나 실망했거나 둘 중 하나일 텐데 어느 쪽인지 모르겠다.

"잘 자요."

"잘 자요, 나이얼."

나는 돌아서서 주방을 나선다.

방으로 돌아가면서 나이얼이 내게 했던 다정한 말과 행동, 마치 부부처럼 그와 이 집에서 생활하며 느낀 감정을 되새김질해본다.

문득 내가 너무 앞서간다는 생각이 든다.

그는 내게 특별한 감정이 없을 수도 있다. 진짜 사랑하는 사람이 곁에 없으니 나를 싸구려 대용품 삼아 위안받고 있는지도 모른다. 그렇다면 난 일종의 대역이겠지. 살아 숨 쉬는 종이 인형. 외로움을 달래주는 약 같은 존재.

나는 케이트를 모르지만, 내가 케이트가 될 수 없다는 사실은 분명히 안다.

나는 나일 뿐이다.

11장

수요일 아침, 별안간 브리엔의 인스타그램 계정이 궁금해진다. 계정을 찾아내기까지 이 초밖에 걸리지 않는다. 그 여자의 프로필은 활짝 공개돼 있다. 어쩌면 이 여자는 의외로 똑똑하지 않을 수도 있겠다는 생각이 든다.

며칠 전 이 여자는 이삿짐용 상자들을 쌓아놓은 사진을 인스타그램에 올리면서, 자신의 위치를 '하코트 아파트'로 표시해놓았다. 프로필 전체를 열어놓은 건 스토커 기질이 있는 사람들에게 어서 오라는 뜻이나 마찬가지다.

나는 사진들을 둘러보다가 매니큐어를 새로 칠한 손톱 사진을 발견하고 멈칫한다. 손에 근접해 찍은 흔해 빠진 사진이다. 손톱 색깔이 꽤 익숙하다. '파리에서 맨발로'라는 콘셉트의 매니큐어 색깔이다. 물론 여기서 내 신경을 건드리는 건 매니큐어가 아니다.

사진 속에서 여자는 자기 차에 앉아 있다. 운전대를 잡고 있는 걸 보니 그런 것 같다. 사진을 확대하자 은색 고리 네 개가 일렬로 연결된 아우디의 고유 엠블럼이 보인다. 내 차와 똑같은 차다.

휴대폰을 내려놓고 잠시 숨을 돌린다.

티테이블 서랍에서 펜을 꺼내 들고 옆에 있던 수첩을 펼쳐 빈 페이지에 목록을 작성한다.

1. 같은 이름
2. 같은 도시에 거주
3. 같은 머리 모양
4. 같은 로즈골드 줄세공 귀고리
5. 같은 고야드 백
6. 같은 음악 취향
7. 같은 차

이 중에 몇 개의 항목만 같다면 우연일 수 있다. 하지만 이 모든 항목이 겹친다면?

이 여자가 어째서 내 신용 정보를 도용하거나 내 은행 계좌에 접근을 시도하지 않는지 이해할 수가 없다.

논리적으로도 맞지 않는다. 여자는 내 신분을 훔쳤지만 전형적이지가 않다. 보통은 남의 돈을 털어먹으려고 신분을 훔치는데 그녀는 내 돈을 한 푼도 건드리지 않았다. 내 재산이 수백만 달러에 달하는데 말이다.

나는 조부모님께 물려받은 재산을 수년째 헐지 않았다. 조부모님은 내가 대학에서 공부할 수 있게 지원해주셨고, 보험 대리점을 열 수 있도록 첫 사업 자금도 빌려주셨다. 게다가 이 집까지 남겨주셨다. 조부모님 덕분에 나는 여덟 살 이후로 부족함 없이 살아왔다. 두 분이 세상을 떠난 후 나는 물려받은 재산에 손댈 마음이 나지 않았다. 꽤 큰 금액이지만 말이다.

할아버지는 '졸부는 요란하고 거부는 조용하다'라고 늘 말씀하셨다. 나는 그 말씀을 내 인생의 지표로 삼고 있다.

또 다른 '브리엔'의 사진들을 마저 훑어본다. 이 여자와 나는 같은 곳에서 쇼핑하며 살고 있다. 엄밀히 말하면 내가 예전에 쇼핑했던 곳에서 이 여자가 물건을 사들이고 있다. 이런 사실에 처음에는 기함을 했지만 그것도 점점 익숙해진다. 우연인지 모르겠지만, 이 여자가 즐겨 마시는 술 역시 내가 좋아하는 사제락 Sazerac 칵테일이다.

이 여자는 72주 전부터 줄곧 인스타그램에 사진을 올리고 있다. 인스타그램 프로필을 만든 게 72주 전이니 72주일 동안 브리엔 두그레이로 살아온 것이다. 그동안 나는 이 사실을 까맣게 몰랐다.

나는 또 다른 공통 항목을 찾으면 목록에 추가하려고 인스타그램 사진들을 다시 한 번 살펴본다. 익숙해 보이는 여자의 세상 속으로 나는 거의 무아지경으로 빨려 들어간다. 잠시 한숨 돌리며 시계를 보니 오후 2시가 다 되었다.

휴대폰 배터리의 잔량 표시 부분이 깜박거린다. 휴대폰을 충전기에 연결하고 화면에서 애써 시선을 돌린다. 말 그대로 그리고 상징적으로 이 자리를 벗어나 우편물을 가지러 밖으로 나간다. 충격적일 정도로 예전의 내 삶을 고스란히 흉내 낸 여자의 사진들을 되씹어보니, 그녀가 습관적으로 찾는 장소가 있었다.

매주 목요일,

특별할인 시간대인 오후 3시부터 6시 사이,

그 여자는 '이탈리아 피나'라는 술집을 방문한다.

12장

목요일 오후 3시 반, 이탈리아 피나에 도착한 나는 낯선 바텐더에게 사제락 칵테일 한 잔을 주문하고, 한쪽 구석의 빈 부스에 자리를 달라고 말한다. 그리로 가 앉아 노트북과 수첩을 펼쳐놓고 스프레드시트 문서를 아무거나 열어놓는다. 의심을 사지 않기 위한 소품이다.

그리고 여자가 나타나기를 기다린다.

이곳은 예전처럼 붐비지 않는다. 내가 모르는 다른 핫한 술집에서 최근에 특별할인 시간대를 새로 만들어 운영 중인 걸까? 어쨌든 이 술집에는 적당한 머릿수의 단골들이 앉아 있으니, 내가 술집 앞문과 8미터 길이의 바까지 훤히 내다보이는 자리를 차지하고 있다고 해서 크게 눈에 띄지는 않을 것 같다.

주문한 칵테일을 다 마시고 나니 오후 4시다. 내 흉내를 내는 여자는 나타날 기미조차 없다.

그 여자의 인스타그램을 다시 한 번 들여다보기로 한다.

어제 하트 모양 거품을 올린 카푸치노 사진이 올라온 후로 새로운 사진은 포스팅되지 않았다. 나는 최근에 올라온 사진들을 쭉 살펴본다. 지난 9주일 동안 여자는 목요일마다 꼬박꼬박 이 술

집을 찾았다.

특별할인 시간대는 아직 두 시간 남았다. 나는 지나가는 직원에게 한 잔 더 주문한 뒤 술집 안을 둘러보고 노트북 화면으로 시선을 돌린다.

두 번째 잔을 거의 비우고 시계를 보니 5시 반이다. 최대한 아껴 마시면서 버텼지만 어쩔 수 없이 세 번째 잔을 주문한다. 마시려는 게 아니라 의심을 사지 않기 위한 소품용이다. 노트북과 수첩을 테이블에 놓아둔 것처럼. 머리를 맑게 유지하면서도 초조함을 덜기 위해 필요하기도 하다.

어느새 방광이 꽉 찬 느낌이다. 시계를 보니 특별할인 시간대가 이십오 분 남았다. 아직까지 안 왔다는 건 오늘은 아예 올 생각이 없다는 뜻일까?

그만 자리를 정리하려는데 앞문이 열리더니 황혼의 빛줄기가 어둑한 술집 안으로 잠시 쏟아져 들어온다. 이어서 자신감 넘치는 모습의 여자가 손가락으로 머리를 쓸어 넘기며 당당하게 걸어 들어온다. 여자는 남자 바텐더에게 미소를 지으며 바 왼쪽 끝에 자리를 잡는다. 한쪽 다리를 꼬고 끝이 뾰족한 검은색 하이힐을 스툴 맨 아래 가로대에 걸쳐놓는다.

그녀가 바텐더와 짧은 얘기를 주고받으며 고야드 백을 의자 등받이에 걸어놓는다. 잠시 후 바텐더가 칵테일을 만들기 시작한다.

라이 위스키,

비터스,

압생트,

그리고 각설탕 하나.

저 여자도 사제락 칵테일을 주문했다. 인스타그램 프로필을 이미 훑어본 후라 그다지 놀라울 것도 없다.

바텐더는 내 쪽을 힐끗 쳐다본다. 같은 날 저녁 두 여자 손님이 흔치 않은 똑같은 칵테일을 주문하니 의아한 모양이다.

사제락은 남자들이 즐겨 마시는 칵테일이라고들 한다. 맛이 강해서 서서히 익숙해져야 마실 만하기 때문일 것이다. 이 칵테일을 내게 처음으로 소개해준 사람이 우리 할아버지라는 사실을 감안하면 그럴 만도 하다. 예전에 친구들은 내가 마시는 사제락을 한 모금 맛보고는 어떻게 이런 독이나 다름없는 술을 마실 수 있느냐는 듯 쳐다보며 콜록거리곤 했다. 하지만 저 여자는 전혀 그런 표정이 아니다.

백 번은 더 마셔본 사람처럼 익숙하게 사제락을 마시고 있다.

인상을 찌푸리지도 않고 움찔하는 기색도 없다.

또 다른 나는 머리를 귀 뒤로 넘기고 손으로 턱을 받친 뒤 팔꿈치를 바 위에 올려놓는다. 그리고 바텐더에게 무어라 얘기를 건넨다. 적어도 내 눈에 보이는 모습은 그렇다. 여자의 눈은 빛나고 얼굴에는 생기가 흐른다. 두 손을 써가며 얘기를 하고 있는데, 저것도 내 오랜 습관이다.

바텐더는 파란 행주로 여자 앞의 바를 닦으면서, 마치 여자에게 매혹된 듯 그녀가 하는 모든 말에 웃음을 짓는다.

그때 한 커플이 여자의 오른쪽으로 다가와 자리를 잡고 앉는다. 여자는 그들 쪽으로 몸을 살짝 기울이면서 커플 중 여성의 팔에 손을 슬쩍 얹는다.

그러면서 여성의 신발을 손으로 가리킨다.

구두가 멋지다고 칭찬을 하는 모양이다.

나도 예전엔 저랬다. 처음 보는 사람에게도 친근하게 말을 걸 수 있었다. 상대를 칭찬하면 어색한 분위기가 금방 사라진다. 초등학생 시절 그 어린 나이에 3년간 다섯 차례나 전학을 다니면서 나는 다정한 언행이 우정으로 이어지는 지름길임을 눈치챘다.

지금 또 다른 나는 한 번은 시계 방향으로, 또 한 번은 시계 반대 방향으로 술잔을 돌린 후 한 모금 마신다. 예전 내 모습을 동영상으로 보는 기분이다. 세밀하게 하나하나 잘도 흉내 낸다.

별안간 속이 확 뒤집히면서 목구멍에서 쓰디쓴 담즙이 올라온다. 간단한 요리라도 주문해 먹을 걸 그랬다. 그랬으면 속을 다스리고 몇 시간 동안 마신 술기운을 가라앉히는 데 도움이 됐을 텐데. 근데 내가 오늘 점심은 먹었던가?

지나치게 흥분해서,

온갖 준비 작업을 하느라,

영양 보충을 할 생각은 하지도 못했다.

점점 더 심한 쓴맛이 목 안에 차오르자 어쩔 수 없이 화장실로 향한다. 핸드백을 어깨에 걸쳐 메고 나머지 소지품들은 자리에 놓아둔 채 뒤쪽의 화장실로 들어가 문을 닫는다.

변기 위에 엎드린 채 눈을 질끈 감는다. 살균 소독된 공기, 청소용 세제 냄새가 폐에 들어차면서 한순간 구역질이 더 심하게 올라온다.

다행히 그 순간은 곧 지나가고 언제 울렁거렸나 싶게 속이 멀쩡해진다.

이상한 일이다.

손을 씻고 나와 내 자리로 향한다. 최대한 눈에 띄지 않으려고 고개를 살짝 숙인다. 자리에 앉자마자 바 쪽을 확인한다.

허무하게도,

그 여자와 그 여자의 핸드백, 음료는 사라지고 없다.

마치 애초에 그 자리에 있지도 않았다는 듯.

13장

이탈리아 피나를 나와 휴대폰을 확인해보니 부재중 통화가 다섯 통 와 있다. 전부 나이얼이고, 바로 전 한 시간 동안 걸어온 전화다. 술집에 있는 동안 벨소리를 무음으로 해놓았는데, 내 나름의 이유로 그럴 수밖에 없었다.

나이얼은 감정이 크게 흔들리는 스타일이 아닌데, 나와 연락이 닿지 않아서 놀란 걸까? 생각해보니 이렇게 계속 전화를 한 것도 그의 스타일은 아니다.

주차장에서 출발하기 전에 그에게 문자를 보내 십 분 안에 집에 도착한다고 알린다. 곧바로 메시지 '읽음' 표시가 뜨지만 답장은 없다.

평소의 그 사람 같지가 않다. 내 머리는 벌써 최악의 시나리오를 쓰기 시작하고 세차게 밀려오는 두려움을 느낀다. 누군가 집에 침입했을지 모른다는 두려움.

집 앞에 도착하니 내 두려움은 한낱 쓸데없는 걱정일 뿐이었다.

경찰차 경광등도, 조사관도, 깨진 유리창도 보이지 않는다.

초조하게 서성이는 나이얼만 보일 뿐.

주방 창문 너머로 그의 모습이 보인다. 주방 타일에 무슨 문양이라도 그리려는지 계속 왔다 갔다 하고 있다. 뒷문으로 들어가자마자 그의 길고 날씬한 두 팔이 내 어깨를 감싸 안는다.

나는 그에게서 희미한 아침 샤워 냄새, 그의 몸에서 늘 풍기는 항균 비누 냄새를 들이마시며 가만히 안긴 채 묻는다.

"무슨 일이에요?"

"집에 왔는데 당신도 없고 메모도 안 보여서 걱정했어요."

지난밤 일 때문일 것이다. 분명하다.

그는 내 심리 상태가 불안정해졌을까 봐 걱정한 듯하다.

그는 내가 환각을 보고 있다고 여긴다.

내 행동이 비정상적이고 괴상하며 비이성적이라고 보는 것이다.

물론 그의 생각이 전부 틀린 건 아니다.

"술 좀 마시고 왔어요."

그의 시선이 내 어깨에 걸린 가죽 메신저백으로 향한다. 왜 노트북을 가지고 나갔다 왔는지 물을 것만 같다. 나는 조용히 숨을 내쉬며 이 순간이 어서 지나가기를 기다린다.

"혼자서요?"

믿기 어렵고 걱정된다는 말투다.

"다시 바깥바람을 쐬니 좋네요." 나는 메신저백을 어깨에서 내려 주방 의자 등받이에 걸어놓는다. "이제 조금씩 나아지겠죠."

그를 향해 돌아서는데 그가 손으로 내 얼굴을 감싸듯 한 채 눈을 들여다본다. 온몸에 기분 좋은 전율이 흐른다. 마치 집처럼 따스하고 부드러운 온기가 온몸을 감싸는 듯하다.

"얼마나 걱정했는지 당신은 모를 겁니다."

아까와는 달리 그의 목소리가 밝아졌다. 안심한 모양이다.

"내 걱정은 할 필요 없어요."

"말은 쉽죠." 그는 엄지로 내 아랫입술을 문지른다. 나는 몸이 굳어 움직일 수가 없다. "나는 당신 걱정뿐인데."

아, 맙소사!

그가 키스를 하려나 보다.

아무래도 그런 것 같다.

그런 느낌이 든다.

하지만 나는 준비가 되지 않았다.

아직은 아니다.

나이얼은 제일 친한 친구다. 벗이다. 믿을 만한 지인이다.

그동안 내 처지를 망각하고 그와의 로맨스를 수차례 꿈꿔왔지만, 아직 관계의 변화를 받아들일 마음의 준비는 되지 않았다.

몸이 굳어버린다. 말을 할 수도, 움직일 수도 없다. 섣부른 언행으로 그를 밀어내게 될까 두렵다. 한편으론 지금 그의 뜻에 따른다면 어떻게 될지 궁금하기도 하다. 그동안 나는 그가 나를 불쌍히 여긴다고 생각했는데, 그게 다 오해였을까?

그와 나의 간격이 좁아진다. 무한처럼 길게 느껴지던 순간이 지나고 어느새 그의 입술이 내 입술에 포개진다.

그의 키스는 부드럽고 느긋하다. 자비롭다.

나는 그의 입술을 받아들인다. 이러면 안 된다는 판단을 뒤로한 채 두 손을 뻗어 그의 턱부터 목까지 손가락 끝으로 쓸어내린다.

돌연 그가 고개를 돌린다. 우리의 키스는 언제 시작했나 싶게 끝나 버렸다.

녹아내린 열기가 내 두 뺨을 달군다.

"미안해요."

그의 말에 나는 입술 안쪽을 혀로 잘근 씹는다. 그의 눈을 마주 볼 수가 없다.

"이렇게 서두르면 안 되는 건데. 당신이 건강부터 회복해야 하는데. 일상에 대한 열망이 너무 간절한 나머지 회복을 위해 무리하게 노력하다가 다시 심신이 망가지는 환자들을 수없이 봐왔어요."

나는 팔짱을 끼며 한 걸음 물러선다.

"나는 당신이 돌보는 환자가 아니에요."

"그런 뜻이 아니라. 한 번에 하나씩 해야 한다는 뜻입니다. 이 방향으로 나아갈 생각이라면 제대로 해야 한다는 거죠."

"당신이 먼저 나한테 키스했다는 건 알고 있죠?"

그는 깔끔하게 빗은 머리를 손으로 쓸어 넘긴다. 입술을 움직거리지만 그의 입에서 나오는 건 한숨뿐이다.

그가 대답하기 전에 나는 다시 묻는다.

"이혼 문제 때문인가요?"

내가 알기로 케이트는 이혼 서류에 아직 서명하지 않았다.

나이얼이 나를 좋아할 수는 있다.

하지만 케이트에 대한 미련을 아직 버리지 못했을 수도 있다.

나한테 키스했다가 돌연 죄책감이 들어 뒤로 물러서며, 괜히 내 탓을 하는 것인지도 모른다.

그는 숨을 내쉬며 어깨를 올렸다가 내린다.

"맞아요."

나이얼은 여러모로 대단한 사람이지만, 인생의 짐과 과거를 짊어진 인간이기도 하다.

"잘 자요, 나이얼."

나는 문틀과 그의 사이를 비집고 주방을 나간다. 곧장 내 방으로 가 등 뒤로 문을 잠근다. 굳이 문을 잠글 필요는 없었다. 그저 내 감정 상태를 표현한 것뿐이다. 지금은 내 마음을 온전히 지키고 싶다.

그러려면 그와 거리를 두어야 한다.

옷을 벗고 부드러운 저지 소재의 잠옷으로 갈아입는다. 자잘한 꽃무늬가 들어간 연한 복숭아색 잠옷. 섹시함과는 거리가 먼 소녀 취향이다. 잠자리에 들기 전 욕실로 가서 씻고 나온다. 휴대폰을 들고 침대에 눕는다. 아직 저녁 7시도 되지 않았다는 사실은 중요하지 않다.

휴대폰 화면의 불빛이 너무 환해서 눈이 따갑다. 화면 밝기를 낮추자 눈이 점차 화면에 적응한다. 인스타그램 아이콘을 두드려 나이얼이라는 이름을 검색해본다. 특별히 어떤 정보를 찾는다기보다는…… 그저 뭐든 파보려는 것이다.

나보다 몇 살 많은 그는 온종일 휴대폰에 코를 박고 다니지 않는, 지구상 몇 안 되는 사람들 중 하나다. 그가 소셜미디어 앱을 사용하는 걸 한 번도 본 적 없지만 그래도 한번 찾아보려 한다.

검색 칸에 '나이얼 엠벌린'이라고 입력한 뒤 숨을 죽인다.

결과물이 없는 것으로 나온다.

호기심에서 '케이트 엠벌린'도 검색해본다.

결과물 다섯 개가 나온다.

위에서부터 하나씩 확인해본다. 세 개는 십 대 소녀, 하나는 어떤 할머니의 것이다. 마지막은 검은색 립스틱을 바르고 머리를 보라색으로 염색한, 영국에 거주하는 여성의 것이다. 이 여성이 케이트일 가능성은 낮아 보인다.

케이트의 외모를 인스타그램으로 확인할 수 없어서 실망스럽기도 하지만, 한편으로는 안심이 된다. 만약 인스타그램에서 케이트의 사진을 찾았다면 밤 내내 나와 그 여자를 비교하면서 샅샅이, 함부로 자료를 뒤져봤을 것이다. 결국 쓸데없는 짓거리겠지만.

나이얼이 오늘 하루를 마치고 케이트와 함께 있고 싶었으면 케이트의 곁으로 갔을 것이다. 케이트와 나를 비교하면서 시간을 허비해봤자 그가 결혼을 정리하고 앞으로 나아갈 준비가 돼 있지 않은 상태에서 내게 키스했다는 사실은 변하지 않는다. 케이트가 이혼 서류에 서명하지 않았다는 것은 아직 그들 부부 사이에 희망이 남아 있다는, 관계가 완전히 끝나지 않았다는 뜻이겠지.

앱을 종료하기 전, 또 다른 나에 대해 마지막으로 한 번 더 확인해본다. 몇 분 전에 새로운 사진이 그 여자의 인스타그램에 올라왔다. 상업지구에 위치한 '클레버 커네리'라는 술집에서 찍은 사진이다. 처음 들어보는 이름의 그 술집은 나이얼이 나를 데리고 저녁을 먹으러 간 레스토랑과 그리 멀지 않은 곳에 있다.

마티니 잔 네 개가 나란히 놓인 사진, 그리고 여자가 세 친구와 함께 찍은 단체 셀카가 보인다. 전에 이 여자와 바루46에 함께 왔던 바로 그 친구들이다.

마지막 사진에서 여자는 사제락 칵테일을 손에 들고 애교스런

각도로 고개를 살짝 돌린 모습이다.

단체 셀카에는 "클레버 커네리에서 친구들과 마지막 한 잔!"이라는 설명을 붙여놓았다.

그만 보고 나가려다가 사진 속의 뭔가에 시선이 꽂힌다. 엄지와 중지로 화면을 확대해 여자의 손목에 찬 팔찌를 자세히 살펴본다. 선명하게 찍히지 않아 분간하기 어렵지만, 내가 예전에 출근할 때 늘 차고 다니던 로즈골드 소재의 만트라 커프 팔찌와 거의 똑같이 생겼다. "핑계 대지 말자"라고 새겨진 팔찌다. 동네 헬스 캠프에서 운영하는 90일간의 프로그램을 친구들과 함께 시작하면서 구입한 팔찌인데, 삶의 많은 부분에 두루 적용될 만한 문구라 그 후로도 계속 차고 다녔다.

휴대폰 화면을 끄고 침대 옆 탁자에 내려놓는다.

생각 끝에 결심을 굳힌다.

그 여자를 만나야겠다.

직접.

내일 실행에 옮길 것이다.

14장

"어떻게 오셨죠?"

다음 날 아침 자홍색 립스틱이 치아에 묻은 적당히 통통한 여자가 하코트 아파트 관리실 문 앞에서 내게 묻는다.

"혹시 제이미 씨 아니시죠? 8시 반에 제이미 씨를 만나 집 구경을 시켜드리기로 했거든요."

"네, 아니에요. 전 여기 사는 친구를 기다리고 있어요."

나는 터프트 직물이 씌워진 긴 의자에 앉은 채 대답한다. 작동 중인 승강기 앞에 위치한, 분수대 맞은편의 이 의자에 앉아 기다린 지 한 시간 반이나 됐다.

얼마나 더 기다려야 할까. 짝퉁 브리엔이 출근하러 집을 나서기 전에 붙잡을 생각이었는데, 아직까지 그 여자는 코빼기도 보이지 않는다.

책상에 자리한 관리인 여자가 몇 분에 한 번씩 나를 흘끔거린다. 관리인을 탓할 일은 아니다. 낯선 사람이 한 시간 반 동안 한 자리에 앉아 이따금씩 휴대폰을 확인하거나 천장 타일 개수를 헤아리고 있는 게 일반적인 상황은 아닐 테니까. 하지만 나는 기어코 또 다른 나를 직접 만나볼 생각이다.

그동안 참을 만큼 참았다.

더는 신중하고 전략적으로 가만히 기다리는 짓은 못 하겠다. 그래봤자 아무런 효과도 없었다.

기다리는 짓거리는 오늘로 끝이다.

여기 도착해 그 여자를 기다리는 동안 난 열 번도 넘게 할 말을 연습했다. 세련되고 고급스럽게 훈계를 할지, 악을 쓰면서 난리를 칠지는 아직 정하지 못했다. 품위 있게 행동하는 게 좋겠다는 쪽으로 점차 가닥이 잡힌다. 그 여자를 만나면 아주 혼쭐을 내주고 싶지만 올바르게 처신해야 나중에 후회가 없을 것 같다.

내가 누구인지 알리고 상황 설명을 한 후 그 여자를 관리인 앞으로 데려가 자신이 가짜이며 내 신분을 도용했음을 실토하도록 할 것이다. 그렇게 어른답게 이 문제를 해결할 생각이다.

처음부터 관리인에게 사실대로 말하고 도움을 요청할 수도 있겠지만 사람 속은 알 수 없는 법이다. 관리인이 나를 미친 사람으로 여기고 짝퉁 브리엔에게 이상한 여자가 아래층에서 기다리고 있다고 귀띔할지도 모른다. 그렇게 되면 짝퉁 브리엔은 꽁지가 빠지게 달아나 버릴 테고, 그 짝퉁의 실체가 무엇인지도 모른 채 앞으로 영영 찾기가 힘들어질지도 모른다. 어쩌면 관리인이 경찰을 불러들여 내게 접근금지 명령을 내리게 할지도 모른다.

관리인이 또다시 내 쪽을 흘끔 쳐다본다. 이번에는 나도 마주 쳐다본다. 관리인은 바로 눈길을 돌리고 서류 더미를 뒤적인다.

나는 열두 번째로 휴대폰을 꺼내 들고 짝퉁 브리엔의 인스타그램을 확인한다. 그 여자가 이미 외출해 밖을 쏘다니고 있지는 않을까 해서. 하지만 그 여자는 목요일인 어젯밤 클레버 커네리에서 칵테일 파티를 벌인 후로 사진을 올리지 않았다.

그 여자한테 대답을 듣고 싶다. 어찌 된 일인지 설명을 들어야겠다. 그리고 이런 상황을 그만 끝내고 싶다. 폭행 피해자인 내게 또 다른 정신적 충격을 가한, 비난받아 마땅한 짓거리지만 사과까지는 바라지도 않는다.

아파트 정문이 쉬익 열리는 소리에 그리로 눈길을 돌린다. 하지만 정문으로 들어온 사람은 늙수그레한 신사다. 노신사는 한 손에 반들반들한 마호가니 지팡이를 짚고 승강기 쪽으로 걸어가며 내게 고개를 한 번 끄덕여 인사한다. 노인이 승강기 안으로 들어가자 뒤로 문이 닫힌다.

로비를 둘러보다가 관리인 사무실 쪽을 얼핏 돌아보는데, 자홍색 립스틱을 바른 관리인이 휴대폰을 들고 있는 게 보인다. 관리인은 내 쪽을 향해 부자연스러운 각도로 휴대폰을 든 채 손가락 끝으로 화면을 톡톡 두드린다. 저런 식으로 휴대폰을 세워 들고 문자를 하는 사람은 없다.

몰래 내 사진을 찍고 있는 것이다.

젠장.

나는 얼른 턱을 낮추고 고개를 돌린다.

서두르지 않으려 애쓰며 짐을 챙겨 들고 건물을 빠져나온다.

짝퉁 브리엔이 오늘 아침 집을 나서지 않을 이유는 백만 가지도 더 있을 것이다. 오늘은 느지막이 출근하는 날인가? 어제 술을 마시고 누군가를 집으로 데리고 가 함께 잠든 걸까? 금요일에는 원래 출근을 안 하나?

어쨌든 저 아파트 관리인이 신속하고 손쉽게 나를 신고할 수 있는 상황이다. 사기꾼과 맞대면하러 왔다가 쫓겨나는 상황만은 피하고 싶다.

차로 돌아온 나는 고민을 거듭한다. 어쩌면 짝퉁 브리엔이 아직 집에 있고 오늘 늦게 출근할 수도 있으니 여기서 이삼십 분만 더 기다려볼까 싶다.

오늘 내가 얼마나 오래 집 밖에 나와 있었을까. 그래도 이번에는 나이얼을 위해 쪽지를 남겨뒀다. '볼일 좀 보고 올게요'라고 적은 게 전부지만. 그가 걱정하지 않도록 그 옆에 웃는 얼굴 그림도 그려 넣었다.

앞으로 딱 한 시간만 더 기다려봐야지.

집 앞 진입로로 들어서는데 아직 오전 중반밖에 되지 않았다. 그 여자는 끝내 모습을 보이지 않았다. 덕분에 내 오전 시간은 엉망이 돼버렸다. 집 안으로 들어가 아침 일찍 적어두고 나온 쪽지부터 구겨 쓰레기통에 던져 넣어야겠다. 나이얼이 내게 어디로, 무슨 볼일을 보고 왔는지 묻지 않았으면 좋겠다. 그가 내 걱정을 하거나 내 정신 상태를 의심하게 만들고 싶지 않다.

어젯밤 어색한 키스를 한 뒤로 우리는 서로를 마주 대하지 않았다. 하지만 난 우리 사이가 변하지 않길 바란다. 우린 둘 다 성인이니 거북해할 필요 없이 관계를 잘 이어나갈 수 있을 것이다.

차에서 내려 잠금 버튼을 누르고 뒷문으로 향한다. 손에 열쇠를 쥐고 주변을 둘러본다. 집에서 나온 지 얼마나 됐는지는 중요하지 않다. 덤불 뒤, 아니면 본채와 약간 떨어진 곳에 있는 차고에서 누군가 튀어나와 나를 습격할지 모른다는 생각은 늘 머릿속을 떠나지 않는다.

뒷문으로 걸어가는데, 갈색과 검은색 얼룩무늬의 반쯤 구부러진 꼬리가 계단 뒤쪽에서 비쭉 튀어 올라온다.

비어트리스다.

모습을 보이기도 전에 야옹 소리부터 낸다. 가서 보니 녀석은 누군가 뒷문 쪽 계단 옆에 놓아둔 빈 참치 통조림을 핥고 있다.

내가 준 통조림이 아니다.

나이얼이 줬을 리도 없다.

그는 고양이 알레르기가 심해서 나한테도 비어트리스에게 밥을 주지 말아달라고 당부한 바 있다. 굳이 나에게 그런 부탁을 할 필요도 없었다. 길냥이가 정기적으로 집 앞에 찾아오는 걸 원치 않는다면 애초에 밥을 주지 않아야 한다는 게 상식이다. 나는 정도를 막론하고 누구든 내게 의지하도록 만들고 싶지 않다. 나부터 챙길 능력이 된 후에 다른 살아 숨 쉬는 존재를 챙길 여력이 될 듯해서다.

"미안, 비어트리스."

나는 빈 참치 캔을 집어 들고 자물쇠에 열쇠를 꽂는다.

집으로 들어가 참치 캔을 쓰레기통에 던져 넣는다. 내가 평소에 사 먹거나 식료품 저장실에 넣어두는 브랜드도 아니다. 대체 어디서 온 참치 캔일까?

비어트리스가 다른 곳에서 물고 온 걸까?

이른 점심을 먹으려고 냉동식품을 전자레인지에 넣고 데운 뒤, 짝퉁 브리엔의 인스타그램을 다시 한 번 들여다본다. 그동안 변동 사항이 있는지 확인해보기 위해서다.

달라진 건 없다.

전자레인지의 타이머는 20초부터 시작해 숫자가 줄어들고 있다. 그때 시야 한옆으로 주방 창 앞을 지나가는 이니드 데이비스의 은백색 머리가 보인다. 우리 집 뒷문 쪽으로 오고 있는 모양이다. 나는 뒷문 앞 계단에서 이니드를 맞이한다.

"어서 오세요."

"이 집 우편물이 우리 집으로 왔네요, 또……."

이니드가 우편물 한 무더기를 내게 건넨다.

"고맙습니다."

나는 우편물을 받아 겨드랑이에 끼운다.

그때 계단에서 꼼짝 않고 있던 비어트리스가 이니드의 다리를 감싸며 웅크린다. 배고프다는 듯 이니드를 올려다보며 야옹거린다.

이니드는 혀를 찬다.

"망할 고양이가 또 왔네. 귀엽고 예쁘긴 하지만 어서 자기 집으로 가야 할 텐데. 사람들이 애완동물을 기르면서 동네를 멋대로 돌아다니게 내버려두는 게 이해가 안 돼요. 안 그래요?"

"누구네 집 고양이인지 아세요?"

"이 집일 수도 있고, 저 집일 수도 있고, 그거야 모르죠." 이니드는 손을 휘휘 젓는다. "어느 집인지 알았으면 당장 찾아가서 말했을 텐데. 이 녀석이 여덟 번이나 우리 집 베고니아를 밟아놨어요. 정말이지 진절머리가 난다니까."

"오렌지랑 레몬 껍질을 뿌려두면 고양이가 접근하지 않는대요. 고춧가루도 효과가 있긴 한데 고춧가루를 뿌려두는 건 좀 야박한 것 같아서요."

나는 비어트리스의 방문을 은근히 반기는 편이지만 이니드에게는 솔직하게 말하지 않는다. 비어트리스를 보고 있으면 딱히 걱정하거나 책임져야 한다는 부담 없이 애완동물을 키우는 기분을 느낄 수 있다.

"못된 고양이는 아니에요."

나는 이니드에게 한쪽 눈을 꿈뻑하고는 웅크리고 앉아 비어트리스의 턱 밑을 손으로 긁어준다.

비어트리스는 복슬복슬한 얼굴을 내 손에 부비며 가르랑대다가 도도하게 저만치 가버린다.

"나이얼 씨한테 고양이 밥을 주지 말라고 누누이 말했는데."

이니드가 한숨을 쉬며 토로한다.

"예?"

잘못 들었나 싶다.

"글쎄, 나이얼 씨가 몇 번이나 먹을 걸 집 밖에 내놓더라고요. 그래서 지난번에 이쪽으로 지나갈 때 내가 분명히 경고해뒀는데 남자들이 어떤지 알잖아요. 당최 말을 들어먹어야지."

"확실한가요?"

"뭐가요?"

"나이얼은 알레르기가 있거든요. 고양이 밥을 챙겨줬을 리가 없는데."

이니드가 미간을 찌푸린다. 그녀의 이마에 주름이 자글자글하다.

"확실해요. 늘 이른 시간에 고양이 밥을 내놓던데. 동도 트기 전에. 진입로 맞은편에서 내가 소리치면 손을 흔들더라고요. 매

번 나이얼 씨가 맞았던 거 같아요. 아닐 수도 있겠지만. 어쨌든 알고는 있으라고요. 요즘 댁이…… 바쁜 것 같으니."

손을 휘저으며 진입로를 가로지른 이니드는 연보라와 마리골드 색으로 칠해진 앤 여왕과 빅토리아 여왕 시대풍의 집으로 돌아간다.

나도 집으로 들어와 문을 잠그고는 제대로 잠겼는지 세 번에 걸쳐 거듭 확인한다. 이어서 앞문이 잠겼는지도 또 확인한다.

나이얼이 집 밖에 고양이 밥을 내놨다는 게 믿기지 않는다.

그가 아니면 대체 누구일까…….

15장

금요일 오후 내내 주방에 틀어박혀 있었다. 주방은 창문이 여러 개라 빛이 잘 들고, 진입로와 차고를 비롯해 우리 집 북쪽이 훤히 내다보이니 일단은 제일 안전한 곳 같다.

오후 5시를 막 넘긴 시각, 주방 창으로 헤드라이트 빛이 쏟아져 들어온다. 그 순간 심장이 철렁하면서 부정맥이 널을 뛰더니, 볼보 엠블럼을 보자 순식간에 가라앉는다.

잠시 후 헤드라이트가 꺼지고 나이얼이 운전석에서 내린다.

어느새 나는 손으로 가슴께를 움켜잡고 있다. 어서 공기를 들여보내라고 폐가 비명을 지른다.

그가 집으로 들어온다. 나는 그의 행동 때문에 놀랐다거나, 물어볼 게 있어 몇 시간째 기다렸다는 말은 하지 않는다. 그저 이렇게만 말한다.

"아까 뒷문 쪽에 그 고양이가 얼쩡거렸어요."

"무슨 고양이요?"

그는 관자놀이를 긁적이다 재킷을 벗어 옆에 있는 고리에 건다.

"한 번씩 이쪽으로 오는 귀여운 얼룩고양이 있잖아요."

그의 이마에 생겨난 얕은 골짜기를 보니 골똘히 생각 중인 모양이다. 그가 그 고양이를 기억도 못 한다면 참치 캔을 집 앞에 놓아둔 당사자도 아닐 것이다.

"당신이 알레르기가 있다면서 나더러 고양이 밥을 주지 말라고 했잖아요." 나는 본론으로 들어가기 전에 덧붙인다. "그런데 이니드가 당신이 고양이한테 밥 주는 걸 봤다던데요."

나이얼이 웃는다.

그가 이렇게 소리 내 웃는 건 처음 본다.

"나야 아닌 걸 알죠. 그래서 당신일 리 없다고 했는데, 이니드가 끝까지 당신이 맞다고 하더라고요. 당신이 자기한테 손까지 흔들었다면서."

그는 손으로 코를 슥슥 긁는다.

"내가 고양이한테 밥을 줬다는 시간에 그 아주머니가 안경을 쓰고 있었대요?"

"어두웠다고 했어요. 새벽 무렵이라고."

"거봐요."

"그렇지만…… 당신이 아니라면 누굴까요? 아까 뒷문 앞에 참치 캔이 있었어요. 내가 한 번도 산 적이 없는 상표였는데. 누군가 거기 갖다 놓은 것 같아요."

그는 신발을 벗어 뒷문 앞에 가지런히 놓아둔다.

"누군가가 왜 그런 짓을 했을까요?"

그의 말뜻을 충분히 알겠다. 목소리에서 의심과 불신이 느껴진다.

"내가 알아내려는 게 바로 그거예요." 나는 팔을 옆구리에 붙인 채 어깨를 으쓱한다. "모든 게…… 이상해요." 숨을 훅 내쉬며 말을 잇는다. "어쨌든 당신 알레르기가 도지지 말아야 할 텐데. 고양이가 오늘 뒷문 쪽 계단에서 몸을 이리저리 비비적댔어요."

"알레르기요?"

"예. 당신이 처음 이 집에 왔을 때 말했잖아요. 네발 달린 짐승한텐 종류를 막론하고 심한 알레르기가 있다면서 혹시 집에 애완동물을 기르느냐고 물어봤죠."

나이얼이 소리 내 웃는다.

또.

"미안요. 그런 말 한 기억이 없네요. 내가 그런 말을 했을 리도 없고요. 난 어떤 것에도 알레르기가 없거든요. 사실, 어렸을 때 우리 집에서 세인트버나드 개를 길렀고, 길고양이도 몇 마리 거둬봤어요."

말문이 막힌다.

난 어떻게 실제로 나눈 적도 없는 대화를 이렇게 생생하게 기억하고 있을까?

"아무래도 집에 보안장치를 설치해야겠어요."

나는 그가 이 집에 이사 왔을 때 나눈 대화를 상기시킨다. 괴한에게 습격받고 얼마 지나지 않은 시기여서 보안장치를 설치할 생각으로 견적을 받았더니 무려 2만 달러에 달했다. 집의 규모가 크고 문들도 많은 데다 카메라로 찍어야 하는 공간이 많아서라고 했다.

그때 나이얼은 자기가 직접 재료를 구해다가 보안장치를 설치해주겠다고 했다. 나는 알겠다고는 했지만 무리해서 밀어붙이고 싶진 않았다. 그런 일로 그를 성가시게 하기 싫어서였다. 무엇보다 그와 한 집에 살게 되면서 전보다 안전해진 기분이었고, 매일 집 안 곳곳을 돌아다니며 문과 자물쇠를 직접 확인하다 보면 무력한 상황 속에서 그나마 주도권을 쥔 기분이 느껴지기도 했다.

"보안장치를 설치할 생각이 아직 있으면 그렇게 해요. 전에 한 번 그 얘기를 꺼내고 다시는 안 하길래 생각이 바뀐 줄 알았어요. 일정 확인해보고 계획을 잡아볼게요."

"바쁜 거 알아요. 사람 써서 하면 돼요."

지금으로서는 마음의 평화를 얻을 수만 있다면 얼마든지 돈을 쓸 용의가 있다.

내가 피해망상이 아니고, 미쳐가고 있지도 않으며, 누군가가 그림자 속에 도사리고 있다는 사실을 증명하기 위해서라도 보안장치는 필요할 것 같다.

그가 내 표정을 살피면서 든든한 손으로 내 어깨를 잡아준다.

"이렇게 힘들어하는 모습, 보고 싶지 않아요. 몸에 좋지도 않을 테고요. 가서 좀 눕는 게 좋겠어요. 긴장 풀고 푹 쉬어요."

며칠째 종일 누워 있었지만 긴장을 푸는 데는 도움이 되지 않았다. 오히려 오만 생각이 머릿속을 맴돌아 신경만 잔뜩 곤두섰다.

그는 내 어깨를 잡은 손을 놓고 약장 쪽으로 돌아선다.

"집에 자낙스 있죠?"

나는 고개를 끄덕인다. 퇴원해서 돌아온 뒤 수 주일에 걸쳐 몇 번 외출을 시도했는데 이내 공황발작을 겪게 되자 의사에게 신경안정제인 자낙스 처방을 받았다. 하지만 그 약에 의존하게 될까 봐 두려운 마음에 몇 달째 손을 대지 않았다.

엄마는 무엇에든 잘 중독되는 편이었다. 조부모님은 엄마의 그런 성향에 대해 내게 알려주면서 늘 조심시켰다. 엄마는 남자, 돈, 약물에 중독됐다. 중독적인 성향의 것들이 엄마를 찾아내거나, 엄마가 그런 것들을 찾아내거나 둘 중 하나였다.

나이얼이 오렌지빛이 감도는 갈색 병들 중 하나를 약장에서 꺼내 흰색 안전 캡을 돌려 약병을 연다. 검지로 작은 알약 하나를 끄집어내 내게 건넨 뒤 냉장고에서 물병을 꺼내 온다.

"여기요."

나는 그의 손에서 물병을 받아 든다.

알약을 입에 넣고 차가운 물 두 모금을 마신다. 손에 쥔 물병이 무겁게 느껴져 시선을 내리자 떨고 있는 내 몸이 보인다.

물병을 주방 카운터에 내려놓고 시계를 본다. 아직 잠자리에 들기엔 이른 시간이지만 약을 먹었으니 앞으로 삼십 분 안에 제정신을 차리기 힘들어질 것이다.

나이얼은 내 생각을 읽기라도 한 듯 조용히 내 손을 감싸 쥐고 방으로 데려간다.

"긴장 풀어요. 이따 잠에서 깨고 나면 같이 나가서 늦은 저녁을 먹읍시다. 잠깐이지만 당신을 이 집에서 데리고 나가 줄게요."

나는 바로 고개를 끄덕인다. 지난번에 이 약을 먹었을 때 기절하듯 잠들었다가 다음 날 아침에야 깨어났다. 그의 제안이 고맙다. 어젯밤의 어색한 키스 때문에 우리의 우정에 금이 갔을까 봐 걱정했는데 아닌 모양이다.

이불 밑으로 기어 들어가면서 지금 청바지가 아니라 레깅스에 티셔츠를 입고 있어서 다행이란 생각을 한다. 나이얼 쪽으로 등을 돌리고 서늘한 베개에 뺨을 갖다 댄다.

그런데 정말 이상한 일이 일어난다.

베개가 쑤욱 내려가는 느낌이다.

이불이 들춰진다.

나이얼의 체온이 내 등을 덮더니 은은하고 깨끗한 그의 체취가 내 폐를 가득 채운다.

내 옆에 누운 그가 귀에 대고 속삭인다.

"곁에 있을게요. 난 아무 데도 가지 않아요."

그 말에 온몸의 긴장이 풀린다. 몸이 매트리스로 녹아드는가 싶더니 어느새 스르르 눈이 감긴다.

지금 이 순간, 나는 안전하다.

16장

토요일 아침, 눈을 뜨고 보니 나이얼은 곁에 없다. 어젯밤 내가 잠들 때까지 그가 곁에 누워 있었는지, 아니면 또 내가 '시각장애 증상'을 겪은 것인지 알 수 없다. 어쨌든 이제 이런 고민은 그만하고 싶다.

침대에서 힘겹게 빠져나와 욕실로 향하던 나는 금방 끓인 커피 향에 이끌려 주방으로 발을 돌린다.

"왔네요. 잘 잤어요?"

주방 의자에 앉아 있던 나이얼이 일어서더니 찬장에서 머그잔을 꺼내 커피를 따라준다.

"고마워요."

커피를 받아 들고 모락모락 올라오는 김을 향해 입바람을 후 분다. 방금 샤워를 마친 듯한 향기가 나는 이 남자는 카키색 바지에 진한 황록색 폴로셔츠 차림이다.

"오늘 수시티Sioux City에 같이 갑시다. 거기 베스트바이* 매장이 있잖아요. 보안 카메라를 삽시다."

* Best Buy. 미국의 대표적인 가전제품 유통기업.

"아, 당신이 토요일을 그런 일로 낭비하면 안 되는데……."

그는 손바닥을 들어 보이며 내 말을 막는다.

"지금은 그런 말 할 때가 아니에요. 어젯밤 당신이 얼마나 놀란 얼굴이었는지 다 봤어요. 누군가 이 집 주변을 어슬렁대고 있다면 나도 알아야죠."

나는 식탁 앞 의자에 앉아 두 손으로 머그잔을 감싼다.

"당신은 정말 멋진 사람이에요. 알죠?"

그가 활짝 웃는다. 하지만 겸손함이 깃든 미소다.

위층에 있는 케이트의 일기장 생각이 난다. 지금까지 잘 참아왔는데 문득 다시 가서 몇 페이지 더 읽고 싶은 욕구가 치밀어오른다. 그와 케이트의 결혼생활을 커튼 뒤에 숨어 몰래 엿보는 기분이라 그 일기장에 더욱 매혹되는 듯하다. 일종의 달콤한 죄책감이랄까. 가끔은 다소 강한 죄책감도 느껴진다. 지난번에는 일기의 한 부분을 어쩔 수 없이 건너뛰었다. 나이얼과 케이트가 화요일 주간 상영 시간에 아무도 없는 영화관 뒷줄에서 즐긴 농밀한 데이트에 관한 상세한 묘사 부분이었다.

그 부분의 문장을 몇 개 떠올리기만 해도 두 뺨이 달아오른다.

케이트의 일기장을 그가 갖고 있다는 게 이상하지만, 아마 타당한 이유가 있을 것이다. 어쩌면 실수로 가져왔을 수도 있다. 아니면 그 일기장을 들여다보면서 부부 사이가 어디서부터 틀어졌는지 분석해보려 했는지도 모른다. 어느 쪽이든 괜한 호기심일 뿐이다. 어차피 나는 나이얼에게 물어볼 수도 없다.

"가서 씻고 올게요." 나는 커피를 홀짝인다. "몇 시쯤 나갈래요?"

그가 손목시계를 확인한다.

"빠를수록 좋아요."

"그 뒤에 다른 중요한 약속이라도 있어요?"

"친구를 만나기로 해서요."

그의 표정이 돌연 진지해진다.

나는 묻지 않는다. 캐물어서는 안 된다.

그저 오늘이 케이트가 서류에 서명하는 날이길 조용히 바랄 뿐이다.

17장

오후 1시가 막 넘은 시각, 우리는 수시티에서 돌아왔다. 나이얼은 무선 카메라와 제어반이 잔뜩 담긴 비닐 봉투를 식탁에 올려놓고 주말이 지나기 전에 전부 설치해주겠다고 했다. 그러고는 '친구'를 만나러 간다며 서류가방을 들고 나갔다.

서류가방에 이혼 서류가 담겨 있는지는 알 수가 없다.

감히 물어볼 생각도 하지 못했다.

나는 토요일 오후의 텔레비전 프로나 멍하니 볼 생각으로 양모 덮개와 휴대폰을 들고 뒤쪽 응접실 소파에 웅크리고 앉는다. 휴대폰에서 먼저 인스타그램 아이콘을 누른다. 짝퉁 브리엔의 프로필을 오늘만 열 번째로 확인한다.

새로 올라온 사진이 없을 줄 알았다. 목요일 밤에 클레버 커네리에서 칵테일 잔들을 나란히 놓고 찍은 익숙한 사진이 최신 사진으로 등록돼 있을 거라 생각했다.

그런데 아니었다.

왼쪽 상단에 새로운 사진이 보인다. 침대에 누워 있는 그 여자의 셀카다. 밤색 머리를 틀어 올려 똥머리를 하고 투명 테 안경을 코에 걸친 채 한 손에 책을 든 모습이다. 우연인지 모르겠지만, 괴한의 습격을 받기 전 내가 읽다가 결국 끝까지 읽지 못한 채 덮어버린 책이다.

대프니 듀 모리에의 미스터리 소설 『레베카』. 나는 이 소설을 사무실에 두고 틈이 날 때마다 조금씩 읽곤 했다.

나도 모르게 벌떡 일어나고 만다. 휴대폰을 소파 저 끝에 던지고 두 손에 얼굴을 묻은 채 숨을 고른다.

어제는 아무 소득도 올리지 못했다. 오늘이 토요일이고 내일이 일요일이니, 그 여자의 일정을 정확히 파악하기는 어려울 것 같다. 월요일 아침 아파트 주차장에서 그 여자가 나오길 기다리는 방법이 최선일 듯싶다.

아니면 전화해서 약속을 잡고 그 여자의 직장으로 찾아가거나.

그전에 머리를 자르고 염색을 해야 하니 미용실에 예약부터 해야겠다. 예전 멀쩡했던 시절의 모습으로 또 다른 나를 만나야겠다. 그 여자의 표정이 어떨지 심히 기대된다.

18장

월요일 아침, 벨라비다Bella Vida 미용실에서 신용카드로 계산하고 23퍼센트의 팁을 추가한다. 오늘은 왠지 인심을 쓰고 싶다. 접수직원이 주차요금을 정산하고 붉은 립스틱을 바른 입술과 반짝이는 금발 곱슬머리로 안녕히 가시라고 인사한다. 그 인사를 받으며 나는 고야드 백을 어깨에 걸치고 매끈한 단발머리를 손으로 쓸어 넘긴다.

오랜만에 걸음걸이마저 경쾌하게 통통 튀는 기분이다.

입술에는 화려한 느낌의 로즈핑크색 입생로랑 글로스를 발랐다.

지방시 마스카라로 속눈썹을 길고 윤기 있게 만들어줬다.

맥박이 뛰는 곳에 발라준 크리드 향수가 체온이 오르면서 주변에 향을 퍼뜨린다.

환한 색감에 몸에 딱 붙는 시스sheath 원피스를 입고 나왔다. 예전에 입었던 옷인데 보정 속옷 덕분에 아직 그럭저럭 맞는다.

예전 같은 모습, 예전 같은 이 기분, 참 오랜만이다. 짝퉁 브리엔이 이런 내 모습을 보고 지을 표정을 생각하면 이 정도 노력은 해줄 만하다.

딱 걸렸다는 걸 그 여자에게 분명히 알게 해줄 것이다.

이번에는 그 여자도 빠져나가지 못할 것이다.

나는 또다시 범죄 피해자가 되는 걸 거부한다.

주차장으로 향하며 시간을 확인한다.

지금 출발하면 약속 시간보다 이십 분 일찍 도착하게 된다.

지나친 면이 없지 않지만 지금 아니면 기회는 없다.

난 해낼 것이다.

바로 지금.

19장

승강기에서 내려 오팔그린 홍보대행사의 로비로 발을 내딛는다. 뜻밖에도 기분 좋은 탠저린 오렌지 향기가 폐를 가득 채운다. 숨겨진 스피커에서 현대적인 경음악이 흘러나온다.

전에 와본 곳이다. 몇 년 전 광장에 보험 대리점을 열었을 때 홍보 쪽으로 지원을 받아보려고 찾아왔었다. 홍보대행사 쪽에서 내게 배정해준 여직원은 출장 연회, 생음악을 연주하는 기타리스트, 개방형 와인 바, 광범위한 소셜미디어 광고 캠페인을 곁들인 화려한 개업식을 제안했다. 하지만 내가 3천 달러 정도만 예산으로 쓸 생각이라고 말하자 그녀는 어이가 없었는지 에비앙 생수를 마시다 말고 사레가 들 뻔했다.

내가 그녀에게 홍보 일을 의뢰했다면 내 보험 대리점은 지금도 영업 중이었을까? 괴한에게 공격받은 후 어쩔 수 없이 대리점을 닫아야 했다. 내 대리점을 인수하겠다고 나선 이가 아무도 없었다. 1천 달러에 고객 명단을 넘겨달라고 무례한 제안을 해온 이는 한 명 있었지만. 그런 자들이 있다. 기회주의자들. 상대가 정신을 놓고 있을 때 껍질째 삼켜버리려는 자들.

나는 어깨를 곧게 펴고 고개를 꼿꼿이 들고서 자신감 있게 로비로 들어선다.

홍보대행사의 감청색 로고가 박힌 양여닫이 유리문이 등 뒤에서 부드럽게 닫힌다. 방문객용 로비는 간결한 가죽 소재 가구들, 무채색 색감, 기하학적 모양의 화분들로 꾸며져 꽤 세련된 분위기다. 아이오와주 서부 뢰스힐스의 외지고 조용한 마을이 아니라 맨해튼의 고층 건물에 더 어울릴 법한 인테리어이긴 하지만.

"어서 오세요. 무엇을 도와드릴까요?"

유리 책상에 자리한 쾌활한 인상의 안내 직원이 인사를 건넨다. 귀에 헤드셋을 걸치고 반짝이는 빨간 테 안경을 쓴 그 직원은 인사말 끝에 고개를 들어 나를 바라본다. 생기발랄했던 표정이 나를 훑어보며 확 굳어진다.

그녀는 턱에 힘을 주면서 주변을 얼른 둘러보고 헛기침을 한다.

나 때문에 신경이 곤두선 모양이다.

내가 여기서 일하는 도플갱어와 심하게 닮아서일까?

"브리엔 두그레이 씨를 만나러 왔어요."

다른 사람을 지칭하면서 내 이름을 말하니 기분이 묘하다. 부자연스럽기도 하다. 머리에선 익숙한 이름인데 막상 입 밖에 내니 낯설게 느껴진다.

"로럴린 씨군요."

여직원은 이렇게 말하며 컴퓨터 화면으로 눈길을 돌린다.

나는 고개를 끄덕인다. 오늘 아침에 여기로 전화해 짝퉁 브리엔과의 상담 약속을 잡으면서 내 중간 이름을 댔다.

"잠시 확인 좀 하겠습니다." 안내 직원은 혀로 쓰읍 소리를 내며 덧붙인다. “기다리시는 동안 음료 좀 드릴까요?”

“아뇨. 고맙습니다.”

안내 직원은 자리에서 일어선다.

“브리엔 씨 사무실로 안내해드리겠습니다. 오늘 좀 늦으시네요. 오시면 바로 사무실로 가실 겁니다. 따라오세요.”

핸드백을 쥔 손에 힘이 들어간다. 목 안에 고인 침을 꼴깍 삼킨다. 여긴 꼭 사우나 같다. 하필이면 편안함과는 거리가 먼, 몸에 딱 붙는 원피스 차림이지만 지금으로서는 어떻게 할 방법이 없다.

젊은 여직원의 안내를 받아 긴 복도를 지나간다. 복도를 따라 똑같이 생긴 사무실들이 줄지어 배치돼 있다. 반투명 유리문, 윤기 있는 흰 책상, 분위기에 어울리는 화분 식물들. 오른쪽에서 다섯 번째 문 앞에서 직원이 걸음을 멈춘다.

“여깁니다. 안에 앉아 계세요. 곧 브리엔 씨가 오실 겁니다.”

그녀는 나를 잠시 쳐다보더니 자기 자리로 돌아간다. 나는 ‘브리엔 두그레이’의 사무실에 놓인 손님용 의자에 앉는다.

책상 위 풍경이 내 예전 책상과 흡사하다. 한마디로 미니멀리스트 스타일이랄까. 대리석과 장미 석영을 활용한 포인트, 반짝이는 은색 손잡이 가위, 은색 펜이 잔뜩 꽂힌 컵, 거울로 써도 될 만큼 얼룩 한 점 없이 깨끗한 모니터 화면.

책상 위에 놓인 그녀의 은색 명패가 조롱하듯 나를 응시한다. 명패를 옆으로 돌려놔 버리고 싶지만 꾹 참고 다리를 꼰다. 깍지 낀 두 손을 무릎에 올리고 인내심을 유지하려 애쓴다.

희미한 랑콤 미라클 향수 냄새. 대학교 2학년 때부터 내가 꾸준히 사용해온 향수 중 하나다. 사무실을 가득 채운 이 향기를 맡고 있자니 결심이 더욱 확고해진다.

이 모든 일은 당최 말이 되질 않는다.

혼란스러운 정도를 넘어섰다.

머리가 욱신거린다. 벽에 걸린 대리석과 석영 소재의 시계를 올려다본다.

어느새 오후 2시 20분이다. 내가 여기 이렇게 오래 앉아 있었나? 이 여자는 대체 어디 있는 거지? 혹시 안내 직원이 그 여자에게 무어라 귀띔이라도 해준 건가?

방 안이 핑 돌면서 사방의 벽이 다가와 압박하는 느낌이다.

지금까지도 말 안 되는 일투성이였지만, 여기 앉아 있던 이십 분 동안 완전히 새로운 광증의 영역에 발을 디딘 듯하다.

다리를 이쪽으로, 다시 저쪽으로 꼰다.

잠시 창밖을 내다본다. 텅 빈 오후의 거리를 자동차 몇 대가 지나가고 있다.

손톱을 허벅지에 박아 넣으며 허리를 곧게 펴고 다시 한 번 시간을 확인한다. 겨우 삼 분 더 지났을 뿐인데 한 시간은 지난 것 같다. 속이 뭉치면서 그만 여기서 나가라, 철수해라, 뭔가 잘못된 것 같으니 그만두라는 신호를 보낸다.

안내 직원은 '브리엔'이 곧 사무실로 올 거라고 했다. 짝퉁 브리엔이 제정신인 전문가라면 새로운 고객을 거의 삼십 분이나 마냥 기다리게 내버려둘 리 없다.

나는 헛기침을 하며 핸드백으로 손을 뻗는다. 기다리는 동안 휴대폰이나 들여다보면서 초조한 속을 달래야겠다. 딴짓이라도 하다 보면 곤두선 신경과 울렁거리는 속이 가라앉겠지. 시간이 흐르면서 점점 애가 타 속이 말이 아니다.

휴대폰 화면을 손가락으로 쓰윽 밀고 비밀번호를 입력해 어플을 띄운다. 이어서 문자 메시지 함을 열어 나이얼에게 보낸 마지막 문자를 다시 들여다본다. 오늘 일이 좀 있어 외출할 건데 필요한 게 있으면 말하라는 내용이다. 나는 그에게 내 상태가 양호함을 알리고 싶었다. 세상에 나가 정상적인 사람처럼 행동할 수 있다는 걸 알려주고 싶었다. 최근의 일들로 인해 그가 나를 다시 연민의 눈으로 볼까 봐 걱정됐다. 그와의 사이가 그렇게 두 걸음쯤 멀어지는 건 정말이지 싫었다.

그는 약속과 달리 주말이 다 지나도록 보안 카메라를 달아주지 않았다. 하지만 그를 탓할 수는 없었다. 일요일에도 호출을 받고 병원으로 달려간 사람이니까. 집으로 돌아온 그가 너무 지쳐 보여서 보안 카메라 얘기는 꺼내지도 못했다. 오늘 필요한 걸 사다 주겠다고 내가 먼저 제안하면, 보안 카메라에 대한 약속을 그가 떠올리게 되지 않을까…….

문자는 읽은 것으로 표시돼 있다. 내가 보내고 일 분 후에 그가 읽었는데 답장은 없다. 바빠서 그렇겠지. 괜찮다. 그는 병원에서 환자들을 보살피고 해야 할 일도 많은 사람이다. 나 때문에 일을 하다 말고 번번이 멈출 수는 없는 노릇이다.

나머지 문자 메시지는 전부 오래된 것들이다. 오래된 문자 발신자들에게 나는 이제 사라진 존재다. 아무도 내게 문자를 보내지 않는다. 나는 나이얼하고만 문자를 주고받는다. 아주 가끔은 이니드하고도.

휴대폰을 핸드백에 넣고 신발 창을 바닥에 확고히 붙인다.

이 뻔뻔한 정신병자와 얘기를 나눠보기 전에는 여기서 한 발짝도 움직이지 않을 것이다.

오랜 습관대로 입술을 꾹 다물고 정면을 응시한 채 기다린다.

하염없이…….

마침내 누군가 문간에 나타나 내 시야의 주변부를 채운다.

그리로 시선을 돌린 순간 심장이 멎을 듯 철렁한다. 짧은 순간 욕이 터져 나온다.

그 여자가 아니다.

전혀.

"케이트? 여기서 뭐 하는 거야?"

나이얼이 문설주를 두 손으로 붙잡으며 외친다. 나는 지금 여기 갇힌 걸까? 나가고 싶어도 못 나가는 상황인 건가? 판단이 서지 않는다. 숨을 몰아쉬는 그의 눈빛이 사납다. 성난 짐승처럼.

"케이트라뇨?"

앞에 선 그의 가슴이 들썩인다. 병원에서 이 영국 섭정시대*풍 건물까지 달려오기라도 한 걸까? 지나치게 흥분한 나머지 나를 자기 부인의 이름으로 부른 것도 깨닫지 못하는 눈치다.

"나가자. 어서."

어쩐지 웃음이 터져 나온다. 그의 행동이 황금시간대에 방영되는 싸구려 드라마 장면 같아서일까? 아니면 지금 이 시점의 내 인생을 생각할 때 우스운 요소를 찾아보는 것 말고는 달리 할 일이 없

* 1811~1820년.

는 것 같아서일까?

나이얼은 달려들 듯 다가와 가느다란 손가락으로 내 팔목을 감아쥔다. 나는 핸드백을 가까스로 챙겨 든다. 우리는 오팔그린 홍보대행사의 복도를 지나 로비로 나간다. 그런데 돌아보니 로비에 아무도 없다. 아까 봤던 그 안내 직원도 보이지 않는다.

다들 어디 들어가 숨어 있는 걸까?

"대체 왜 이래요?" 유리문을 나서자마자 그에게 묻는다. "내가 여기 있는 건 어떻게 알았어요?"

그는 승강기를 제쳐두고 나를 계단으로 끌고 간다. 우리는 숫제 달리듯 계단을 밟고 내려간다.

"제발요, 나이얼. 천천히 좀 가요."

내 하이힐 소리가 시멘트 계단에 부딪쳐 따닥따닥 소리를 낸다. 방금 전까지만 해도 우스운 상황이라고 생각했는데 삽시간에 분위기가 바뀌었다.

내 말에 그는 속도를 아주 약간만 늦춘다. 절대 놔주지 않겠다는 듯 내 손목을 단단히 붙잡고 있다.

건물 건너편의 옆 골목으로 들어가자 비상등을 켠 채 주차금지 구역에 서 있는 그의 은색 볼보가 보인다.

그는 조수석 문을 열어 나를 들이밀고는 문을 세차게 닫아버린다. 하마터면 발이 문틈에 끼일 뻔했다. 그는 내가 안전띠를 채우기도 전에 운전석에 올라타 시동을 건다.

그가 이렇게 미친 듯이 사람을 몰아치는 모습은 처음 본다.

그는 차를 몰고 도로로 나가더니, 노란불에 다른 두 차량 사이를 휙 지나 달려간다. 식은땀이 온몸을 뒤덮는다.

"대체 왜 이러는지 말해줄래요?"

경악에 찬 내 날카로운 목소리가 내 귀에도 영 낯설다.

그는 손가락 관절이 하얗게 도드라지도록 두 손으로 운전대를 꽉 잡고 있다. 입가에 힘이 잔뜩 들어간 게 보인다.

"내가 어떻게 이걸 놓쳤을까." 그는 도로 위 차들에 시선을 고정한 채 고개를 절레절레 저으며 혼잣말처럼 중얼거린다. "어째서 징후를 놓쳤지? 분명히 보였을 텐데. 알아챘어야 했어. 이런 일이 생길 줄 예상했어야 했어."

"무슨 소릴 하는 거예요?"

마치 마라톤이라도 끝낸 듯 그의 가슴이 계속해서 크게 들썩인다. 공황발작이라도 일으킨 것 같다. 수개월 만에 처음으로 겁이 난다.

아니,

이건 공포다.

하지만 내가 무엇을 두려워하는지 알 수가 없다.

그게 제일 무섭다.

나이얼은 우리 집 진입로로 쏜살같이 차를 몰고 들어가 곧바로 안전띠를 푼다. 그때 차가 차고 문 쪽으로 확 나아가자 그가 브레이크를 콱 밟는다. 얼마나 정신이 없었으면 기어를 주차 모드로 해놓는 것도 깜박한 것이다.

나는 떨리는 두 손을 무릎에 얹는다. 두 눈이 젖어 뜨끈하고 따갑다. 세상이 무너져 내리고 있는데 어쩌다 그렇게 됐는지, 이유가 무엇인지 나는 전혀 알지 못한다. 몇 시간 전까지만 해도 존재했던 모든 것이 사라져버린 기분이다.

그를 따라 뒷문으로 들어간다. 그는 그답지 않게 열쇠 뭉치를 카운터에 아무렇게나 던져놓는다. 그러더니 낯선 눈빛으로 나를 돌아본다. 정말이지 어쩔 줄 모르겠다는 눈빛이다.

"겁나게 왜 이래요?"

내 미약한 목소리가 말끝에 갈라진다.

그는 콧구멍으로 숨을 훅 내쉬고는 손으로 머리를 쓸어 넘긴다.

"식탁에 가서 앉아 있어." 그는 풀이 죽은 표정이다. 병원에서 그가 환자들에게 최악의 소식을 전하기 직전에 저런 표정을 짓지 않을까 싶다. "나도 곧 갈게. 전부 다 얘기해줄게."

20장

식탁에 먼지가 쌓여 있다. 복도에서 괘종시계의 종소리가 세 번 들려온다. 이층에 올라간 나이얼의 발소리가 무겁고 급하다. 벽장문, 책상 서랍이 열렸다 닫히는 소리, 서류들이 바스락대는 소리, 발소리가 계속 이어진다. 이층을 온통 뒤집어엎는 모양이다.

마침내 일층으로 내려와 식탁 앞에 앉은 그는 신발 상자와 사진 앨범, 서류 더미를 식탁 위에 올려놓는다. 그러고는 마치 실험실의 실험 대상이라도 되는 듯 나를 말없이 바라본다.

"이게 뭐예요?"

나는 신발 상자로 손을 뻗는다.

그가 내 손 위에 자신의 손을 얹는다. 마치 나 혼자서 사실을 알아내는 건 무리라고 말하는 듯.

그가 한숨을 길게 토해낸다.

"당신 이름은 케이트 엠벌린이야."

나는 눈을 가늘게 뜨고 그를 쳐다본다.

"무슨 소리예요? 케이트 엠벌린은 당신 부인 이름이잖아요."

그의 왼쪽 광대뼈 아래가 움찔거린다.

"당신이 내 아내야."

너무 놀라 말문이 막힌다. 그와의 결혼식, 결혼 서약, 키스, 결혼식 후의 첫날밤을 기억해내려 머릿속을 헤집어본다.

하지만 나오는 게 전혀 없다.

요전 날 그와의 키스는 새롭고 낯설었다. 그전에 그와 키스했던 기억을 전혀 떠올릴 수 없으니 새로운 건 당연하다. 요즘 내 기억력이 부실해지긴 했지만 누군가와 사랑에 빠져 결혼을 하고 혼인 서약도 했다면 당연히 기억할 것이다.

"그래. 말도 안 되는 소리로 들리겠지. 이해가 안 될 거야. 하지만 여기 증거가 다 있어. 앉아서 하나씩 전부 살펴봐. 그럼 이 상황을 바로잡을 방법을 찾아낼 수 있을 거야. 예전처럼."

예전처럼?

"케이트, 당신은 다중인격장애를 앓고 있어."

그는 서류 더미에서 맨 위의 종이를 집어 내 쪽으로 밀어준다.

케이트 콘웨이와 나이얼 엠벌린의 혼인 신고서다. 서류를 보니 다음 달이면 두 사람이 결혼한 지 3년째다.

어떻게 그와 3년 가까이 부부로 산 기억이 머릿속에 하나도 없을 수 있지?

"이해가 안 돼요."

그는 손가락으로 신발 상자를 열어젖히고 운전면허증을 꺼낸다.

사진 속 여자는 틀림없는 나다.

그런데 사진 옆에 적힌 이름은 케이트 엠벌린이다.

그는 출생증명서를 꺼내 보여준다. 내 생일은 4월 3일, 아이오와주 플레전트힐에 사는 마크 콘웨이와 트리샤 콘웨이 부부의 딸이라고 적혀 있다.

날짜를 봐도 떠오르는 게 없다.

마크와 트리샤라는 이름도 낯설고, 내 생일은 4월 3일이 아니라 10월 2일이다.

"이게 가짜가 아니라는 걸 어떻게 알죠?"

지금까지 나이얼은 믿음을 저버릴 언행을 한 적이 없지만, 얼토당토않은 지금의 주장에 대해서는 의문을 제기하고 미심쩍은 눈으로 볼 수밖에 없다.

그는 콧등을 손가락으로 쥔 채 어깨를 축 늘어뜨린다. 그리고 다시 눈을 들어 식탁 너머 나를 바라보는데, 마치 희망을 전부 놓아버리기 직전인 듯한 얼굴이다.

그는 마닐라 봉투를 하나 건넨다.

"여기. 그 안에 당신 의료기록이 다 있어. 읽어봐, 전부 다."

나는 마닐라 봉투 뒷면의 고정 장치에서 끈을 풀고 두툼한 서류 뭉치를 꺼낸다. 맨 위 서류 상단에 적힌 시설 이름을 본 순간 심장이 덜컥한다.

몽블랑 정신병원.

세상 무엇보다 낯선 이름이지만, 나는 어쩔 수 없이 나머지 서류를 들여다보기 시작한다. 전부 '케이트 엠벌린'이라는 정신과 입원 환자의 의료기록 관련 서류다.

내가 서류를 살펴보는 동안 나이얼은 무릎을 위아래로 떨면서 두 손을 얼굴 앞에 모아 세운다.

복도의 괘종시계가 째깍째깍 소리를 낸다.

우리 둘 사이에 흐르는 팽팽한 긴장감이 금방이라도 폭발할 듯하다.

나는 최초 평가지부터 읽기 시작한다. J. B. 커코런이라는 정신과 의사가 서명한 다섯 페이지짜리 문서다.

> 오늘 내원한 환자는 27세의 백인 여성이다. 환자의 남편인 나이얼 씨의 설명에 따르면 환자는 환각, 불안정한 감정 및 인지 상태를 보인다고 한다. 이들의 가족 주치의가 내게 환자에 대한 평가를 의뢰했다. (……)
>
> 환자는 자신이 브리엔 두그레이라고 믿고 있다. 남편의 말에 따르면 진짜 브리엔 두그레이는 예전에 환자 밑에서 개인 비서로 일했던 여성인데, 환자가 작년 짧은 기간 동안 이 여성에게 심하게 집착했다고 한다. (……)
>
> 환자는 정체성 장애와 관련된 병력이 없고, 환자의 남편은 환자가 약물이나 알코올 남용 문제를 일으킨 적도 없다고 했다.
>
> 하지만 환자는 스토킹 죄로 체포된 적이 있다. 스토킹당한 피해자는 환자가 몽블랑 정신병원에 자발적으로 입원한다면 고소를 취하해주겠다고 했다. (……)

나는 한 손으로 입을 막으며 나머지 서류를 훑어본다. 완전히 낯선 사람에 관한 자료로만 보인다.

나는 이 여자를, 이 케이트 엠벌린이라는 여자를 모른다.

누군가를 스토킹하고, 부하 직원에게 집착하고, 정신병원에 자발적으로 입원한 기억이 내 머릿속에는 없다.

내가 아랫입술을 바르르 떨자 나이얼이 내 손에 자신의 손을 얹는다.

"이해가 안 돼요. 난 이 집에서 자랐어요, 나이얼. 브리엔으로 살았고요. 조부모님의 성도 두그레이였어요. 분명히 기억해요. 내 어린 시절에 대한 기억도, 친구들에 대한 기억도 확실해요. 마지막으로 그 친구들과 얘기를 나눴던 기억도 생생한데. 여자들끼리 함께 떠난 여행에 대한 기억도……."

그는 내 손을 꼭 잡으며 말을 막는다.

"가짜 기억이야."

이렇게 생생한데 어떻게 가짜 기억일 수 있을까. 믿기지 않는다.

"거기, 당신 의료기록에 전부 나와 있어."

"할머니가 쓰시던 향수도 기억나요. 요전 날 저녁에 바루46에서 예전에 어울렸던 친구 한 명을 봤어요. 나를 보자마자 기분 나쁜 표정을 짓더라고요. 내가 그 친구를 기억하고 그 친구도 날 기억하는데…… 어떻게 가짜 기억일 수 있죠?"

"어떤 친군데?"

"앰버요."

"그런 친구에 대해선 들어본 적 없어." 그의 말투는 부드럽지만, 내 귀에는 쓰라리게 들릴 뿐이다. "지난번에 당신이 브리엔 노릇을 하면서 그 여자의 친구들을 괴롭혔어. 그 친구들이 당신에 대해 접근금지신청을 하겠다는 걸 브리엔이 나서서 말려준 적도 있어. 그런 면에서 당신은 운이 정말 좋았던 거야."

그의 말이 사실이라면 내게 연락하는 친구가 아무도 없는 것도 말이 된다. 그들에게 나는 자기네 무리에 들어가려 안간힘을 쓰는 미친 여자일 뿐일 테니까.

나는 의료기록을 뒤적이며 가짜 기억에 관한 내용을 찾아본다.

아주 상세히 기록돼 있다.

"두려운 거 알아, 케이트." 그는 부드러운 목소리로 나를 위로하려 하지만 소용없다. 나를 똑바로 쳐다보며 말하지만 어쩐지 여기 없는 다른 누군가에게 말하고 있는 듯하다. "받아들이기 힘들겠지. 묻고 싶은 게 엄청 많을 거야. 내가 당신 곁에 있잖아. 우리 함께 이겨내자. 난 당신 곁을 떠나지 않아. 우리 같이 이 병을 고쳐보자."

눈물에 젖은 속눈썹 사이로 그를 바라보며, 나도 그와 비슷한 말을 하려 하지만 도저히 입이 떨어지지 않는다.

그의 말을 믿고 싶지도 않다.

하지만 나이얼은 거짓말할 사람이 아니다. 그는 내가 잘되기만을 바란다. 그는 그 점을 몇 번이고 보여줬다.

"사랑해."

그가 몸을 앞으로 기울여 간절하다고까지는 할 수 없지만 꽤 진한 키스를 한다.

하지만 나는 키스를 할 수가 없다. 망연자실하다. 어찌할 바를 모르겠다. 믿기지 않는 상황에 놀라 뼛속까지 충격이 스며들어 버렸다.

브리엔으로서의 삶을 세세히 기억하고 있는 내가 어떻게 케이트일 수 있지? 수차례의 생일 파티, 휴가, 길 건너에 사는 붉은 머리 소년과의 첫 키스, 삶에 대한 생생한 기억들. 눈을 감고 조부모님을 떠올린다. 나를 키워주신, 이 거대한 집과 가슴 가득한 추억을 내게 남겨주신 할머니 할아버지를 떠올린다. 할머니가 즐겨 뿌리던 라일락 향수 냄새도 코에 생생히 남아 있다. 따뜻하지만 담배를 좋아하셨던 탓에 늘 거칠던 할아버지의 목소리도 귓가에 맴돈다.

"난 케이트가 아니에요."

간신히 입을 뗀다. 내 목소리가 우리 사이에 속삭임처럼 흐른다.

뒤로 물러난 나이얼은 식탁 위에서 주먹을 부르쥔다. 마룻바닥에 발을 끌면서 의자를 뒤로 빼고 일어선다. 창문 쪽으로 걸어가 잠시 생각에 잠긴 표정이더니 이내 주방 안을 서성인다.

"지난번에도 당신은 그렇게 말했어."

그에겐 이 상황이 예전과 똑같이 느껴지는 모양이다.

같은 자리에서 서성이던 그는 걸음을 멈추고 나를 돌아본다. 식탁 앞 의자 등받이에 두 팔꿈치를 대고 몸을 앞으로 기울이고는 답답하다는 듯 손바닥으로 이마를 짚으며 한숨을 내쉰다.

"아까 브리엔 두그레이 씨가 전화로 당신이 자기네 사무실에 찾아왔다고 알려주는데 오만 가지 생각이 다 들었어, 케이트. 상황이 이렇게 흘러가고 있는 것도 모르고, 징후도 못 알아챈 나 자신이 너무나 원망스럽더라. 그리고 당신이 지난번에 스토킹 혐의로 고소당한 일이 생각났어. 그때 브리엔 씨는 고맙게도 당신이 정신과 치료를 받으면 고소를 취하해주겠다고 했지. 당신을 가엾게 여겼던 거야. 그렇게 사려 깊은 사람이 많지 않다는 건 당신도 알지?"

그는 인상을 쓰며 말을 잇는다.

"브리엔 씨가 이번엔 냉정하게 나오면 어쩔 거야? 오늘 당신은 그 여자를 기겁하게 만들었어. 대체 무슨 생각이었던 거야? 그 여자 직장에 찾아가다니. 그녀가 경찰보다 나한테 먼저 전화를 했으니 망정이지. 그녀는 당신을 현장에서 바로 체포되게 만들 수도 있었어. 하긴, 우리가 이러고 떠드는 동안에도 그녀는 당신을 신고할까 말까 고민 중인지도 모르지."

"화났다면 미안해요…… 무슨 말을 해야 할지도 모르겠어요."

그는 두 손에 얼굴을 묻는다. 우리 사이에 무거운 침묵이 흐른다. 창밖으로 클링엔비어드 부부의 모습이 보인다. 두 사람이 우리 집을 가리키며 자기네끼리 무어라 떠들고 있다. 그들이 키우는 털이 비단결 같은 개들은 우리 집 잔디밭에 오줌을 지리고 있다.

생각해보니 그들은 나를 케이트나 브리엔 같은 이름으로 부른 적이 없다.

이니드도 마찬가지다. 이니드는 나를 '자기야'라든지 '댁'이라고만 불렀는데 지금까지 나는 그 사실을 전혀 의식하지 못했다.

사진 앨범으로 손을 뻗어 가까이 끌어당기고 첫 장을 펼쳐본다.

우리 둘의 사진이다.

결혼식 사진인 듯싶다.

사진 속의 나는 레이스 소매가 달린 단순한 디자인의 하얀 시스 원피스를 입었고, 손에는 칼라릴리 꽃으로 된 부케를 들었다. 검은색 턱시도를 입은 나이얼은 내 등허리에 손을 갖다 댄 모습이다.

"우리 인생 최고의 날들 중 하나였어."

나이얼이 식탁 건너편에서 사진을 내려다보며 말한다.

다음 페이지를 넘기자 〈퀴너섹 데일리 헤럴드Quinnesec Daily Herald〉 신문에서 오려내 코팅한 우리의 결혼식 광고가 보인다.

우리는 6월 22일에 결혼했고, 다음 달이면 결혼 3주년이 된다. 결혼기념일 저녁을 그와 함께하지 못해 아쉬워하던 케이트의 일기가 생각난다.

"나도 기억했으면 좋겠어요."

내가 말한다. 그의 목소리에서 고통을 걷어내고 자책하지 말라며 다독이고 싶다.

그의 말을 믿고 싶다. 하지만 그가 눈앞에 내민 증거를 보면서도 도저히 믿기지 않는다.

"기억하게 될 거야."

그는 식탁을 빙 돌아 내 옆으로 다가온다. 앨범을 한쪽으로 치우며 내 두 손을 꼭 잡는다.

"이제…… 어떻게 해요? 이 기록을 전부 읽으면 모든 기억이 마법처럼 돌아올까요?"

나이얼은 고개를 젓는다.

"아니, 케이트. 아마…… 그것보단 좀 더 복잡할 거야."

21장

나에 대한 기대치를 낮춰야 했을까? 오늘 아침 눈을 떴을 때 나는 여전히 '브리엔 두그레이'였다. 자신에게 실망했다는 말로는 부족할 정도다. 인간의 정신이라는 것이 생각대로 따라주지 않는구나 싶다.

침대 발치에 걸터앉아 짐을 담아둔 여행가방을 멍하니 바라본다. 나이얼은 위층에서 샤워 중이다.

어젯밤 내내 이 방에 틀어박혀 있었다. 서류와 사진을 하나씩 들여다보며 뭐든 기억해내려고 안간힘을 썼다. 뭐든지 좋았다. 나이얼에게는 생각을 하다 보면 이 상황을 받아들일 수 있을 것도 같으니 잠시 시간을 달라고 했다. 하지만 얼마 안 있어 그는 나를 살피러 왔고, 울고 있는 나를 보더니 덩달아 눈물을 흘렸다. 그의 그런 모습은 처음이었다. 적어도 최근 기억으로는. 전에 우리가 어떤 사랑을 했는지 기억할 수는 없지만 지금은 느껴진다. 볼 수도 있다.

그의 눈물을 중요한 의미로 받아들여야 하지 않을까 싶기도 하다.

이십 분 안에 사우스다코타주의 올드헌드레드로 출발해야 한다. 나이얼은 크레스트뷰 정신병원에 입원실을 잡아줬다. 자리가 잘 나지 않는 곳인데 어렵게 잡았다고 했다. 바로 입원이 가능하고, 집에서 제일 가까운 곳에 있는 진료비 자부담 시설이기도 하다. 얼마나 오랫동안 집을 떠나 있게 될지는 기약할 수 없다. 그래도 내 증상을 고칠 수 있는 유일한 방법일 테니 기대해보기로 한다.

다시 케이트가 되어야 하니까.

"준비됐어?"

몇 분 뒤 내 방문 앞으로 온 나이얼이 묻는다. 샤워를 하고 온 그의 머리카락은 촉촉이 젖었고 깨끗한 비누 향이 공기 중에 퍼진다. 그는 색 바랜 청바지에 회색 폴로셔츠 차림이다. 지금 내 기분과 어울리는 색감이다.

나는 침대에서 일어나 여행가방의 지퍼를 확인한다.

"예."

그는 손목시계를 확인한다.

"차로 두 시간 거리야. 가는 길에 잠깐 내려서 커피 마실 시간은 되겠어."

마치 주말에 가까운 곳으로 자동차 여행이라도 가는 듯한 말투다.

"당신, 포터가街에 있는 카페 좋아하잖아."

그가 어떤 말로 이 분위기를 풀어나가려 하는지는 중요하지 않다. 어차피 우리 모두에게 쉽지 않은 일일 것이다.

"그래요."

나는 두 팔을 옆으로 떨군다. 오늘 아침에 느낀 무력감이 이렇게 동작으로 나온다. 혼란스런 상황을 어서 끝내야 한다. 다시 나로 돌아가고 싶다. 그게 누구였든.

나이얼은 내 여행가방을 받아 끌고 나간다. 현관문을 나오자 그가 문을 잠근다. 그의 차는 이미 시동이 걸려 있다. 어지간히 마음이 급한 모양이다.

"오늘 누가 당신 환자를 봐줘요?"

"락리어."

나이얼이 동료들에게 나에 대해 뭐라고 설명했을까. 그들은 내 정신 장애에 대해 알고 있을까.

케이트였던 시절 내가 그들과 알고 지냈는지도 궁금하다. 내가 남들의 생각이며 의견을 염두에 두고 사는 사람이긴 했을까. 다시 케이트로 돌아간다면 그들은 내 과거로 나를 판단하지 않고, 있는 그대로 봐줄까.

나이얼은 포터가의 드라이브 스루 커피점으로 차를 운전한다. 잠시 후 우리는 다시 고속도로로 나와 사우스다코타주를 향해 서쪽으로 달린다. 등 뒤로 해가 떠오르고 있다.

속은 있는 대로 시끄럽지만 겉으로는 침묵을 지킨다. 나이얼이 내 손에 깍지를 낀다. 나는 오른손에 든, 김이 모락모락 나는 스티로폼 컵에는 손도 대지 않는다.

최근 우리가 나눈 얼마 되지 않는 대화를 반추해본다. 내가 결혼생활에 대해 물어봤을 때 그는 내가 응당 답을 알고 있는 것처럼 반응했다. 특히 아내와 화해할 생각이 있느냐고 묻자 그는 비웃기라도 하듯 "물론이죠"라고 곧장 대답했다.

그는 케이트에 대한 얘기를 했고,

내가 우리 둘의 사이를 놓고 물어본다고 여긴 거였다.

묻고 싶은 게 한두 가지가 아니다. 의문이 꼬리에 꼬리를 문다.

"우리는 어쩌다가 별거를 하게 된 거죠?"

그는 움찔하는 기색도 없이 시선을 도로에 둔 채 대답한다.

"글쎄, 나도 모르겠어, 케이트. 다른 커플들과 비슷하겠지. 우리는 서로를 위해 시간을 내려고 안간힘을 썼지만, 사소한 일로 툭탁거리면서 사이가 멀어졌어."

"그게 별거까지 할 일인가요?"

그는 고통스러운 듯 옅은 미소를 짓는다.

"내가 늘 했던 말이 바로 그거야. 당신은 들으려고도 안 했지만. 그런 면에서 당신은 늘 고집이 셌어."

"그럼 별거 후에도 내 곁에 머문 이유는 뭐죠?"

그는 거울 같은 조종사 선글라스를 낀 채 눈살을 찌푸리며 숨을 삼킨다.

"당신이 강도를 당했다는 얘기를 듣고 돌아왔어. 누군가 당신 주변에 있어야 했거든. 필요할 때 도움을 줘야 했어."

정말 이상했다. 그가 우리 집 현관문 앞에 서 있던 모습이 기억에 너무도 생생하다. 그는 수술복 차림이었고 목에 신분증을 걸고 있었다. 내가 집 안을 구경시켜주기 전에 그는 자기소개를 했다.

그것도 가짜 기억이란 말인가?

나이얼은 내 손을 한참 꾹 잡아준다.

"우리 사이에 문제가 있긴 했지만 나는 당신을 깊이 사랑했어. 지금도 마찬가지야."

그는 도로에서 잠시 시선을 떼고 나를 돌아본다.

"하지만 당신은 이혼 서류에 서명했잖아요."

그의 방에서 우연히 이혼 서류를 본 날이 떠오른다.

"서명이야 일찌감치 해뒀지. 당신 얘기를 진지하게 받아들였다는 걸 그렇게라도 보여주면 당신이 생각을 고쳐먹을 줄 알았어. 유치한 짓이었지. 그만큼 절박하기도 했고. 미안하게 생각해. 하지만 효과는 있었어. 당신은 나더러 당분간 이혼이니 뭐니 하면서 성가시게 하지 말라고 했고, 나는 그 말을 따랐어. 이혼 얘기를 꺼내지 않고 당신이 알아서 하도록 두기로 했어."

케이트였을 때의 일을 그가 언급할수록 호기심이 인다.

"우리 엄마 아빠는요? 이 상황에 대해 아세요?"

그는 입을 굳게 다물고 코로 크게 숨을 내쉰다.

"유감이야, 케이트."

그의 입에서 다음 말이 나오기도 전에 심장이 철렁한다.

"장인어른은 우리가 결혼식을 하고 얼마 후에 돌아가셨어. 당신과 장모님은 일 년 넘게 서로 말도 안 하고 지내고 있고." 그는 내 무릎을 토닥인다. "도착하자마자 장모님께 전화드릴게. 지금까지의 일에 대해 말씀드려야지."

"내가 엄마와 말도 안 하고 지낸다고요? 왜죠?"

"장모님은…… 뭐라고 해야 할까. 교과서처럼 꼬장꼬장하고 자기도취가 강한 분이셔." 그는 내 반응을 보려는 듯 나를 슬쩍 돌아본다. "이렇게 표현해서 미안해."

나는 친정엄마의 모습을 머릿속에 그려본다. 우리는 눈동자 색깔과 코 모양이 같을까? 웃음소리도 비슷할까?

"상당히 이기적이고 갑질도 심한 편이셔. 툭하면 상황을 극적으로 몰아가서 당신은 장모님과 거리를 두고 살기로 했어. 마음의 준비는 해둬. 장모님이 이 일에 대해 아시면 다른 가족들까지 모두 알게 될 거야. 더욱이 장모님은 상황을 본인 맘대로 휘두를 방법을 찾으려 하시겠지."

"나한테 친구는 있었어요? 친한 친구?"

"좋은 친구가 몇 명 있었지. 그 친구들과 좀 다툰 모양인데 당신이 자세한 얘기를 안 했어. 우리가 별거를 시작한 무렵이라 들을 기회도 없었고."

"내가 강도를 당하고 나서 그 친구들한테서 연락은 왔어요?"

그는 잠시 침묵하다가 대답한다.

"내가 알기로 연락 온 친구는 없었어. 그땐 너무 정신없고 힘든 시기이기도 했잖아. 기회는 나중에도 있으니까……."

"괜히 좋게 돌려서 말할 필요 없어요. 친구들이 나랑 연락을 끊기로 했다면 그럴 만한 이유가 있었겠죠. 작년에 내가 친구들과 크게 싸웠다든가……."

"케이트, 그만해. 자책하지 마. 사람들은 온갖 사소한 이유로 우정을 끝내기도 해. 어쩔 수 없는 일이라면 굳이 머리 싸매고 고민할 필요 없는 거야."

하지만 어쩌다 그렇게 됐는지는 알고 싶다.

"짐작되는 이유는 있어요?" 왜인지는 모르겠지만 어쩐지 꼭 알아야만 할 것 같다. 게다가 앞으로 두 시간은 가야 하니 그동안 내 머릿속의 빈 페이지라도 채우고 싶다.

"솔직히 전혀 모르겠어."

"내가 브리엔과 친했어요? 일 외적으로도?"

나이얼은 숨을 삼킨다.

"당신은 보험사 직원으로 브리엔을 고용했어. 둘이 죽이 잘 맞았지. 퇴근 후에도 브리엔과 친구처럼 지냈어. 내가 그러지 말라고 조언해도 소용없었지. 일과 사생활을 구분하지 않으면 재앙이 닥치게 마련인데. 어쨌든 브리엔은 당신을 자기 친구들한테 소개했고 당신이랑 늘 붙어 지냈어. 당신도 아는 그 일이 있기 전까지는……."

"브리엔이 내 밑에서 얼마 동안 일했죠?"

"오래는 아니야. 일 년도 채 안 돼. 당신이 이상하게 행동하기 시작하면서부터 사이가 틀어졌어."

"내가 브리엔이 되고부터? 맞죠?"

"이상한 말이긴 하지만 맞아." 그는 차선을 변경하고 선글라스를 고쳐 쓴다. "당신 머릿속은 온통…… 브리엔으로 가득했어, 케이트. 거의 모든 면에서 브리엔이 되어갔지. 머리도 브리엔처럼 자르고 똑같은 옷과 신발을 샀어. 향수도 같은 걸 쓰기 시작했고. 평소의 버릇이나 좋아하는 술, 음악 취향까지도. 처음에 난 당신이 새로 어울리게 된 브리엔 친구들과 맞추느라고 그러는 줄 알았어. 그러다 말겠지 했는데 당신은 적당한 선에서 멈추질 않았어."

나는 차창에서 볼을 떼고 차창을 내린다.

숨이 막혀 공기가 필요하다.

"괜찮아?" 그의 시선이 내 쪽으로 향한다. 굳이 보지 않아도 괴로워하는 그의 표정이 눈에 선하다.

"아뇨. 괜찮지가 않아요."

오랜만에 속마음을 있는 그대로 내뱉었다.

22장

차를 세운 나이얼은 엔진을 공회전하며 말한다.

"아직 안 들어가도 돼. 조금 더 앉아 있다가 들어가고 싶을 때 들어가. 당신한테도 쉽지 않은 일일 테니까."

크레스트뷰 정신병원은 내가 상상한 것과 무척 다른 모습이다. 절반쯤 고급 주택지로 바뀐 지역 한가운데에 위치한 고딕 복고조復古調*의 저택이다. 지은 지 백 년은 훌쩍 넘어 보인다. 비바람에 상한 목재 간판이 앞마당 기둥에 매달려 있고 뒤쪽에 작은 주차장이 보인다. 그 외에는 그 블록의 여느 주택들과 별반 다르지 않다. 아마 개인이 운영하는 시설이라 그런 듯하다.

건물 바깥을 찬찬히 둘러본다. 사선 교차 무늬가 나오도록 깔끔하게 손질된 잔디밭, 길가에 나란히 서서 보도에 그림자를 드리운 백 년 묵은 떡갈나무들, 화분 속 식물들과 곳곳에서 자라는 다년생 식물들이 우중충하고 시커먼 벽돌 건물 정면에 활기를 불어넣는다.

* 중세 서유럽의 고딕 양식을 모방한 19세기 영국의 건축 양식. 뾰족한 첨탑과 수직적인 선 등이 특징이다.

차 안에 앉은 나는 옆문으로 드나드는 직원들을 바라본다. 어떤 할머니가 남편과 함께 건물 안으로 들어간다. 한 남자가 작은 개를 데리고 길을 건너가 이웃과 한담을 나눈다. 문득 나를 바라보는 나이얼의 시선이 느껴진다.

그는 한참 만에 침묵을 깬다.

“난 여기가 싫어. 여기 오면 꼭 당신을 버리고 가는 것 같아.” 그는 커다란 손을 펼쳐 허벅지에 얹는다. 그도 나만큼이나 긴장한 모양이다. “이 짓을 또 하게 될 줄 몰랐어. 하지만 다 잘될 거야. 지난번처럼. 그리고 어느새 우린 다시 함께하게 되겠지. 당신은 내가 아는 누구보다도 많은 일을 겪었고 늘 이겨냈어. 이번에도 이겨낼 수 있을 거야. 우리 삶을 다시 되찾을 수 있을 거야.”

나는 그의 손을 잡고 가만히 깍지를 낀다.

“준비됐어요.”

진심은 아니지만 이렇게 말한다.

또 다른 브리엔, 진짜 브리엔의 입장을 생각해본다. 다른 사람이 자기 신분을 가로채려 했으니 얼마나 무서웠을까.

그녀에게 다시는 그런 일을 겪게 하지 말아야지.

나이얼에게도 마찬가지다.

그는 여전히 케이트를, 나를 사랑하고 있다.

그는 케이트를 돌려받을 자격이 충분하다.

| 제2부 |

나이얼

23장

"여깁니다."

정신병원 관리 직원이 문에 달린 자물쇠에 열쇠를 꽂아 넣는다. 직원 이름은 신시아 브래디쉬. 젠체하는 걸음걸이에 어울리지 않게 찌그러진 기아Kia 차를 타고 다니는 여자다. 여기 처음 도착했을 때 신시아가 그 차에서 내리는 걸 봤다. 물론 그렇다고 해서 신시아를 얕잡아 보지는 않는다. 나는 그저 이런저런 종류의 모순을 재미있다고 여길 뿐이다. 사람들에 대해 알고 싶으면 그 사람이 하는 말 외에 다른 면을 보면 된다.

"17호실로 배정해드렸어요."

가로 세로 3미터의 작은 방이다. 적당한 크기의 창문도 있다. 물론 창문은 잠겨 있고, 방의 조도를 낮추기 위한 커튼도 달려 있다. 욕실은 복도에 있는데 대학 기숙사처럼 세 개의 다른 방 사람들과 함께 사용한다.

사우스다코타주의 어느 이름 모를 마을에 위치한 크레스트뷰 정신병원은 스물여덟 개의 병실을 운영 중이며, 이용료는 백 퍼센트 환자가 자부담한다. 그런 만큼 아무도 모르게 모처에 숨어 지내며 치료받기를 원하는 부유한 고객을 대상으로 한다. 바로 우리가 원하던 바다. 안 그랬으면 주말이 끝날 때쯤 퀴너섹블러프시의 모든 사람이 우리가 어쩌고 있는지 다 알게 될 것이다.

나는 그녀의 가방을 끌고 들어가 방 한구석에 고정돼 있는 작은 서랍장 옆에 놓아둔다.

그녀는 트윈 매트리스의 한쪽 가장자리에 걸터앉는다. 침대에 머리판은 없다. 금속이나 장식물같이 위험할 수 있는 물건은 아예 보이지 않는다. 저쪽 벽에 걸린 유화는 액자 없이 캔버스로만 되어 있다. 그림 말고는 장식이 없어 꽤나 금욕적인 분위기다. 그녀가 지난 24시간 동안 겪은 일을 생각하면 이렇게 금욕적인 분위기가 필요하리라는 생각이다.

"지난번에는 내가 얼마나 입원해 있었어요?"

그녀가 나를 올려다보며 묻는다. 움푹 들어간 그녀의 눈에 어린애 같은 천진한 슬픔이 깃들어 있다.

"한 달은 넘지 않았어."

"저희는 환자분이 최대한 효율적으로 회복하실 수 있도록 최선을 다할 겁니다." 신시아가 엄격하고 뻣뻣한 자세로 문간에 서서 말한다. "다만 환자분도 하루하루 잘 버텨낼 수 있도록 최선을 다 해주셔야 해요."

신시아는 우리 둘을 번갈아 쳐다본다. 우리 중 한 명이 생각을 바꾸기 전에 내가 그만 좀 가줬으면 하는 눈빛이다. 내가 이곳을 빨리 떠날수록 신시아는 우리 피를 더 빨리 짜낼 수 있을 것이다. 이 시설은 요금이 상당하다. 지난번에 확인했을 때 일박에 620달러나 됐다. 포시즌스 호텔에 그녀를 묵게 해도 여기보다는 요금이 저렴하겠지만, 그녀가 있어야 할 곳은 바로 여기다.

그래야 한다.

이 방법밖에 없다.

"엠벌린 부인, 한 시간 반 후에 전반적인 체력 검사를 실시할 예정입니다. 점심은 이십 분 후에 준비될 거예요. 배고프시면 지금 식당을 구경시켜드릴까요?" 신시아가 그만 방에서 나가자는 뜻으로 손짓을 한다. "엠벌린 박사님, 진료기록을 갖고 있다고 하셨죠?"

"예. 여기 절차를 마친 후에 바로 드리겠습니다."

"알겠습니다. 떠나시기 전에 몇 가지 서류에 서명을 해주세요." 신시아는 발볼로 바닥을 딛고 빙글 돌면서 그녀에게 말한다. "엠벌린 부인, 부인의 정신과적 사전의료지시서[*]와 관련해서 남편분이 대리인 역할을 하신다는 점, 그리고 법적으로 자발적 입원인 만큼 부인께서는 임의로 여길 드나들 수 없다는 점 알고 계시죠?"

"서류상 내용일 뿐이야." 나는 그녀의 손을 잡아준다. "내가 주말마다 보러 올게. 얼마 지나지 않아서 집으로 같이 갈 수 있을 거야."

"30일이에요, 나이얼." 그녀는 멀겋고 푸른 눈을 질끈 감으며 떨리는 입술을 악문다. 조금 전 차 안에서 다졌던 마음의 결심이 흔들리는 모양이다.

"할 수 있어. 전에도 해봤잖아." 나는 '기억하지?'라고 나올 뻔한 말을 얼른 삼켜낸다.

당연히 기억을 못 할 것이다.

* 환자의 정신 상태가 가장 좋을 때 작성하는 것으로, 환자 자신이 바라는 치료방법 등 개인적인 희망사항을 두루 적을 수 있다.

할 리가 없다.

그렇다.

이 여자는 정신병원에 입원해본 적이 없다.

그런 일은 일어난 적도 없다.

"사랑해."

나는 거짓말과 함께 그녀의 볼에 손을 대고, 떨리는 입술에 아무 느낌 없는 키스를 한다. 그녀는 여기 있고 싶지 않을 것이다. 이해한다. 이 방에 오는 길에 '사교실'에 앉아 있는 약에 전 좀비 같은 환자들을 봤다. 닫힌 문 너머에서 울부짖음과 비명 소리가 들려왔다. 손에 진정제 주사를 든 간호조무사들이 복도를 달려갔다. 숨을 쉴 때마다 매캐한 표백제와 소독제 냄새에 폐가 타는 듯했다.

그녀는 여기 있을 사람이 아니다.

하지만 그녀는 그 사실을 모른다.

신시아가 말한다.

"엠벌린 부인, 저녁 6시는 돼야 저녁식사가 나오니까 지금 점심을 드시는 게 좋아요. 따라오시겠어요?"

그녀는 나를 두 팔로 안는다. 여름 캠프에 있기 싫어 조용히 떼쓰는 어린애처럼 나를 붙잡고 있다가 겨우 손을 놓는다.

그녀가 복도 저편으로 걸어가는 모습을 바라보는데 뿌듯함으로 가슴이 터질 듯하다. 이 정도면 거의 천재 아닌가. 단 한순간도 스스로를 의심하지 않고 여기까지 해낸 내가 너무나 자랑스럽다.

24장

“여기 서명해주세요.”

신시아는 형광펜으로 칠한 서류 하단 부분을 새빨간 손톱으로 지그시 누른다. 깨알 같은 글씨들이 빽빽하게 인쇄된 법정 규격 서류다.

나는 어떤 서류인지도 확인하지 않고 대충 서명한다. 시간을 들여 읽는 척만 할 뿐, 실은 읽어보지도 않았다. 내가 아는 건(그리고 중요한 건) 이 서류를 통해 그녀를 여기 가두고, 이 사람들은 내 허락 없이 그녀를 밖으로 내보낼 수 없다는 것뿐이다. 어떻게 된 상황인지 알려질 때쯤 나는 이미 멀리 떠나 있을 것이다. 주머니에 두그레이의 돈을 그득 담고서 붙잡을 수도, 추적할 수도 없는 곳으로.

“특별히 원하시는 지불 방법이 있나요? 주요 신용카드나 개인 수표, 자기앞수표로도 가능합니다.”

어제 오후 이 계획을 마무리하면서 준비해둔 자기앞수표를 지갑에서 꺼낸다. 약간의 속임수가 필요한 작업이었다. 어제 브리엔의 한 계좌에서 또 다른 계좌로 돈을 옮긴 뒤, 포토샵으로 위조한 은행업무 위임장을 갖고 브리엔이 거래하는 은행 지점에 들렀다.

그리고 별탈 없이 2만 달러를 인출했다.

수술복 차림을 하고 동정심 많고 인자한 의사처럼 미소를 지으면 사람들은 놀라울 정도로 쉽게 믿음을 준다.

좋은 인식만 심어주면 만사 해결인 것이다.

하루를 마감하면서 사람들은 자기가 믿고 싶은 대로 믿어버린다. 인상 좋은 사람이 나쁜 놈일 거라고는 믿고 싶어 하지 않는다.

"됐습니다." 신시아는 컴퓨터에 수표 번호를 입력하고 옆에 놓인 가죽 주머니에 수표를 넣는다. "아까 의료기록 서류 가져왔다고 하셨죠?"

나는 이 건물로 들어오면서 차 뒷좌석에서 가져온 마닐라 봉투를 내민다.

나는 준비성 빼면 시체인 사람이다.

"아." 신시아가 입술 안쪽을 깨물며 말한다. "봉인이 돼 있질 않네요. 봉인돼 있든지, 예전에 입원했던 병원에서 직접 이쪽으로 보낸 서류가 아니면 저희가 사용할 수가 없거든요."

그 점은 나도 잘 알고 있다.

그저 시간을 벌려는 것이다.

"예, 음, 상황이 좀 빠르게 진행돼서요. 당장 수중에 있는 게 제가 개인적으로 갖고 있던 사본뿐이라. 일단은 이걸로 처리해주시면 예전 병원에 요청해서 서류를 보내달라고 하겠습니다."

신시아는 고개를 끄덕이며 더는 따지고 들지 않는다. 이 기록을 법적으로 사용할 순 없지만, 이 정도로 입원을 거부할 리 없다. 쉽게 벌 수 있는 돈을 포기할 수 없을 테니까.

"더 서명할 서류가 없으면 이만 아이오와로 돌아가야겠습니다."

나는 일어서며 손목시계를 들여다본다. 해야 할 일이 많다.

"그러세요." 신시아는 나를 정문까지 바래다준다. "아내분은 저희가 잘 돌볼게요, 엠벌린 박사님. 잘 관리하겠습니다. 슈나이더 박사님은 이 분야 최고의 의사 중 한 분이세요. 다중인격장애에 관한 논문도 여러 편 쓰셨고요."

나는 헛기침을 한다.

이 시설을 선택할 때 미처 알아보지 못한 사항이다.

나는 얼른 다정하게 대꾸한다.

"제가 크레스트뷰를 선택한 이유도 그래섭니다."

"밤이든 낮이든 필요하시면 언제든 전화해서 아내분 상태를 물어보셔도 됩니다. 엠벌린 부인은 퇴원 관련 서류에 서명하셨고, 박사님은 아내분의 정신과적 사전의료지시서의 대리인으로 등록돼 있으니, 언제든 아내분의 치료 관련 계획과 경과 메모를 확인하실 수 있습니다."

내 시간을 낭비하고 있을 뿐인 이 여자에게 나는 애써 점잖게 미소를 지어 보인다.

난 할 일이 태산이란 말이다.

"고맙습니다."

문으로 손을 뻗는데 잠겨 있다. 분홍색 종이에 조그맣게 적힌 내용을 읽어보니 여기서 나가려면 버튼을 눌러 신호음을 울리란다.

포트녹스[*] 정도의 보안 수준은 아니지만 이 정도면 충분하다. 브리엔은 유순하고 말을 잘 들으니 탈출 같은 미친 짓은 하지 않

* 미 연방정부의 금괴가 보관돼 있는 켄터키주의 한 지역.

을 것이다.

이들이 브리엔을 얼마나 오래 붙잡아둘 수 있을지, 브리엔더러 당신은 케이트라고 얼마나 잘 설득할 수 있을지 모르겠다. 케이트는 세상에 존재한 적도 없는 사람인데 말이다. 혹시 누군가 이 상황이 앞뒤가 맞지 않는다는 걸 알아채더라도, 그때쯤이면 나는 이미 도망치고 없을 테니 그런 건 신경 쓸 필요 없다.

유리창 너머의 여자가 문을 열어준다. 밖으로 나간 나는 미소를 흘리며 토요일 늦은 아침의 태양을 만끽한다.

그리고 비까번쩍한 볼보에 올라탄다. 지금까지 운전해본 차들 중 단연 최고다. 시동을 걸고 차창을 완전히 내린다. 맞춰둔 NPR 채널에서 클래식 록 음악이 흘러나오자 볼륨을 왕창 올린다.

완벽하게 매만져놓은 머리카락이 바람에 헝클어진다. 단정했던 머리에서 잠시라도 벗어나니 기분이 좋아진다.

격한 기쁨이 솟구쳐 오른다.

살맛 난다.

다시 숨도 쉬어지는 것 같다.

그래, 이제야 드디어 숨이 쉬어진다.

아드레날린과 자기만족에 흠뻑 취해 두 시간을 내리 달린다. 브리엔 생각 따위는 하지 않는다.

단 한 번도.

25장

퀴너섹블러프시에 도착해보니 은행 문이 전부 닫혔다. 괜찮다. 다음 주를 위해 준비할 시간이 그만큼 더 생긴 거니까.

브리엔의 사무실에 잠겨 있는 서류 보관함이 하나 있다. 은행 입출금 내역서와 계좌번호들이 전부 그 안에 들어 있을 것이다.

망할 열쇠만 찾으면 된다.

정 안 되면 열쇠공이라도 불러야지.

이래서 내가 브리엔을 정신병원에 넣은 것이다. 브리엔이 가진 모든 서류와 서랍, 기록을 마음껏 뒤져보기 위해. 집에서 꼼짝 않고 있는 사람의 개인 소지품을 뒤지는 건 불가능에 가깝다. 그녀가 편두통으로 기절하듯 잠들었을 때 몰래 뒤져볼 생각도 몇 번 했지만 자칫 실수라도 했다간 모든 게 끝장이었다.

집으로 돌아오니 배고파 죽을 지경이다. 우편물 더미에서 쿠폰 한 장을 꺼내 피자를 주문한다. 피자 가게에서 맥주 배달이 안 되는 게 아쉽다. 이 집에서 카베르네 와인을 한 잔이라도 더 마시느니 차라리 브리엔이 열쇠고리에 매달고 다니는 엉성한 호신용품으로 내 눈알을 후벼 파겠다.

휴대폰을 집어 들고 사만다에게 문자를 보낸다. 오는 길에 올드

밀워키 맥주 한 상자를 가져오라는 말과 함께 브리엔의 집 주소를 보낸다. 사만다는 말 잘 듣는 여자친구답게 즉시 답장을 한다. 나는 브리엔이 '뒤쪽 응접실'이라고 부르는 방에 들어가 소파에 널브러진다.

브리엔이 '응접실'이니 '식기실'이니 하는 말을 입에 올릴 때마다, 삼층 '작은 탑 방'에 있는 창문들을 닦아야 한다고 말할 때마다 나는 그 얼굴에 대고 악을 쓰고 싶었다.

요즘 누가 그딴 고색창연한 용어를 쓰냐고!

브리엔처럼 돈도 넘쳐나고 소셜미디어에서 부러움을 살 정도로 최고급 환경의 완벽한 거품 속에서 자란 사람들의 문제가 바로 그거다. 현실 감각이 없다는 거. 그들은 그 아래 계층의 삶을 이해하지 못한다. 자기네가 쓰는 단어가 현실 세계에서 아등바등 살아가는 우리 같은 사람들의 귀에 어떻게 들릴지 전혀 모른다.

계모는 특권이라는 것은 환상에 불과하다고 말했다.

그녀는 잘 알고 있었다.

바로 이 집, 브리엔을 키운 사람들이 살았던 이 집에서 어린 시절을 보냈으니까.

나의 계모 소냐는 완벽한 사람도 아니고 성자도 아니었지만, 내가 어머니라 부를 만한 존재에 제일 근접한 사람이었다. '돌발적인 약물 과다복용'으로 아버지를 잃은 아홉 살 소년이던 내게 유일하게 의지처가 되어준 사람이기도 했다. 내가 알기로 소냐는 브리엔이 열아홉 살 때쯤 브리엔에 대한 양육권을 영구적으로 상실했다. (약물 남용인지 뭔지 하는 이유 때문은 아니었다고 소냐는 늘 말했다.) 중독에서 벗어난 소냐는 부모 밑으로 다시 기어들어가 그간의 잘못을 벌충하려 했지만 부모에게 거부당했다.

그래 봤자 그 사람들 손해였다. (아마 지금쯤 지옥에서 썩고 있겠지.) 소냐는 정말이지 굉장한 여자니까.

아니, 굉장한 여자였으니까.

2년 전 소냐는 췌장암으로 내 곁을 떠났다. 췌장암은 소냐를 무참히 공격했고 빠르게 목숨을 앗아갔다. 작별 인사도 제대로 못 했는데 소냐는 세상을 떠나버렸다. 하지만 죽기 전 소냐는 내게 어린 시절 얘기를 들려줬다. 부유한 가정에서 특권을 누리며 살았던 시절의 이야기. 거지처럼 사는 나 같은 밑바닥 인생들에겐 상상 속 삶일 뿐이었다. 수입산 고급 자동차, 유명 브랜드 옷, 기분 내키면 언제든 놀러 가던 디즈니랜드, 최고급 레스토랑에서의 저녁식사. 실로 어마어마했다.

소냐가 마지막 소원처럼 내게 한 말이 있었다. 밤에 세상 근심 하나 없이 베개에 머리를 대고 누운 기분이 어떤 건지 언젠가는 나도 꼭 알았으면 좋겠다는 것이었다. 내 마음속엔 그 말이 그녀가 들려준 말 중 가장 깊이 각인돼 있었다.

소냐는 바로 그런 환경에서 자랐다. 그 환경에서 쭉 살지는 못했지만. 죽음을 맞이할 때도 마찬가지였지만.

그때 그 자리에서 나는 언젠가 꼭 그렇게 살아보고 싶다는 생각을 했다.

나를 위해.

소냐를 위해.

소냐의 부모는 소냐보다 몇 년 앞서서 세상을 떠났다. 소냐는 부모가 남긴 재산이 1천만 달러는 족히 될 거라고 했다. 소냐는 아르노 두그레이와 엘리자베타 두그레이의 외동딸이니 그들의 재산은 응당 소냐가 물려받았어야 했다.

하지만 소냐의 부모는 딸과 의절하고 전 재산을 손녀인 브리엔에게 물려줬다. 소냐는 부모가 딸 대신 손녀를 택한 것에 분노했다.

그건 너무나도 부당한 일이라고 소냐는 항상 말했고, 나는 내 삶에 대해 소냐 탓을 한 적이 한 번도 없었다.

우리가 살았던 곳에서는 밤마다 카베르네를 마신다든가, 마을 순회공연을 온 오페라를 보러 간다든가 하는 건 생각할 수도 없었다. 우리에겐 우리만의 방식이 있었다.

나는 소냐의 아들이 아니었다. 적어도 핏줄상으로는 그랬다. 하지만 소냐는 늘 나를 아들처럼 대해줬다. 어렸을 때부터 나를 먹이고 입히고 운전도 가르쳐줬다. 성추행을 일삼는 상사들 밑에서 이 자리 저 자리 전전해가며 최저임금으로 두 가지 일을 해서 번 돈으로. 그런 돈으로 매년 내 학용품을 사줬고, 비가 새지 않는 지붕 밑에서 살게 해줬다.

그러니 난 지금 잘못된 일을 바로잡고 있는 것이다.

소냐의 남자친구 중 하나가 우리 물건을 훔치는 걸 보고 내가 그놈의 자동차 타이어를 칼로 그어놓자 소냐는 나를 '꼬마 자경단원'이라 불렀다.

소냐가 그때와 똑같은 지금의 내 모습을 보면 자랑스러워하지 않을까.

배울 점이 수두룩한 범죄 다큐멘터리를 십오 분째 보면서 동시에 유튜브로 수술 동영상을 들여다보고 있는데 문자 알림이 왔다. 사만다가 뒷문 앞에 와 있다고 한다.

나는 곧 문을 열고 사만다를 맞아들인다.

"빨리 왔네."

그녀의 등허리를 감싸고 서둘러 안으로 들인다. 이니드 데이비스가 얼핏이라도 보기 전에. 물론 그 여자는 멀리서는 사만다와 브리엔을 구별하지도 못할 것이다. 사만다는 내가 봐도 브리엔의 완벽한 복사판이 됐다.

"나 보고 싶었어?"

나는 이렇게 물으며 사만다의 입술을 물고 거세게 입을 맞춘다.

"아야."

뒤로 물러선 사만다는 손을 입에 대고 핏자국을 확인한다.

몸에서 활기가 넘친다. 자랑스러워 미칠 것 같다. 힘이 난다. 우리가 상상만 해왔던 일이 현실로 이뤄지고 있다.

"미안. 내가 흥분하면 어떤지 알잖아."

"그래, 용서해줄게."

사만다는 웃음을 참으며 내 품에 맥주 상자를 안긴다.

나는 주방 카운터에 맥주 상자를 내려놓고 다시 사만다를 끌어당긴다. 그녀의 목에 얼굴을 묻고 부드러운 살결을 이로 슬쩍 무는데 향수 냄새가 훅 풍긴다. 여기로 이사 들어온 날 밤 브리엔의 화장대에서 찾아낸 향수다. 그때 브리엔은 샤워 중이었고 나는 그 틈을 타 브리엔의 방에 들어가 소지품을 뒤적이면서 참고용으로 지갑이며 향수, 옷 등을 사진 찍었다.

"그 향수, 향이 너무 무겁지 않아?"

나는 코를 찡그린다.

"난 좋던데." 사만다는 코에 손목을 갖다 댄다. "매력적이야. 네가 준 거잖아. 기억하지?"

"두통이 나." 나는 그녀의 옆구리를 손으로 문지른다. "난 네가 전에 쓰던 향수가 좋아. 분홍색 병에 담긴 향수."

이렇게 꾸미고 있으니 사만다가 엄청 예쁘다는 건 나도 인정한다. 맞춤 옷, 백화점에서 받은 메이크업, 비싼 미용실에서 손질한 머리, 손톱 손질까지. 꾸밈새가 달라지니 고개도 꼿꼿해지고 자세도 달라졌다. 네브래스카주 북동부의 외진 마을, 개밥 냄새를 풍기던 동네에서 우리 트레일러의 바로 옆 트레일러에서 나와 함께 자란 소녀라고는 믿을 수 없을 정도다.

하지만 나는 그 사실을 사만다에게 말해주지 않을 거다.

물론 사만다를 최대한 잘살게 해줄 것이다. 치장도 해주고 멋진 옷도 계속 사 입혀야지. 내 인생의 사랑이니까. 세상 무엇과도 바꿀 수 없는 존재니까…… 사만다에게 세상을 다 줄 거다.

내가 아는 가장 충성스런 사람. 사만다는 처음 만났을 때부터 나를 보살펴줬다. 소냐와 함께 섬머 윈즈 이동주택지로 이사 간 날 나는 사만다를 처음 만났다. 사만다는 왼쪽 핸들에 장식 끈을 매단 분홍색 자전거를 타고 다가와 인사를 건네며 도와줄 게 있느냐고 물었다.

그러고는 할인점 맥앤치즈를 같이 먹자며 찾아왔다.

나는 사만다에게 그 전해에 죽은 아빠 얘기를 들려줬다.

사만다는 늘 자기를 괴롭히던 오빠들과 친구들 얘기를 했고, 나는 즉시 그것들 엉덩이를 걷어차 주겠다고 했다. (사만다는 됐다고 했다.)

나는 내가 다니던 옆 동네 학교의 거만한 불량배들에 대한 얘기를 들려줬다.

사만다는 8월에 학년이 시작되면 자기 친구들을 몇 명 소개해주겠다고 했다.

우리 둘은 처음 만난 날부터 거의 붙어 살다시피 했다.

최고로 친한 친구였다.

지금은? 사만다의 충성심은 한껏 보상받고 있다. 언제나 그랬듯이 내 곁에 머물면서 이번 작전의 열매를 싸그리 거둬들일 것이다.

사만다가 없었으면 나는 이 일을 해낼 수 없었다. 사만다는 모르고 있지만 말이다.

초인종 소리가 들린다. 나는 사만다의 엉덩이를 한 번 툭 치고 지갑을 집어 든다.

피자, 맥주, 사랑하는 여자, 그리고 곧 수중에 들어올 큰돈.

이보다 더 좋은 날은 없을 것이다.

26장

월요일, 사층 심장외과로 가고 있는데 수술복 뒷주머니에 꽂아 둔 휴대폰이 울린다. 응급 환자를 이송하라는 호출을 받고 가는 중이었다. 휴대폰을 확인하는 모습을 멍청이 동료인 브라이언에게 들켰다간 바로 팀장 귀에 보고가 들어갈 것이다.

작년 가을 이 일을 시작한 날, 의사 수면실에 들어갔다 나오는 나를 보고 배불뚝이 나무늘보 브라이언은 나를 어떻게든 짓이기려고 안달을 했다.

다른 사람 같으면 카나리아를 잡아먹은 고양이처럼 당황했겠지만, 나는 그런 상황에서 무표정으로 일관하는 기술을 오래전에 습득했다. 네브래스카주로 이사한 뒤로 나는 내 인생을 살아 있는 지옥으로 만들려고 작정한 불량배들을 상대해야 했고, '무표정'은 그 와중에 터득한 기술이었다. 나는 그동안 일하던 직장에서 잘린 바람에 얼마 전부터 이 일을 하기 시작했다.

"넌 거기 들어가면 안 돼."

브라이언이 말했다. 넌 하찮은 환자 이송 직원이지 잘난 의사가 아니라는 사실을 똑똑히 알아두라는 듯한 말투였다.

나는 하품을 하면서, 밤새 (있지도 않은) 아픈 자식을 돌봤더니 피곤해서 헷갈린 모양이라고 거짓말을 늘어놓은 뒤 앞으로 조심하겠다고 마무리했다.

제기랄. 의사 신분증을 찾아보려고 의사 수면실에 들어갔다는 사실을 고스란히 털어놓느니, 차라리 외계인에게 납치됐다 왔다고 말하는 편이 나을 것이다.

몇 번 시도한 끝에 겨우 성공했다. 병원에서 일한 지 일주일 만에 세탁실 앞에 떨어져 있던 의사 신분증 하나를 주웠다. 나이얼 엠벌린이라는 이름의 심장병 전문의의 것이었다. 신분증에 박힌 사진을 보니 비쩍 여위고 파리한 안색에 머리카락이 눈처럼 흰 사람이었다. 평생 한 번도 웃어본 적 없을 듯한 인상으로 코와 입가에 깊은 주름이 박혀 있었다.

한 시간 정도 포토샵으로 합성하면 못 만들 게 없었다.

그 신분증을 바탕으로 가짜 신분증을 만들고 그의 사진을 내 사진으로 바꾼 뒤 전공 분야 명을 변경하고 코팅하면 끝이었다.

일이 풀려가는 방식을 지켜보는 건 언제나 즐거운 일이었다. 계모는 나를 언제나 '꿈을 이루는 녀석'이라고 불렀다. 나는 목표를 정하고 의도대로 상황을 만든 뒤 뒤로 물러나 일이 마법처럼 이루어지는 과정을 지켜보곤 했는데 계모는 그런 나를 늘 놀라워했다. 나는 계모의 의견에 동의하는 척하지도 않았고, 꿈이 이루어지는 과정을 전부 이해하는 척하지도 않았다. 그저 언제든 원하는 게 있으면 그걸 이뤄내기 위해 최선을 다할 뿐이었다.

소냐가 세상을 뜬 후 나는 원래 그녀의 것이었던 재산을 되찾아 그녀를 추모하기 위해 브리엔의 삶 속을 파고들기로 결심했다. 그래서 일단 퀴너섹블러프로 이사 왔지만 어디서부터 어떻게 시작할지 계획도 세우지 못한 채 하루하루를 보내야 했다. 그러던 어느 날 하늘에서 갑자기 그럴듯한 계획이 내 앞에 툭 하고 떨어졌다.

6개월 전 브리엔은 사무실 앞에서 괴한에게 급습당해 죽을 지경이 됐다. 골목에 쓰러져 있는 브리엔을 누군가 발견하고 911에 신고했는데 구급차가 브리엔을 어디로 데려갔을까?

바로 병원이었다.

그럼 누가 브리엔을 병원 안으로 옮겼을까?

바로 나였다.

처음 몇 주 동안 브리엔은 의식이 없었고 깨어난 후에도 상황을 잘 기억하지 못했다. 그리고 단기 기억상실증에 시달렸다. 엠벌린의 신분증으로 병원 시스템에 접속해 브리엔의 의료기록을 확인해 본 바로는 그랬다.

어느 평범한 화요일 밤, 브리엔이 입원한 병실 앞을 지나가는데 문 앞에서 브리엔의 친구 둘이 이야기를 나누고 있었다. 브리엔이 집에 하숙생이라도 들여야 하지 않겠느냐, 그 큰 집에서 어떻게 혼자 사느냐는 내용이었다.

그중 한 명과 눈이 마주친 순간을 나는 아마 평생 못 잊을 것이다. (나와 눈이 마주친 여자는 나중에 알고 보니 '마리솔'이라는 여자였다.) 그 여자는 나를 쓱 훑겨보더니 남의 일에 신경 끄라고 말했다.

가식적이고 건방진 년.

원래 계획에 있던 일은 아니었지만, 브리엔의 집에 발을 들여놓자마자 마리솔부터 브리엔 곁에서 치워버리기로 결심했다.

그리고 일은 계획대로 이루어졌다.

브리엔이 퇴원한 지 1, 2주일쯤 지났을 때 나는 도용한 브리엔의 휴대폰 번호를 이용해 마리솔의 남자친구 휴대폰으로 포토샵 합성 나체 사진을 몇 장 보냈다. (합성할 자료는 인터넷에서 금방 찾아냈다.)

브리엔이 퇴원하고 수주일 동안 나는 크레이그스리스트를 비롯해 몇몇 부동산 임대 사이트를 수차례 확인했다. 덕분에 브리엔이 세입자 구인 광고를 올린 지 두 시간도 안 돼서 그녀에게 연락할 수 있었다.

그리고 다음 날 나는 의사 신분증을 보란 듯이 목에 걸고 수술복 차림으로 브리엔을 만나러 갔다. 브리엔은 레깅스에 카디건 차림이었는데 잠을 제대로 못 잤는지 눈 밑이 퀭하고 다크서클이 앉아 있었다.

나는 브리엔과 조심스레 소소한 대화를 나눴다. 브리엔이 신원조사 양식서를 작성해달라는 요구를 하지 않자 안도의 한숨이 나왔다. (그게 바로 브리엔의 첫 번째 실수였다.)

아마 의사 신분증의 힘이었을 것이다.

이번 작전이 끝나고 나면 꽤나 아쉬울 힘이기도 하다.

수년 동안 즉석에서 거짓말을 지어내는 일은 내 특기였다. 열세 살이 채 안 되었을 때부터 나는 듣고 싶어 하는 말을 해주면 사람들이 언제든 내게 문을 열어준다는 걸 깨달았다.

아무도 진실에는 관심이 없다. 다들 보고 싶은 것만 보니까.

소냐의 가르침이기도 했다.

결국 자기 기분을 좋게 해주는 점만 골라 믿는다는 얘기다. 어쩐지 안전해 보인다는 점, 밤에 잠을 잘 자게 해줄 수 있다는 점

말이다. 나는 그 점을 늘 이용해왔다.

병실 앞에 다 왔을 때쯤 내 휴대폰이 또 진동한다.

병실 안 모니터에 난리가 났다.

경보음이 울린다.

무늬가 들어간 수술복을 입고 무음 신발을 신은 간호사들이 병실 주변에서 이리 뛰고 저리 뛴다.

"대체 어디 있다 오는 겁니까?" 심장병 전문의가 우리에게 날카롭게 소리친다. 겸양을 떨지만 말 속에 독이 있다. 저 불그레하고 오만한 면상을 한 대 치고 싶다. "오 분 전에 호출했잖아요!"

"최대한 빨리 왔습니다, 선생님."

밸도 없는 동료가 대답한다. 그는 의사의 눈을 피하며 나와 함께 병상의 바퀴 고정 장치를 푼다.

거짓말은 아니다. 우리는 병원 저 반대쪽 구석에 있는 자동판매기 앞에서 빈둥대고 있다가 호출을 받았다. 뛰어갈까 생각도 했지만 브라이언이 심장마비에 걸리지 않도록 배려하는 차원에서 걸어왔을 뿐이다.

우리는 병상을 복도로 밀고 나가 환자를 심장계 중환자실로 옮긴다. 바퀴를 고정하고 병상의 위치를 잡자마자 간호사들이 우리를 내쫓는다. 옆으로 지나가는 우리를 벌건 얼굴의 의사가 비웃듯 쳐다본다.

물론 의사들이 전부 저 인간 같지는 않다.

일부 괜찮은 의사도 있는데 소아과 전문의 루카스 박사도 그중 하나다. 나는 루카스 박사를 참조해 나이얼 엠벌린 박사라는 인물을 만들어냈다. 점잖고 상냥한 루카스의 성격은 사실 기본적으로 나와 맞지 않는다. 게다가 조지 클루니처럼 잘생긴 편이라 아이 진료일이면 엄마들이 립스틱을 바르고 하이힐까지 신고서 진료실로 찾아온다. 평소 하루걸러 한 번씩 헐렁한 운동복 바지에 그림이 그려진 티셔츠를 입고 사는 여자들이 안 그런 척 시치미를 뚝 떼고서 말이다.

예전에 루카스는 내게 점심을 사준 적도 있다. 시간이 없는지 식당에서 내 앞줄에 끼워줄 수 있느냐고 물었다. 그가 내 식대를 내줬다는 걸 알았을 때쯤 그는 이미 가고 없었다.

그런 사람을 어떻게 안 좋아할까.

그런 사람을 어떻게 안 믿을까.

이송 직원 사무실로 돌아와 보니 브라이언이 보이지 않는다. 이리 오다가 어디로 샌 모양이다. 아마 간호사실 앞에서 얼쩡거리고 있겠지. 눈코 뜰 새 없이 바쁜 간호사들이 그와 한담을 나눌 여유 따위 없다는 건 싹 무시한 채. 여자가 자기와 대화할 의향이 없다는 걸 어떻게 눈치채지 못할까? 여자가 남자의 말을 듣는 둥 마는 둥 한다면? 말투 같은 사소한 부분에서 알아챌 수 있어야 한다. 여자가 머리카락을 매만지면서 계속 미소를 지으면 당신한테 빠진 것이다. 반면에 한숨을 쉬거나 딴 데 정신이 팔린 모습이라면 당신한테 내줄 시간 따위 없을 테니 그 자리에서 썩 꺼져야 한다.

간단하다, 솔직히. 너무 간단하다.

바퀴 달린 의자에 털썩 앉아 옆으로 몸을 틀면서 뒷주머니에서 휴대폰을 꺼낸다. 그리고 책상 위에 발을 올려놓는다.

부재중 통화 한 건, 음성 메시지 한 개가 와 있다.

사우스다코타 지역번호가 뜬 걸 확인하고 음성 메시지의 '재생' 버튼을 누른다. 곧바로 여자의 목소리가 내 귓속을 채운다.

"슈나이더 박사님이 케이트 씨의 다음번 진료일에 보호자께서 와주셨으면 하십니다. 오실 수 있는지 전화로 알려주세요……."

나중에 전화를 해야겠다. 일이 너무 많아서 주말에나 갈 수 있을 것 같다고 대답해야지. 그리고 브리엔과 통화하면서 내가 얼마나 그녀를 사랑하고 그리워하는지 읊어줘야겠다. 그래야 뭔가 이상하다는 의심을 품지 않을 테니까. 일단은 시간을 벌어야 한다.

얼마 전 이름마저 좆같은 딕Dick* 이라는 자가 새 상관으로 왔다. 딕은 브라이언이 휴식 시간을 요구할 때마다 보이지 않는 채찍을 휘두르면서 화를 냈다. 내가 이렇게 빈둥거리고 있는 걸 보면 나한테도 지랄을 할 테니 눈에 띄지 말아야지.

지금 제일 큰 걱정은 내가 의료기록지 원본 전송을 지연시키는 걸 크레스트뷰 정신병원 측이 얼마나 더 허용해주느냐다. 나는 브리엔을 입원시키면서 그들에게 위조한 서류를 임시로 건넸다. 온라인에서 찾아낸 서류들을 복사하고 가짜 사진을 붙이고 글씨를 쳐 넣어 힘들여 만든 것이다. 주 정부의 명령으로 몇 년 전 폐쇄된 어느 사설 정신병원의 로고까지 찾아 정성스럽게 붙여 넣었다. 그 정신병원이 보유하고 있던 모든 의료기록이 조지아주의 정보처리 센터로 옮겨진 상태라, 사본을 요청한 후 받으려면 자동화 시스템을 거치더라도 '최소 6주'는 걸린다고 했다.

* 남성 성기의 속어.

그래서 일부러 그 정신병원을 택한 것이다.

브리엔의 은행 계좌가 유효하고 그녀가 치료에 적극적인 한, 크레스트뷰 측에서 그녀를 강제 퇴원시키는 일은 없을 것이다. 나는 그들이 서류에 대해 물을 때마다 그럴듯한 사유를 대면서 말의 앞뒤가 잘 맞도록 신경 쓰기만 하면 된다.

그러니 사실 크게 걱정할 일은 없다.

지금 내게 필요한 시간은 앞으로 2주일 정도다.

"책상에서 발 치워. 여긴 병원이야. 위생적으로 행동해야지."

내가 운동화 신은 발을 책상에서 바로 치우지 않고 느릿거리자 브라이언이 코를 씰룩댄다. 나는 그제야 발을 바닥에 내려놓고 말한다.

"알았어. 미안."

둘만 있을 때는 늘 그렇듯 우리는 조용히 앉아 서로에게 말 한마디 건네지 않는다. 서로 할 말도 별로 없다. 그가 몇 번 친한 척하면서 라이브 액션 롤플레잉 게임 동호회니, 톨킨의 소설 초판 컬렉션이니, 월드 오브 워크래프트 게임 같은 대화를 시도하려 한 적도 있었다. 그때마다 나는 그가 입을 열자마자 핑계를 대고 자리를 피해버렸다.

나는 다리를 흔들면서 시간을 확인한다. 점심시간까지 삼십 분 남았다.

그 전날 휴게실에서 가져온 종양학 저널을 들여다본다. 더 이상 브리엔을 상대로 의사인 척할 필요가 없으니 이런 것도 더 읽지 않아도 되지만 읽다 보니 흥미가 생겼다.

점심시간에 몇 군데 전화를 해야 한다. 푸드 코트에서 샌드위치를 사서 대충 먹고 서쪽 주차장에 있는 내 볼보에 앉아 일을 봐야겠다.

산부인과 층에서 환자 이송을 요청하는 호출이 또 왔다. 브라이언은 일을 해야 하는 것 자체가 짜증 난다는 듯 한숨을 푹 쉰다.

하지만 난 오늘 기분이 좋다.

이참에 브라이언을 좀 뛰게 만들어줘야겠다.

27장

화요일 저녁, 열쇠공이 서류 보관함의 자물쇠를 여는 동안 나는 뒷문 앞 계단에서 담배를 피운다. 일을 마친 수리공에게 현금을 쥐여주고 서둘러 돌려보낸다. 그의 등 뒤로 얼른 다시 문을 잠그는 내 모습에서 모순이 느껴진다. 요즘은 별것 아닌 일에도 기분이 좋다. 꼭 구름 위를 걷는 것 같고, 세상에 거칠 게 없다. 소냐가 늘 말했던, 밤에 세상 근심 하나 없이 베개에 머리를 대고 누운 기분이라는 게 바로 이런 걸까?

브리엔의 사무실로 다시 들어가 삐걱거리는 나무 의자에 앉아 첫 번째 서류를 꺼내 본다.

세금 관련 서류다.

옆으로 치우고 다음 서류를 확인한다.

사업자등록증, 허가증, 보험판매 보증서.

다음.

서류철 여섯 개를 더 확인하고서야 황금알을 낳는 거위를 찾아낸다. 브리엔의 은퇴 후 포트폴리오다.

최근 재산 내역서를 보니 2개월 전에 작성된 것이다. 내 눈이 맞게 읽었는지 믿을 수가 없어서 재산 총액을 한 번 더 확인한다. 브리엔 두그레이가 조부모에게 물려받은 재산이 꽤 크다는 건 알고 있었지만 이 정도일 줄은 몰랐다.

1335만 8000달러.

13이 내 행운의 숫자는 아니지만, 지금 그런 걸 걱정할 때가 아니다.

다음으로 브리엔의 노트북을 열어본다. 비밀번호를 칠 필요도 없이 로그인이 되자 깜짝선물을 받은 기분이다.

히죽 웃으며 소냐를 생각한다. 용감하게 여기까지 해낸 걸 알면 얼마나 자랑스러워할까. 나는 소냐를 추모하며 잘못된 걸 바로잡고 있는 것이다.

오로지 소냐 덕분에 오늘날 이 자리에 올 수 있었다.

좋은 일이든 나쁜 일이든 그 사이의 온갖 일들까지 모두 소냐 덕분이다.

어렸을 때 전기요금 납부가 늦어질 때마다 소냐가 전력회사와 통화하는 소리를 들으면서 나는 협상 기술을 익혔다. 소냐는 도로변의 작은 식당에서 부드럽고 미안해하는 말투로 음식에 트집을 잡아 두 끼분의 포장 음식을 서비스로 받아내는 식으로 우리의 다음 날 저녁식사까지 해결하곤 했다. 또한 믿어주는 게 사랑이라는 달콤한 말로 남자친구들을 조종하는 모습을 지켜보면서, 나는 윗사람들을 내 뜻대로 움직이는 방법을 배웠다.

인터넷 창을 열고 브리엔의 최근 재산 내역서 상단에 적힌 회사의 웹사이트를 찾아낸다. 페이지를 띄우고 '로그인' 버튼을 클릭한다. 사용자 명에 브리엔의 이메일 주소가 자동으로 뜨는데 비밀번호 칸은 비어 있다. 비밀번호 칸에 커서를 놓고 이리저리 움직여본다. 저장된 비밀번호를 사용하겠느냐는 문구가 뜨길 바라지만 아무것도 뜨지 않는다.

이대로 끝낼 내가 아니다.

'비밀번호 찾기'를 클릭하자 삼십 초 후 노트북 받은편지함에 띵동 소리와 함께 비밀번호 관련 이메일이 도착한다. 이메일을 열고 링크를 클릭해 로그인 비밀번호를 새로 설정한다.

너무 간단하다. 기분이 째진다.

나는 기억할 수 있지만 남들에게는 헛소리 같은 비밀번호를 새로 입력하자 잠시 후 환영 페이지에 이어 무수한 버튼들이 보인다. 최근 계좌 활동 확인, 최근 입출금 내역서 다운로드, 계좌이체 요청을 위한 버튼들이다.

손가락 끝이 달아오른다. 아드레날린이 온몸 구석구석으로 짜르르 퍼져나간다.

이보다 기분 좋은 일이 또 있을까.

책상 한쪽에 놓인 수첩과 펜을 집어 들고 모든 계좌번호와 잔액을 적는다. 그리고 그 페이지를 찢어 주머니에 넣어둔다. 흥분해서 혹시라도 잊어버릴 경우에 대비해서다.

이어서 '계좌이체 요청' 버튼을 클릭한다.

특정 계좌에서 조기에 현금을 인출할 경우 세금에 영향을 미칠 수 있다는 경고창이 뜨고, 그래도 계속하겠느냐고 묻는다.

'예'에 체크하고, 다음 페이지에서 브리엔의 자택 주소지로 수표를 보내라고 요청한다.

—고객님의 요청을 처리하는 데 7~10영업일이 소요됩니다. 10영업일이 경과한 후에도 수표를 수령하지 못하면 고객지원 번호로

연락 바랍니다.

기간은 줄일 수 있다. 그리 힘든 일도 아니다. 내가 직접 발로 뛰면 대부분 쉽게 해결된다. 아마 즉시 인출 가능하게 될 것이다. 나는 평생 그렇게 문제를 해결하며 살아왔다.

의자 등받이에 등을 기대고 두 손을 깍지 껴 목을 받친 뒤 몸을 쭉 편다. 어깨에서 딱 소리가 나면서 등 위쪽의 긴장이 풀어진다. 나는 맥주를 더 가지러 주방으로 향한다.

킹사이즈 맥주 두 개를 집어드는데 휴대폰이 울린다. 화면에 사우스다코타주 지역번호가 떠 있다. 어제 전화를 했어야 했는데 깜박했다.

내 안의 루카스 박사를 소환하면서 목청을 가다듬는다. 맥주를 옆에 내려놓고 전화를 받는다.

침착하게, 전문가 느낌이 나는 목소리로 대답한다.

"엠벌린입니다."

"안녕하세요, 엠벌린 박사님. 크레스트뷰 정신병원의 낸시라고 합니다. 어제 음성 메시지를 남겼는데……."

"아, 예. 죄송합니다. 어제 동료를 대신해 두 배로 일하느라 정신이 없었네요. 집에 와서는 종일 자버렸습니다." 나는 점잖은 말투 끝에 미안하다는 듯 웃음을 살짝 섞는다. "일정을 확인해봤는데 이번 주 중에는 꼼짝할 수가 없네요. 괜찮다면 토요일에는 갈 수 있을 것 같습니다."

낸시는 잠시 말이 없더니 기다려달라고 말한다. 그리고 얼마 후 다시 내게 말한다. 슈나이더 박사가 토요일에 비번이지만 이번만은 오전 8시에서 9시 사이에 출근해 면담을 해드릴 거라고.

내가 그 병원에 갖다 바치는 돈이 얼만데, 잘난 척을 하며 날 위해 특별히 편의를 봐주겠다는 식의 말투가 마음에 들지 않는다. 하지만 나는 자존심을 누르고 순순히 대답한다.

"그러죠. 그 시간에 뵙겠습니다. 제 아내는 잘 지내고 있습니까?"

"그 부분에 대해서는 저희 간호사와 얘기를 나눠보세요. 다이앤 간호사에게 음성을 남겨주시면 됩니다. 지금 환자를 돌보고 있는 중이라서요."

내가 고맙다는 인사를 하기도 전에 낸시는 다이앤의 전화로 연결한다. 나는 내 신분을 밝힌 뒤 그녀의 상태를 묻는다. 기회가 되면 '케이트'가 내게 전화할 수 있게 해달라는 부탁도 잊지 않는다. 솔직히 브리엔이 아직까지 내게 전화 한 통 안 한 것이 놀랍긴 하다. 병원 측에서 허락하지 않아서일 수도 있겠지만. 만약 그렇다면 나는 한 단계 더 나아가 아내를 걱정하는 남편 역할에 좀 더 힘을 주어야 한다.

주방 카운터에 놓인 맥주를 집어 드는데 뒷문이 열리고 사만다가 들어온다. 원목 마루에 사만다의 힐 소리가 또각또각 울린다. 사무실에서 퇴근하고 그 차림 그대로 온 모양이다.

뭐지? 여기로 오기 전에 옷 갈아입을 시간도 없었나?

나는 사만다를 품에 안으며 말한다.

"날 위해 늘 그렇게 차려입을 필요는 없어, 자기야."

"말도 귀엽게 하네."

사만다는 조그맣게 웃으며 짝퉁 디자이너 핸드백을 내려놓고 힐을 벗는다. 브리엔을 만나기 전까지 나는 고야드 핸드백이라는 게 있는지도 몰랐다. 잽싸게 알아보니 온라인에서는 팔지도 않는 핸드백이었다. 진품을 구하려면 뉴욕시의 바니스 백화점을 방문하든지 해야 할 판이었다. 명품 짝퉁과 중고품 거래 사이트가 있어서 얼마나 다행이었는지 모른다.

"내가 어떤 모습이어도 넌 날 좋아할 거잖아."

나는 화제를 바꾸며 묻는다.

"일 아직 안 그만뒀어?"

사만다는 미간을 찌푸린다. 나는 사만다가 지금 하는 일을 얼마나 좋아하는지 알고 있다. 그 일 덕분에 사만다가 세상의 일원이 된 듯한 기분을 느낀다는 것도. 인생을 바닥부터 시작한 사람은 바닥에 계속 머무르려는 경향이 있다. 사만다나 나 같은 사람은 성장 환경 때문에 특혜 따윈 누리지 못하고 자랐으니 최고로 빛나는 미래를 살아갈 가능성은 별로 없다. 더욱 안타까운 사실은 사만다가 순수한 마음의 소유자라는 점이다. (그 마음이 내게 향할 때는) 사만다의 가장 훌륭한 자질이지만, 가장 큰 약점이기도 하다. 우리가 퀴너섹블러프시에서 진행하는 일에 대해 내가 사만다에게 자세히 털어놓지 못한 이유 중 하나이기도 하다.

사만다가 옆 의자에 쓰러지듯 앉으며 말한다.

"어제 말했어. 그만두겠다고."

"어이, 사만다. 기운 내. 울적해하지 마. 거기서 넌 일을 잘해냈지만 이제 다음 단계로 나아가야지."

"난 그 일이 좋았어."

사만다는 엄지손톱을 잘근잘근 물어뜯는다. 이런 순간에 브리엔과 완전히 다른 사람처럼 보이게 만드는 지저분한 습관이다.

"넌 네 평생 처음으로 더 이상 일할 필요가 없게 된 거야. 그리고 내 평생 처음으로 널 돌봐줄 수 있게 된 거고. 이 상황을 즐기자."

처음에 나는 이 도시에 친척이 있어 연락해볼 생각이라고 사만다에게 말했다. 엄마가 여기 출신이라 엄마의 가족들에게 연락을 해볼 거라고, 그래서 엄마를 좀 더 가깝게 느껴보려 한다고. 사만다는 기특한 생각이라면서 함께 여기로 이사를 와줬다. 굳이 꼬치꼬치 캐묻지도 않았다.

병원에서 일자리를 구하는 건 그다지 어렵지 않았다. 병원 안에서 환자들을 이리저리 이송하는 일로 시간당 15달러를 받는다. 하지만 사만다는 나와는 달리 동네 버거킹 매장에서 아르바이트 면접 기회를 따내는 것도 쉽지 않았다.

물론 사만다 탓은 아니었다.

수년 전 나는 고향에서 말썽에 휘말린 적이 있었다. 아는 사람이 본인 정비소 뒤에서 도난 차량을 거래했는데 내가 두어 건에 대해 중개인 노릇을 하다가 일이 틀어졌다. 그 일로 사만다가 (천사처럼 자진해서) 나 대신에 책임을 뒤집어쓰고 네브래스카주 여자 교도소에 수감됐다. 출감 후 사만다는 예전처럼 일자리를 얻기가 쉽지 않았다. 사만다를 처음 봤을 때는 모두 그녀를 마음에 들어 했다. 상냥한 목소리에 밝은 초록색 눈동자, 주변 사람도 함께 웃게 만드는 미소를 가졌으니 어디서 면접을 보더라도 늘 좋은 점수를 딸 만했다. 하지만 사만다의 신원 조사를 하고 난 후에는 다들 그녀에게 다시는 연락하지 않았다.

설득하는 데 약간 애를 먹긴 했지만, 나는 사만다에게 가명으로 일자리에 지원해보도록 했다. 사만다가 드디어 동의하자 나는 신중하게 이력서를 위조해서 사만다 대신 몇몇 일자리에 지원했다. 그리고 훔친 신용카드 두 개를 최대한도까지 긁어서 직장 여성에게 어울리는 옷가지 등을 사주자 사만다는 몹시 놀라워했다.

하코트의 아파트 역시 나에게도 필요했지만 사만다에게 주는 선물에 더 가까웠다.

그리고 나는 부업으로 엘리너라는 노부인의 입주 돌보미를 하고 있어서 사만다와 한 집에서 살 수 없다고 말해두었다.

한편 나는 사만다를 통해 브리엔에게 어떤 믿음을 심어주어야 했다. 누군가가 자기를 모방해 살고 있다는 얼토당토않은 믿음을. 그래야 브리엔이 자신의 정신 상태를 의심할 테고, 내가 그녀를 케이트 엠벌린이라고 말했을 때 내 말을 믿을 테니까.

사만다에게 거짓말을 하는 게 내키지는 않는다. 사만다를 거짓말로 속여 넘기고 싶진 않다. 사만다는 이 세상에서 나 대신 총까지 맞아줄 수 있는 유일한 사람이고, 그녀의 충성심은 내게 손해인 적이 없었다. 하지만 이번 계획을 실행하는 데 있어서 사만다의 도덕심은 방해가 될 듯해서 작업 내용을 전부 알려주지는 않았다. 언젠가는 사만다도 이 모든 계획이 자기를 위한 일이며, 나아가 우리를 위한 일이고 우리가 꿈꾸던 미래를 위한 일이었음을 알게 될 것이다. 그래야 언젠가 세상 근심 없이 베개에 머리를 대고 편안히 누울 수 있을 테니까.

이번 주는 '엘리너'가 미네소타주에 있는 그녀의 오빠네 집에서 머물 예정이라 마침내 사만다가 이 집에 발을 들여놓도록 허락했다.

나는 가상의 노부인을 위해 일하며 넉넉한 수고비를 받고 있다고, 풀타임 일을 두 개나 하고 있어서 수입이 꽤 된다고 사만다에게 둘러댔다.

사만다는 의자에 앉은 채 생각에 잠긴 표정이더니 어깨를 축 늘어뜨리며 한숨을 푹 쉰다.

"그 여자로 사는 거 재밌더라."

내 등줄기로 식은땀이 흘러내린다.

"그 여자?"

"브리엔. 네가 지어준 가짜 이름 말이야. 몇 달 동안이지만 남의 인생을 사는 기분이었어. 원래의 나 말고 다른 사람이 되어보니까 좋더라고. 내가 브리엔일 때 사람들은 다른 눈으로 나를 봐줬어. 대우도 달랐고. 훨씬 좋은 대우를 받았어."

"난 그 여자보다 언제나 네가 더 좋던데."

사만다에게 다가가 그녀의 턱을 손으로 받치고 살짝 기울여 입을 맞춘다. 고개를 숙여 이번에는 달콤하고 부드럽게 키스한다. 물지도 않고 피가 나지도 않게.

순수한 마음은 사만다의 약점이지만 다행히 그녀는 내 사람이다.

그녀의 입술이 내 키스에 미소 짓고 몸에 긴장도 푼다. 당연히 그래야지. 이제 사만다의 인생도 곧 쭉쭉 펴질 테니까. 내가 사만다에게 늘 약속해왔던 삶이 코앞에 와 있다. 사만다는 아직 모르겠지만.

다음 주에 내가 모시던 노부인은 안타깝게도 (물론 자다가 평화롭게) 생을 마감하실 예정이다. 나는 그녀의 죽음에 충격받은 척을 하면서 노부인이 내게 전 재산을 남겼다고 사만다에게 말하면 된다.

금액이 얼마인지는 말하지 않을 것이다. 그저 사만다가 남은 평생 단 하루도 일을 하거나 결핍된 삶을 살지 않아도 된다는 정도로만 얘기할 생각이다.

나는 텔레비전이 있는 방, 브리엔의 표현대로라면 '뒤쪽 응접실'을 가리킨다.

"저쪽으로 가자."

우리는 소파에 편안히 앉는다. 리모컨은 사만다가 쓰도록 내버려둔다. 나는 머릿속이 복잡해 텔레비전에 집중할 상태가 아니다.

"오늘 저녁은 너그럽네."

사만다는 리모컨을 내려놓고 내 허벅지에 올라앉는다.

내 너그러움은 아직 시작도 안 했다.

그녀의 손을 붙잡아 내 운동복 바지 속으로 가져다 대려는데 초인종 소리가 들린다. 사만다는 얼른 내 몸에서 내려가고 나는 텔레비전 볼륨을 죽인다.

저녁 7시. 오기로 한 사람은 없다.

"너는 여기 있어."

나는 리모컨을 들어 볼륨을 올린다. 예고도 없이 찾아온 사람이 누구인지 감이 잡히지 않지만, 텔레비전 볼륨을 높여놓으면 내가 누구와 대화하든 사만다의 귀에 들리지 않을 것이다.

가벼운 발걸음으로 복도를 지나 앞문 쪽을 흘끗 살핀다.

아, 제기랄!

이니드다.

나는 운동복 바지에 흰 티셔츠 차림이다. 잘나가는 의사에게 어울리는 옷으로 갈아입을 시간도 없거니와 이니드가 이미 유리창 너머로 내 모습을 봤다. 가장자리에 가두리 장식이 된 공단 잠옷 세트가 있긴 하지만, 그건 브리엔이 집에 있을 때나 보여주기 용으로 입던 옷이다. 가격이 꽤 비싸다. 그 잠옷을 입을 때마다 얼간이가 된 기분이었다. 지나치게 편안하게 늘어진 떨떨한 얼간이.

"아, 안녕하세요? 무슨 일이시죠?" 나는 문 앞에서 인사를 건네며 일부러 손목시계를 내려다본다. 소극적 방식으로 적대감을 드러낸 것이지만 눈치 없는 이니드에겐 먹히지 않는다.

"뭐 좀 물어보려고요."

이니드는 주름진 입술에 힘을 준다.

나는 피식한다. 웃을 상황이 아닌데 누가 자기를 보고 웃으면 자신감이 떨어지고 본인이 하려는 일이 옳은지 의심하게 된다. 수년 전 소냐에게 배운 처세술이다.

"브리엔이 며칠째 안 보이네요."

나는 문설주에 기대서서 주먹 쥔 손에 이마를 갖다 붙인 채 가만히 있는다. 어떤 소식을 전할 때 약간 과장된 행동을 하면 남의 개인적인 비극에 대해 참견할 권리가 있는 양 구는 사람들에게 큰 효과를 발휘한다.

"뭔데요? 무슨 일 있어요?"

극성스런 할망구 이니드가 대답을 재촉한다. 눈을 가늘게 뜨고 내 눈빛을 살피고 있다. 대답을 기다리느라 숨까지 죽이고서.

"우리끼리만 알았으면 합니다." 나는 속삭이듯 목소리를 낮춘다. "실은 지난주에 브리엔이 신경쇠약이 왔어요."

이니드가 숨을 헉 들이켠다.

"지금은 괜찮은가요?"

"예, 괜찮습니다. 치료를 잘 받고 있어요."

"근처에 있어요? 내가 문병 가도 되려나? 꽃이라도 좀 보내야 될 텐데. 아이고, 가여워라. 온갖 수난을 다 겪더니. 그래도 잘 버티는가 싶었는데! 왔다 갔다도 하고 수다도 좀 떨길래…… 괜찮은 줄 알았더니만……."

"괜찮아질 걸로 보고 있습니다." 나는 설득력 있는 목소리로 힘주어 말한다. 속으로는 웃음이 난다. 웃겨 죽겠다. "아무래도 브리엔이 맘이 너무 급해서 무리를 한 것 같아요. 종종 일어나는 일이죠. 제 환자들한테서도 매일 보는 모습이고요."

이니드는 목에 건 복잡한 무늬의 다이아몬드 십자가 목걸이를 손으로 만지작거린다. 내가 무슨 말을 하든 별로 상관은 없다. 나를 의사로 생각하는 한 상대는 내가 무슨 말을 해도 어차피 따지고 들지 않을 테니까. 대충 지적인 냄새를 풍기면서 뭉뚱그려 말하면 된다.

"다른 주에 있는 개인 시설에 가 있어요." 이 말을 듣고 이니드가 브리엔이 은밀히 치료받고 싶어 한다고 추측해줘야 할 텐데. "주말에 보러 갈 생각입니다. 원하시면 제가 대신 꽃을 전해드리죠. 아마 좋아할 겁니다."

"그래주면 고맙죠. 브리엔이 가족이 별로 없으니……."

아, 이니드!

나도 알거든.

"그럼 그렇게 하겠습니다."

나는 다음번에 크레스트뷰로 가게 되면 주유소에서 5달러짜리 싸구려 카네이션 꽃다발이나 하나 사 들고 가야겠다고 머릿속에 메모해둔다.

"소식을 계속 알려주면 좋겠군요."

입도 가볍고 할 일도 별로 없는 전형적인 은퇴자다운 요구다. 이니드는 내가 브리엔의 집에 세 들기 한 달쯤 전에 옆집으로 이사 왔다. 이사 오고 얼마 지나지도 않아서 동네를 싸돌아다니며 남의 집 일을 시시콜콜 캐묻고 다녔다.

그런 이니드를 붙임성 있다고 말하는 이들도 있을 것이다.

내 입장에선 골칫거리일 뿐이다.

28장

"먹질 않네."

토요일 아침, 올드헌드레드 지역 남쪽의 포덩크 마을에 있는 식당에서 브리엔과 마주 앉았다. 브리엔과 함께 슈나이더에게 상담받고 나서 두 시간 외출 허가를 받아 나온 것이다. 브리엔의 기분을 풀어주려 나왔는데, 이것이 내가 할 수 있는 최소한의 처세라 여긴다. 오늘 기분 좋게 이곳을 떠나야 한다. 아직 게임 초반인데 브리엔의 희망과 결심을 짓밟아놓을 필요는 없으니까.

"음식 맛이 별로야? 다른 거 주문해줄까?"

브리엔은 고무처럼 쫀득거리는 노란 스크램블드에그를 물때가 묻은 얇은 포크로 콕콕 찍어댄다.

"여기 오고부터 식욕이 별로 없어요. 전부 맛이…… 좀 달라서."

그래. 대량으로 만든 음식은 원래 그런 거야.

"팬케이크 먹을래?"

나는 당장 종업원을 부를 것처럼 팔을 슬쩍 들어올린다.

"아뇨, 아니에요. 괜찮아요."

브리엔은 삼각형 모양으로 자른 통밀 식빵을 포크로 찍는다. 입가에 빵 부스러기가 묻었지만 애써 미소를 짓는 모습이다. 자기가 기분 좋은 상태임을 내게 보여주려는 듯하다.

나는 테이블 너머로 손을 뻗는다. 주스 잔과 뼈 색깔의 플라스틱 접시 사이로 팔을 뻗어 그녀의 손 위에 내 손을 얹는다.

"당신이 걱정돼. 내 말을 오해하지는 마. 좀 수척해진 것 같아."

"난 괜찮아요."

브리엔은 종이 냅킨으로 입가를 살짝 눌러 닦는다. 몇 입 더 먹다 말고 두 번 정도 멍하니 허공을 응시한다.

"무슨 생각을 그렇게 해?"

나는 가여운 아내를 걱정하는 다정한 남편처럼 말한다.

브리엔은 허리를 좀 더 펴고 앉더니, 물이 많이 섞인 듯 색깔이 연한 오렌지 주스 한 모금을 마신다.

"그 수첩 생각이 계속 나서요."

아, 맞다. 케이트 엠벌린의 일기장.

그 일기장을 만드느라 꽤나 공을 들였다. 우선 브리엔이 직접 쓴 글씨 자료를 최대한 많이 모아야 했는데 일주일을 꼬박 들였지만 알파벳 스물여섯 자 가운데 스무 자밖에 모으지 못했다. 그렇게 모은 자료를 스캔한 뒤 인도네시아에 거주하는 작업자에게 보냈다. 인도네시아 작업자는 단돈 5달러에 브리엔의 필체를 다운로드 가능한 폰트 파일로 바꿔주었고 나는 그것을 다운로드했다. 그리고 다음 날 새벽 3시까지 잠도 못 자고 타이핑을 쳐서 일기장을 만들어냈다.

솔직히 나는 창조적인 부류는 아니다. 하지만 케이트 엠벌린이라는 가상 인물의 특징과 불완전하지만 다정했던 부부 사이를 일기장에 그럭저럭 잘 표현했다고 생각한다.

일기 내용을 타이핑하고 인쇄한 후 그 위에 연습장을 대고 연필로 베껴 썼다. 이 작업을 하는 데만 며칠이 걸렸다.

진짜처럼 보이도록 세밀한 부분까지 신경 써야 했다.

나는 두 가지 이유로 브리엔에게 크레스트뷰 정신병원에 그 일기장을 가져가라고 종용했다. 첫째, 크레스트뷰의 직원이나 슈나이더 박사가 브리엔의 증상을 의심하면서 의료기록만으로는 우려를 가라앉히지 못할 때를 대비한 것이다. 그럴 경우 일기장은 케이트가 실존 인물이라는 강력한 증거가 되어주리라 본다. 둘째, 브리엔이 일기장에 적힌 단어 하나하나를 계속 들여다보며 강박에 사로잡히고 케이트라는 가상의 인물이 되려고 노력하길 바라는 마음에서다. 브리엔이 신경을 그쪽으로 쓰게 해야 한다. 정신병원에 머무는 동안 그녀가 줄곧 해야만 하는 일이다.

"어떠세요? 음식이 마음에 드셨나요?"

완벽한 타이밍에 종업원이 다가와 묻는다.

"예, 다 좋네요."

브리엔이 거짓말을 한다. 납득이 가는 말투로 인상 깊게, 믿음이 가게끔.

종업원은 앞치마 앞주머니에서 청구서를 꺼내 나와 브리엔 사이에 놓는다.

"언제든 준비되시면 저쪽 계산대에서 계산하세요. 저희 가게를 찾아주셔서 감사드리고, 남은 하루 즐겁게 보내세요."

목소리가 단조롭고 눈빛에 활기가 없다. 자기 직업을 혐오하는 여자다.

문득 사만다가 떠오른다. 나는 사만다가 삶에 굴복해 저런 인생을 살도록 내버려두지 않을 것이다.

브리엔이 자리에서 일어나 부스 밖으로 나가자 나는 바로 지갑을 찾아 손을 뻗는다.

“화장실 좀 다녀올게요.”

브리엔은 이렇게 말하고 자기 지갑을 찾아 두리번거린다. 그러다 자신의 수중에 지갑이 없음을 깨닫는다. 입원할 때 직원들이 가져가 병원 안쪽 방의 자물쇠 달린 보관함에 넣어두었다. 지갑이 없으니 브리엔은 벌거벗겨진 기분, 무력하고 취약한 기분이 들었을 것이다.

바라던 바다.

계산대 앞에 줄 서 있는데 주머니에 넣어둔 휴대폰이 진동한다. 고개를 슬쩍 들어 브리엔이 근처에 없는 걸 확인한 뒤 휴대폰을 꺼낸다.

사만다 : 오늘 몇 시부터 쉬어?

나는 부리나케 한 단어로 답장을 보낸다. 바빠. 사만다는 내가 일할 때 문자 메시지를 계속 보내면 안 된다는 것쯤은 안다. (사만다에게는 엘리너가 지금 머무는 곳에 더 있기로 해서 그녀의 물건과 여분의 약을 갖다 주러 미네소타주 앨버트리아시로 차를 운전해 가고 있다고 미리 말해두었다.)

브리엔이 오는 걸 보고 나는 바로 휴대폰을 치운다. 계산대 직원에게 선불 비자카드를 내밀면서 얼굴에 미소를 장착한다.

몇 분 뒤 볼보에 올라탄 나는 옆으로 몸을 기울여 브리엔의 뺨을 손에 담는다. 그녀의 이마에 내 이마를 붙인 뒤 입을 맞춘다.

식당에서 먹은 계란 요리와 시큼한 오렌지 주스 맛이 난다. 체리

향 챕스틱 맛이 나는 사만다의 입술과는 완전히 다르다. 나는 무표정을 유지하면서 의미 있는 행동인 척 시간을 끈다.

"아직 한 시간 남았는데 드라이브할까?"

브리엔은 내 제안에 기분 좋게 숨을 들이마신다.

"당신이 싫지 않으면요."

"싫다니?" 나는 코로 숨을 훅 내쉰다. "말도 안 되는 소리 마. 당신과 함께하는 매 순간이 소중해, 케이트. 한 순간도 허비하고 싶지 않아."

나는 최선을 다해 케이트의 남편 나이얼이 할 법한 온갖 진부한 말을 늘어놓기로 이미 결심했다. 평소 사만다에게는 절대 하지 않을 말이다. 사만다는 내가 자기를 얼마나 사랑하고 아끼는지 새삼 확인할 필요가 없다. 끝없이 안심시키는 말, 연하장에서나 쓸 법한 사랑의 표현들을 사만다에게는 하지 않아도 된다. 사만다는 내 사랑을 알고 있으니까. 느끼고 있으니까. 나도 마찬가지다. 우리의 사랑은 깊고 영원하며 말하지 않아도 통하고 변치 않는다. 그러니 고리타분한 낭만적 표현으로는 드러낼 수 없다.

나는 아무 길이나 택해 쭉 나아간다. 속으로는 세상에서 제일 지루한 이 시간을 어서 마치고 브리엔을 크레스트뷰에 내려놓기만을 바라고 있다.

"음악 들을까?"

나는 라디오를 손으로 가리키며 말한다.

브리엔이 라디오 다이얼을 이리저리 돌려 따분한 현대음악 채널에 맞춘다. 우리가 탄 차가 굴곡진 고속도로를 따라 달리는 동안 라디오 소리가 흐릿해지고 치직 소리를 내기도 한다. 어느새 우리는 인적이 드문 곳에 와 있다. 네브래스카의 고향이 생각나는 곳이다.

아무것도 없는 울적한 황무지가 끝도 없이 이어진다. 모순이 느껴진다. 대체 누가 정신병원을 이런 곳에다 짓는단 말인가? 여기서 겨우 십 분 남짓 있었는데 벌써 내 경정맥을 칼로 찌르고 싶은 욕구가 올라온다.

절반쯤 차를 달렸을 때 옆을 흘끗 보니 브리엔이 자신의 왼손을 보고 있다. 정확히 말하면 결혼반지를 끼는 왼쪽 넷째 손가락을.

"다음에 올 때 내 결혼반지 갖다 줄 수 있어요? 당신은…… 낄 필요 없겠지만, 그래도 우리가 아직은 부부니까…… 내 기억을 되살리는 데 도움이 될 것 같기도 해서요. 난 우리 결혼반지가 어떻게 생겼는지도 몰라요."

"그럴게, 케이트."

나는 망설임 없이 대답한다.

이번 주에 전당포에 들러야겠다고 속으로 기억해둔다.

29장

"엠벌린 박사님? 안녕하세요, 크레스트뷰 정신병원의 낸시입니다."

화요일, 일 끝나고 주유소에 들러 휘발유를 넣으려고 계산을 하는데 전화가 걸려왔다. 신용카드 두 개가 잔액 부족으로 결제가 거부되자 나는 세 번째 카드를 꺼내 든다.

한가롭게 전화로 노닥거릴 때가 아니지만 애써 침착을 유지한다.

"안녕하세요, 낸시. 제 아내는 별일 없죠?"

"아, 예. 의료기록 때문에 전화드렸어요. 저희가 서류를 직접 요청하려고 케이트 씨에게 발급 요청서에 서명을 하시게 했어요. 시설 대 시설로 요청하는 게 더 빠를 것 같아서요. 그런데 몽블랑 정신병원 의료기록을 보관 중이라는 조지아주의 정보처리 센터에는 케이트 엠벌린 씨 이름으로 된 기록이 없다고 하네요."

나는 입을 꾹 닫고 핑곗거리를 생각한다.

저들이 의료기록을 직접 요청하고 나설 줄은 몰랐다. 나를 편하게 해주겠다는 생각으로 그리 했겠지만 덕분에 일이 꼬이고 말았다.

지갑에서 다른 신용카드를 꺼내 긁는다. 이번에는 됐다.

안도의 한숨이 나온다.

"착오가 있었던 모양입니다. 행정상의 오류 같은 거겠죠."

"저희도 그런 줄 알았는데 그 시설에서 세 번이나 확인했다는군요. '캐서린'으로도 검색해보고, '케이티'로도 검색해보고, 케이트의 철자를 K가 아니라 C로도 해서 검색해봤다고요."

"기록에 뭔가 문제가 있나 보네요. 문서라는 건 툭하면 분실되죠. 아내가 예전에 입원했던 그 병원이 문 닫기 몇 년 전부터 꽤 어려움을 겪었다는 건 저도 들어 알고 있습니다. 그래도 모든 걸 구식으로, 종이에 펜으로 일일이 써서 관리했다니 놀랍죠. 어떻게 종이 문서로만 관리했는지. 중앙처리본부로 옮겨지는 과정에서 아내의 서류도 분실된 게 아닐까 싶습니다."

나는 마구 주절대고 있다. 그만 입을 닫아야 한다.

"아, 예. 예전 기록이 있어야 저희 병원 서류를 작성할 수 있어서요. 슈나이더 박사님은……."

나는 휘발유 노즐을 손으로 꽉 쥐며 말한다.

"제가 직접 전화해서 어떻게 된 건지 알아보겠습니다."

나는 좌절한 게 아니라 화가 난 듯한 목소리를 낸다. 당장 이 자리에 없어 목소리를 낼 수 없는 제삼자를 탓하면 일은 좀 더 쉽게 풀리곤 한다.

주유하는 동안 차에 기대서서 화제를 바꾼다.

"저기, 이왕 전화 주신 김에 케이트의 담당 간호사에게 아내 상태가 어떤지 들을 수 있을까요? 토요일에도 슈나이더 박사님과 단둘이 얘기를 나눌 기회가 없었거든요."

"그러세요, 엠벌린 박사님. 잠시만요. 담당 간호사를 호출해드릴게요."

냰시는 나를 대기 상태로 둔다. 나는 결제가 거부된 신용카드 두 장을 쓰레기통에 던져 넣는다. 카드들은 구겨진 러플스 감자칩 봉지와 텅 빈 다이어트 닥터 페퍼 캔 위로 떨어진다. 주유기가 44달러 17센트에서 딸깍 소리를 내며 멈춘다. 나는 운전석에 올라타 기다리면서 지갑을 뒤적거린다. 지갑의 솔기가 벌어지고 있다. 축구팀을 만들어도 될 만큼 여러 개인 가짜 명함들, 가짜 신분증들, 훔친 신용카드들, 선불 비자카드로 가득 찬 탓이다. 비상시에 대비해 지갑 한쪽에 여행자수표까지 한 줌 넣어뒀다.

여러 개의 카드와 신분증, 계좌들을 번갈아가며 쓴 지도 오래됐다. 하나로 쓸 때보다 훨씬 일처리가 복잡해진 건 말할 필요도 없다. 그래서 나는 브리엔의 수표와 현금을 손에 넣자마자 상당한 금액을 한 사람의 명의로 된 해외 은행 계좌에 넣어뒀다. 바로 내 아버지 명의로 된 계좌다.

웃기게도 아버지가 돌아가신 후 팡파르는 물론이고 장례식조차 치러지지 않았다. 삶은 아무 일도 없는 듯 흘러갔다. 소냐가 세상을 떠나고 나서야 나는 소냐가 아버지 사후에도 아버지의 사회보장장애연금SSDI을 수령해왔다는 걸 알게 됐다.

아버지의 시신을 어떻게 처리했는지 소냐에게 물어볼 기회도 없었다. 딱히 궁금하지도 않았다.

나는 소냐가 받아 챙긴 연금이 폭력적인 알코올의존자와 함께 산 세월에 대한 대가라고 봤다. 몇 년이 지나서야 소냐는 끝까지 아버지 곁에 남아 있었던 이유가 나 때문이었다고 말했다. 그런 아버지 밑에서 자랄 나를 두고 떠날 수가 없었다고 했다. 소냐는 나를 두 번째 자식으로 길렀고, 나는 그 사실을 직접 듣지 않아도 느낌으로 알 수 있었다.

지금도 국세청IRS과 정부 당국은 아버지가 네브래스카주 버크너에서 멀쩡하게 살아 있는 줄로 안다.

전화기 너머에서 또 다른 여자 목소리가 들린다.

"엠벌린 박사님? 저는 간호사 재키라고 합니다. 현재 상황을 알려달라고 하셨다고 낸시에게 들었는데 맞습니까?"

나는 블루투스로 전환한 다음 주유소를 출발해 운전하며 간호사의 설명을 듣는다. '케이트는 안정적이다' '상태가 좋다' '적극적으로 치료에 임하고 있어서 다들 흡족해하고 있다'와 같은 말들이다.

새로울 것도, 주목할 필요도 없는 내용이라 나는 가볍게 듣고 넘긴다.

아내를 걱정하는 남편답게 재키에게 아낌없이 감사를 표한 뒤 브리엔의 집 진입로로 올라가 아우디 A4(브리엔의 자동차 복사본) 뒤에 차를 세운다. 사만다가 오팔그린에 취업했을 때 내가 그녀를 위해 조달한 차다. 이 차를 가지러 미시간까지 운전해서 가야 했는데, 침수됐던 차라서 인양 물품 중개인에게 헐값에 살 수 있었다. 침수 차라지만 겉만 봐서는 브리엔의 차와 똑같다.

집으로 들어가니 뒤쪽 방에서 깜박이는 텔레비전 화면 말고는 캄캄하다.

"사만다?"

배에서 꼬르륵 소리가 난다. 음식 냄새는 전혀 나지 않는다.

"여기야."

브리엔의 방 쪽에서 사만다의 목소리가 들린다. 긴장한 나는 턱에 힘을 주고 그 방으로 향한다.

"뭐 하는 짓이야?"

사만다가 브리엔의 옷장을 뒤지고 있다. 평소 나는 사만다에게 이런 식으로 말하지 않지만, 너무 당황스러워 자제력을 잃고 말았다.

사만다는 어깨를 으쓱하더니 큭큭 웃는다. 말 그대로 큭큭.

"지금 장난하는 줄 알아?"

날카로운 목소리가 내 입을 뚫고 나온다. 두 주먹까지 부르쥐었다. 사만다에게 이 정도로 화내는 건 거의 없는 일이다.

오늘 저녁이 두 번째가 되겠다.

"내가 해고되는 꼴 보고 싶어서 그래?"

나는 사만다에게 달려가 그녀의 손목을 잡아 쥔다.

"여긴 누구 방이야? 설마 엘리너 씨가 이런 옷을 입는다고 말하진 않겠지."

사만다는 꽃 장식이 달린 원피스를 옷걸이에서 벗겨 자기 몸에 걸친다. 그리고 손으로 앞부분을 쓸어 주름을 편다.

"대학 다니는 손녀가 방학 때면 여기 와서 지내." 내 입에서 거짓말이 나온다. "내 입장 곤란해지기 전에 얼른 도로 걸어놔."

사만다는 원피스를 옷걸이에 걸어놓고 문 쪽으로 가다가 브리엔의 화장대 앞으로 가 선다. 나는 또다시 열이 확 오른다. 사만다는 연푸른색 크리스털 병에 담긴 향수 냄새를 맡는다.

"이 향수 좋더라." 사만다는 병 앞에 붙은 상표를 읽는다. "처음 들어본 브랜드야. 이분은 이 향수를 어디서 사셨을까?"

“사만다.” 나는 눈을 위로 굴리며 얼른 여기서 나가라고 손짓한다. 사만다가 여기 있는 물건들을 좀 만진다고 해서 당장 무슨 일이 나진 않겠지만 나는 위험을 감수하고 싶지 않다.

특히 존재하지도 않는 노부인이 존재하지도 않는 가족을 만나러 이 집을 떠나 있다는 이유만으로, 사만다가 이 집에서 뭐든 멋대로 뒤져도 된다고 생각하게 두고 싶지가 않다. 사만다가 이 집을 휘젓고 다니다가 브리엔의 이름이 적힌 우편물이라도 발견하게 되면 큰일이니까. 사만다가 여기로 오기 전에 나는 집 안 곳곳을 돌아다니며 우편물을 정리했지만 신중을 기해 나쁠 것은 없다.

사만다는 향수병을 도로 내려놓고 내 쪽으로 다가온다. 한 걸음 한 걸음 재듯이 천천히 발을 끌면서.

“배고프지? 뭐라도 주문하자. 나도 배고파 죽겠어.” 나는 화제를 돌린다. 다른 말로 주의를 끌면 사만다에게는 늘 효과가 있었다.

사만다는 여전히 출근복 차림이다. 힐, 원피스, 보석 장신구까지. 마지막 출근일이 다음 주 금요일인데 어서 끝났으면 좋겠다. 브리엔의 이름이 박힌 이력서를 제출해 사만다를 취직시킨 건 상당히 위험했지만 다행히 별일 없었다. 그 회사 사람들 중 브리엔 두그레이라는 이름을 들어본 이가 없었고(한 지역에 동명이인이 있다는 것에 대해 회사에서 아무 말도 나오지 않았으니 문제도 없었을 것이다), 브리엔이 습격받았을 때 피해자의 사생활 보호 차원에서 언론이 그녀의 이름을 노출하지 않았기에 가능했던 일이다.

나는 브리엔의 침실 문을 닫은 뒤 사만다를 데리고 주방으로 간다. 냉장고에 붙은 리틀 타이베이 식당의 포장 메뉴 전단지를 가져와 사만다에게 건넨다.

"네가 주문할래? 네가 먹고 싶은 걸로 해."

나는 우편함을 확인하러 현관 밖으로 나간다.

아직 7~10영업일이 지나지 않았지만 브리엔의 이름으로 된 수표가 벌써 왔을까 봐 조마조마하다.

어젯밤 내내 브리엔의 은행 계좌 각각의 ATM 및 일일 인출한도를 확인했다. 그중 한 계좌(쿼너섹 국립은행의 플래티넘급 계좌)는 일일 인출한도가 25만 달러나 됐다. 그 돈이 이제 얼마 안 있으면 내 수중에 들어오게 될 것이다.

1300만 달러에 달하는 브리엔의 전 재산을 가로챌 수는 없겠지만 이번에 빼돌린 돈만 확보해도 평생 먹고살 수 있을 듯하다. 그것도 안락하게 말이다. 사만다와 함께 인도네시아나 태국, 중앙아메리카 같은 달러화를 쓸 수 있는 곳에 정착한다면 더욱 편하게 살 수 있겠지.

마음을 가라앉히느라 맥주 두 캔을 마시며 컴퓨터를 붙잡고 씨름한 끝에 브리엔의 예금총액, 인출가능금액, 담보까지 모두 파악할 수 있었다. 전부 다. 모든 시스템은 도미노처럼 연결돼 있다. 맨 앞의 블록을 쓰러뜨리면 나머지는 줄줄이 무너지게 된다.

집 안으로 들어가는데 사만다가 주방 쪽에서 묻는다.

"크랩 랭군* 먹을래?"

"아니."

나는 우편물을 살펴보며 대답한다.

수표는 오지 않았다. 아직.

* 게살 크림치즈 만두.

주방으로 돌아가기 전에 휴대폰의 문자 메시지함을 확인한다. 아는 작업자가 케이트 엠벌린이라는 이름으로 된 브리엔의 가짜 운전면허증을 만들고 있는 중인데, 메스암페타민에 찌든 인간이라 가까스로 일을 진행하고 있다.

젠장, 이래서 외주가 싫다니까.

작업자는 사만다와 나를 위한 새 신분증도 만들고 있다. 금요일까지 해달라고 요청했는데 그전에 된다면 값을 두 배로 쳐줄 생각이다.

나는 사람들이 추가로 돈을 더 받기 위해 노력하는 모습을 보는 걸 좋아한다. 하지만 가까운 미래에 이런 요청을 할 일이 또 일어나지 않길 바란다.

“네가 먹을 건 참깨치킨으로 했어.”

사만다가 주방 문간에서 말한다.

사만다의 눈빛에 슬픔 같은 감정이 담겨 있는 것 같은데 정확히 모르겠다. 목소리가 어두워서일까? 요즘 나는 이 집에서 머리를 굴리느라 정신이 없다. 머리를 끝없이 굴리고 이런저런 생각이 너무 빠르게 밀어닥쳐서 소화하기가 힘들다.

그래서 무언가를 놓쳤는지도 모르겠다.

“고마워, 자기야.” 사만다에게 다가가 두 손을 꼭 잡는다. 좋은 남자친구답게 천천히 오래 입을 맞춘다. “넌 정말 놀라워. 알지?”

내 손길에 사만다의 몸이 굳는다.

뭔가 이상하다.

“괜찮아?”

사만다의 생각을 읽을 수가 없다. 이런 적은 처음이다.

"직장 때문에 그래?"

사만다는 숨을 들이마시며 흐릿한 눈으로 나를 마주 본다.

"응."

"사만다……."

두 팔을 둘러 그녀를 품에 안는다. 그토록 좋아하던 직장을 그만두게 한 것 때문에 화가 났을까? 하지만 사만다는 나를 믿어줘야 한다.

나는 그녀를 늘 최우선으로 여긴다.

"우리 7학년이었을 때 기억나? 리처드슨 패거리가 내 신발이 닳아빠졌다면서 놀렸잖아. 한 놈은 내 머리에서 이상한 냄새가 난다고 했고, 또 한 놈은 내 몸에 이가 있다고 학교 전체에 소문을 퍼뜨렸어. 그 후 일 년 동안 아무도 나한테 말을 걸지 않았지." 나는 사만다의 공감을 얻으려고 고통스러웠던 기억 한 조각을 꺼내놓는다. "그때 네가 어떻게 했더라? 넌 끝까지 내 곁을 떠나지 않았어. 내 편을 들어줬어. 일 년 동안 우리는 왕따처럼 학교 식당에서 우리끼리만 식사했잖아."

사만다는 눈을 깜박여 눈물을 털어내려 한다. 그녀는 과거를 입에 담는 걸 좋아하지 않고 나도 사만다가 우는 모습을 보고 싶지 않지만 상황을 납득시키려면 어쩔 수 없다.

"네가 그런 얘길 왜 하는지 모르겠어."

"평생 네가 나를 돌봐줬단 얘길 하려는 거야, 사만다. 넌 늘 나를 우선시했어. 늘 누구보다 나한테 잘해줬어. 과분할 정도로. 이제는 내가 널 돌봐줄 차례야."

사만다는 다른 얘기를 한다.

"그래, 그렇지만 넌 지금 일을 두 가지나 하고 있고, 난 널 제대로 볼 시간이 없어. 이렇게 일주일에 이틀밖에 못 만나느니 적은 돈으로 근근이 살더라도 밤마다 널 보고 싶단 말이야."

두 번째 일은 이제 곧 끝날 거라고 말하고 싶지만, 불쌍한 '엘리너'는 다음 주에나 돌아가실 예정이라 아직 그 말을 할 수가 없다.

"우릴 위한 계획을 내가 다 세워뒀어, 사만다. 난 너랑 결혼할 거야. 우린 네가 늘 얘기했던 그런 가족을 만들게 될 거야. 아들 둘, 딸 둘 낳고."

사만다는 눈을 위로 굴린다.

"우린 감당 못 해."

나는 그녀의 비관적인 말을 받아들이지 않는다.

"네가 꿈꿔온 집을 지어주고 싶어. 네가 원하는 곳 어디에라도. 진심이야, 사만다."

"너 대체 무슨 소릴 하는 거야?"

사만다는 웃음이 나오려는 걸 참는 표정이다. 내 말을 하나하나 새겨듣고 있다는 좋은 징조다.

"이 일을 하면서 돈을 계속 모으고 있어." 나는 사만다의 눈을 똑바로 바라보며 말을 잇는다. "이제 얼마 후면 우리가 꿈꿔온 삶을 살 수 있을 거야."

"참 쉽게도 말한다."

사만다는 한숨을 쉰다.

"아, 그렇게만 볼 건 아니야. 나라고 밤마다 이 오래된 집에서 자는 게 좋겠어? 너랑 주말에만 만나는 게 좋겠냐고? 나도 정말 힘들어, 사만다. 하지만 고통을 감수할 가치가 있을 거야. 내가 보장해."

사만다는 내 머리카락 속으로 두 손을 넣으며 입을 맞춘다. 달콤한 그녀의 입술이 내 입술에 닿는다.

거짓말, 사기, 도둑질, 애원. 남의 것을 빌려 쓰는 생활. 나는 늘 그렇게 살아왔다. 우리 같은 사람들에게 삶은 그런 것이다. 그러니 벗어나려면 똑똑히 처신해야 한다. 안 그랬다간 팔에 주삿바늘을 꽂은 채 죽거나 감옥에 갇히는 신세가 되고 만다.

사만다의 손을 잡고 위층 내 방으로 데려간다. 내 고운 천사의 마음에서 악마 같은 의심을 몰아내기 위해. 오늘 밤만이라도.

마침내 이 집을 떠나게 되면 사만다가 평생 천국 같은 삶을 살게 해주겠다고 나는 신에게 맹세한다.

30장

다음 날 일이 끝나고 직원용 주차장으로 향하는데 함께 걷던 브라이언이 말한다.

"음, 내가 뭔가 잘못 살아온 것 같네."

"무슨 소리야?"

두 걸음쯤 앞서 가던 내가 묻는다.

브라이언이 내 차를 손으로 가리킨다. 20년 된 그의 낡은 시빅 자동차 옆에 내 멋진 차가 주차돼 있다. 그는 잘 맞지도 않는 문짝이 달린 그 차를 눈 하나 깜짝 않고 잘 타고 다닌다. 자존심도 없는지. 어이가 없지만 새삼 놀라울 것도 없다.

"그러게 돈 관리 좀 하지 그랬어."

전자열쇠 버튼을 누르자 삑 소리와 함께 내 차의 문이 열린다.

"시급 15달러 받으면서? 퍽이나."

브라이언이 피식 웃으며 고개를 절레절레 젓는다.

그는 운전석에 털썩 앉아 수동으로 운전석 차창을 내린다. 잠시 후 커걱커걱 소리와 함께 시동이 걸리고, 쨍쨍대는 스피커를 통해 FM 라디오 소리가 흘러나온다. 그가 차 문을 쾅 소리 나게 닫고 흰 테로 된 거울형 선글라스를 통통한 얼굴에 끼고는 주차장을 빠져나간다.

브라이언은 자신이 뭘 원하고 어떻게 해야 그걸 얻을 수 있는지도 알지만, 내가 남의 신용카드로 저 차를 샀다는 건 모른다. 남의 카드로 차 할부금 결제 신청을 해놓은 탓에 30일 후면 사기라는 걸 파악한 은행이 차를 압류 처리하리란 것도.

볼보는 내 취향보다 화려하지만 필요에 의해 산 차다. 중고 캠리를 타는 겸손한 의사 흉내를 낼 수도 있었지만, 그런 특이한 의사보다는 보편적인 의사로 분하는 게 안전했다.

환자 이송 직원 명찰을 셔츠에서 떼어내 차양판 안쪽에 집어넣는다. 그 옆에는 브리엔 곁에 있을 때만 착용하는 의사 신분증이 있다.

직원용 주차장을 빠져나와 차창을 내린다. 레드 제플린의 〈이민자의 노래Immigrant Song〉를 요란하게 틀어놓고 십 분간 마을을 가로질러 브리엔의 집으로 향한다. 박자에 맞춰 엄지로 운전대를 톡톡 두드리다 보니 어느새 다음 교차로 앞이다. 파란색 BMW를 탄 금발 미녀가 깔끔한 비행사 선글라스를 낀 채 나를 쳐다본다. 나는 그녀에게 슬쩍 웃어 보인 뒤 파란불로 바뀌자마자 총알처럼 차를 출발시킨다.

그녀가 바라는 모습대로…….

집 앞까지 다섯 블록 남았는데 블루투스로 연결해놓은 휴대폰 벨소리가 자동차 스피커를 통해 울린다. 가수 로버트 플랜트 특유의 울부짖는 노래가 기분 나쁜 벨소리로 바뀐다.

발신자 번호를 얼핏 보니 사우스다코타주의 지역번호다. 솟구치는 짜증을 억누르며 마음을 다스린다.

잠시 후 전화를 받는다.

"네, 엠벌린입니다."

"안녕하세요, 엠벌린 박사님. 재키예요. 크레스트뷰의 수간호사요. 잠시 시간 괜찮으실까요?"

"그럼요. 무슨 일입니까?"

맥박이 빨라진다. 누군가 시간 괜찮으냐고 묻는다면 대체로 좋은 일은 아니라고 봐야 한다.

"그게, 좋은 소식이 있어서요."

재키는 숨을 들이마시며 뜸을 들인다.

좋은 소식?

아니, 좋은 소식은 내게는 나쁜 소식일 것이다. 적어도 이번에는 그렇다.

"케이트 씨 상태가 크게 호전됐어요."

그녀의 목소리에 뿌듯한 웃음이 배어 있다.

나는 운전대의 바느질 이음선이 살을 파고들 정도로 운전대를 꽉 잡는다.

"오늘 아침에 케이트 씨의 또 다른 자아가…… 드디어 사라졌습니다." 재키의 목소리에 미소가 담겨 있다. "오늘 아침에, 그러니까, 본래의 본인인 상태로 깨어나셨어요."

말문이 막힌다.

있을 수 없는 일이다. 케이트는 세상에 존재하지도 않는데.

브리엔이 대체 무슨 꿍꿍이일까? 내 계획을 알아챘나? 설마 눈치챈 건가?

"엠벌린 박사님? 듣고 계시죠?"

"예, 그럼요. 죄송합니다." 나는 목청을 가다듬는다. "놀라운…… 일이네요. 제가 지금 얼마나 기쁜지 모르실 겁니다. 지난번엔 지금보다 더 오래 입원하고 나서야 상태가 나아졌거든요. 그래서인지 좀 당황스럽네요." 나는 애써 웃음소리를 낸다. "물론 좋은 쪽으로 당황스럽다는 뜻입니다. 세상에, 이렇게 좋은 소식을 들을 줄이야. 정말 기쁘네요. 와우."

"슈나이더 박사님도 놀라셨어요. 그래도 환자분 상태가 좋아져서 무척 기뻐하고 계세요. 이대로라면 예상보다 빨리 퇴원하실 수 있을 겁니다."

그때 백미러에 붉고 푸른 불빛이 번쩍인다. 소름이 돋고 가슴속에서 심장이 방망이질 친다.

통화하며 너무 당황한 나머지 정지 신호를 어긴 모양이다.

"박사님께 얼른 알려드리고 싶었어요. 좀 있으면 저녁 드실 시간인데 통화 원하시면 지금 케이트 씨를 불러올게요. 상태가 좋아진 만큼 남편분과 통화하고 싶어 하더라고요. 오늘 아침 잠에서 깨어서는 내가 지금 어디 있는 거냐며 혼란스러워했고요."

나는 급히 길옆에 차를 세운다. 자동차 휠이 연석에 닿아 긁히고 만다.

잠에서 깨어 자기가 지금 어디 있는 거냐고 물었다고?

있을 수 없는 일이다.

"저, 간호사님? 통화보다는 아내가 제때 저녁을 먹도록 하는 게 좋을 것 같습니다. 아내에겐 오늘 밤 잠들기 전에 제가 전화한다 했다고 전해주세요."

나는 경찰차에서 내리는 경찰을 흘끗 쳐다본다. 권총대에 한 손을 얹고 내 차의 운전석 창문 쪽으로 성큼성큼 걸어온다.

"알겠습니다, 엠벌린 박사님. 그럼 들어가세요."

나는 이만 끊겠다는 말도 못 하고 전화를 끊은 뒤 두 손을 운전대에 올린다. 경찰이 운전면허증과 자동차등록증을 요구할 텐데, 이 차를 어느 이름으로 등록했는지 기억이 나지 않는다. 엄청난 실수다. 브리엔이 대체 무슨 짓을 벌이는 건가 하고 미친 듯이 머리를 굴리다 보니 머리가 과부하 상태가 된 모양이다.

"안녕하십니까, 경찰관님."

나는 눈을 가늘게 뜨고 경찰을 바라본다.

경찰의 시선이 내 수술복에 와 닿고 나는 어깨의 긴장을 푼다. 긴장하는 기색을 보였다간 위험해진다. 경찰들은 상대의 말투가 조금만 달라져도 낌새를 알아채는 훈련을 받았다.

"저쪽, 체리가와 카디널가 사이 교차로에서 정지 신호를 위반하셨습니다."

나는 그에게 겸손한 표정으로 웃어 보이며 손으로 내 이마를 탁 친다. 내가 바보 같은 짓을 저질렀다는 걸 인정하며 당신에게 전혀 위협적이지 않다는 걸 보여주는 동작이다.

"죄송합니다. 전화로 환자 상태를 의논하느라 잠시 주의가 흐트러졌습니다. 변명의 여지가 없죠. 압니다. 제가 오늘 어떤 하루를 보냈는지 믿지 못하실 겁니다……."

경찰의 입술이 일자를 그리며 단단해진다. 그의 두 눈이 깔끔하게 정돈된 내 차의 내부를 훑어본다.

아마 그는 나를 무해한 사람이라 여길 것이다. 나를 이렇게 붙잡아두는 것도 시간 낭비라 생각하겠지.

그의 무전기에서 소리가 들린다. 들어보니 두 블록 떨어진 곳에서 차량을 수색 중인데 지원이 필요하다는 내용이다.

끝나지 않을 것 같던 일 분이 지나고 경찰이 내 차 지붕을 툭 치며 말한다.

"이번에는 구두 경고만 해두겠습니다, 박사님."

그러고는 경찰차로 돌아간다.

나는 경찰차가 출발해 저만치 가기를 기다렸다가 차를 출발시킨다. 집에 도착하면 자동차등록증을 꼭 다시 확인해야겠다고 머릿속에 새겨둔다.

방금 전 얼마나 아슬아슬했는지는 모르겠지만, 어쨌든 위험한 상황은 지나갔다.

구두 경고보다 훨씬 안 좋게 끝날 수도 있었다.

엄청,

안 좋게.

진입로로 들어가는데 꽃에 물을 주고 있던 이니드가 내 쪽으로 손을 흔든다. 사만다의 차가 집 앞에 주차돼 있다. 차고 안에 차를 넣어놓으라고 말해뒀어야 했는데 깜박 잊고 만 내 탓이다.

성질이 나 차 문을 쾅 닫고 성큼성큼 뒷문으로 걸어간다. 사만다가 가스레인지 위의 냄비를 국자로 젓고 있다. 그 모습을 보자 속이 누그러지면서 방금 전 화가 치밀었던 내 모습에 자책감이 든다.

"아, 왔네."

사만다는 골든 리트리버가 꼬리를 흔들듯 환한 미소로 나를 반긴다. 가까이 가서 보니 냄비의 음식은 크라프트 맥앤치즈다. 예전에 우리가 냄비째로 함께 먹었던 첫 음식이기도 하다.

"사만다, 앞으론 여기 오면 차고에다 주차해줄래? 주인도 없는 집에 내가 외부인을 들였다고 이웃들이 나중에 엘리너 씨한테 얘기할까 봐."

"내가 여기 오면 안 되는 거야?"

사만다의 이마에 걱정스런 주름이 잡힌다.

"아니, 아니야. 그건 아니고. 엘리너 씨도 그 정도는 감안할 거야. 하지만 이런 동네에 사는 사람들이 어떤지 너도 알잖아. 일 만드는 걸 좋아하지. 소문을 퍼뜨리고."

사만다는 웃음을 터뜨린다.

"고작 진입로에 차 한 대 세워놓은 것뿐이잖아. 네가 이 집에서 파티를 벌이는 것도 아니고."

"사만다, 부탁할게."

나는 신발을 벗어 문 앞에 두고 냉장고로 향한다.

"아까 옆집 아줌마가 찾아왔었어."

맥주를 꺼내던 나는 심장이 철렁한다. 사만다는 싱크볼에 겹쳐 놓은 하얀 체 안에 삶은 파스타를 냄비째로 부어 물을 뺀다.

나는 맥주 캔 뚜껑을 따고 한 모금 마시며 묻는다.

"그래? 무슨 일로 왔는데?"

돌아서는 사만다를 흘긋 보니 사무실 출근 복장 그대로다.

여전히 브리엔처럼 입고 있다.

내가 안겨준 가짜 인생을 손에서 놓기 싫은 모양이다.

"벌써 돌아온 줄 몰랐네요, 라고 하던데? 그래서 내가 아니라고, 그분은 아직 다른 주에 계시다고 했지."

나는 숨을 길게 내쉬며 손등으로 이마의 땀을 닦아낸다.

이니드는 사만다가 브리엔인 줄 알고 말을 건 것이다.

사만다는 이니드가 엘리너 얘기를 하는 줄 알았겠지.

오늘 하루 아슬아슬한 상황이 벌써 몇 번째인지 모르겠다.

"그 아줌마가 너한테 여기서 뭐 하는 거냐고 묻지 않디?"

허연 파스타를 들여다보던 사만다가 잠시 멈칫하더니 대답한다.

"아니, 안 묻던데? 마침 누가 지나가니까 아줌마가 손을 흔들며 불러 세우곤 이 거리 저 아래쪽에 사는 누구네 얘기를 시작하더라고. 그래서 난 집으로 들어왔어. 그 옆에 어색하게 서 있기 싫어서."

다행이다.

"회사에서 송별회를 열어줬어. 좋은 사람들이지?"

나를 등지고 선 사만다가 파스타에 가루 치즈를 뿌리고 국자로 섞으며 말한다.

"그랬구나. 나가서 우편물 좀 챙겨 올게. 이따가 같이 앉아 얘기하자. 송별회가 어땠는지 얘기해줘, 알았지?"

나는 복도를 지나 앞 베란다 쪽으로 걸어가며 말한다. 잠시 후 얼마 안 되는 우편물을 갖고 들어와 기다리던 편지를 찾아낸다. 편지의 발신인은 브리엔의 은퇴자금 계좌 보고서에 찍힌 로고의 바로 그 회사다.

조심스럽게 겉봉을 열어 수표를 꺼낸다. 그리고 수표에 찍힌 349만 8997.18달러라는 금액을 뿌듯하게 바라본다.

아직은 숫자일 뿐이다. 종이에 잉크로 적힌 숫자. 하지만 오늘 저녁에 사만다의 아우디를 몰고 텍사스주 폴웰스에 가서 ATM기에 이 수표를 입금할 것이다. 그리고 브리엔의 계좌번호와 사회보장번호를 이용해 자동전화 시스템으로 그녀의 은행 핀번호를 재설정할 것이다.

주방 탁자 앞에 앉기 전에 수표를 주머니에 넣다가 모서리가 진 딱딱한 물건에 손이 닿는다.

아, 그래. 반지. 잊고 있었다.

브리엔에게 줄 결혼반지를 사러 오늘 점심시간에 급히 전당포에 갔다 왔다. 아침에는 집을 나서면서 반지 크기를 맞추려고 브리엔의 보석함에서 반지도 하나 꺼내 갔다. 브리엔의 손가락에 맞지도 않는 반지를 결혼반지랍시고 내밀 수는 없으니까. 대충 해서는 안 된다. 그러기엔 이미 너무 멀리 왔다.

시간이 별로 없는 데다 딱히 눈에 들어오는 반지가 없어서 1캐럿짜리 동그란 보석이 박힌 백금반지를 골랐다. 모조 다이아몬드인데도 가격이 400달러나 했다. 물론 다른 걸 고를 수도 있었다. 진짜 다이아몬드지만 알 크기는 좀 더 작은 반지들도 있었으니까. 하지만 명색이 의사 아내인데 알이 작은 수수한 반지를 결혼반지로 받았을 것 같지가 않았다. 더욱이 포토샵으로 조작한 결혼식 사진을 브리엔에게 보여주면서 꽤 호화롭게 살았을 것처럼 꾸며댔으니.

사만다가 요리를 접시에 담아 가져온다. 그녀의 접시보다 내 접시에 담긴 음식이 두 배는 더 많다.

불쌍한 사만다. 지금까지 그녀에게 자동판매기에서 뽑은 25센트짜리 싸구려 반지 하나 사주지 못했다.

하지만 이제는 달라질 것이다.

"송별회에서 어땠는지 얘기해줘."

사만다는 동료들 이름, 송별회 케이크, 상사가 준 카드에 대해 재잘재잘 수다를 떤다. 나는 그녀의 수다를 건성으로 들으며, 브리엔이 자고 일어나더니 별안간(말도 안 되게) 케이트임을 자각했다는 간호사의 말을 곱씹는다.

아, 맙소사!

알겠다.

일기장 때문인 것 같다.

브리엔은 하루 빨리 집으로 돌아오려고 일기장을 연구해서 '케이트'로 돌아온 척하는 게 아닐까…… 그런데 왜?

나는 브리엔이 '낫고 싶어 한다'고 생각했다.

뭐, 상관없다. 걱정하지 않는다. 나는 늘 위기를 모면하며 살아왔다.

그 덕에 여기까지 온 것이다.

| 제3부 |

브리엔 / 나이얼

31장 브리엔

집으로 가고 싶다.

집에 가야 한다.

뭔가 잘못됐다는 느낌이다.

케이트의 일기를 백번이나 읽었다. 여기서 지내며 모든 상담과 그룹 활동에 참여했고 과제도 열심히 했지만…… 달라진 것 같지 않다. 어린 시절도 떠올려봤는데 기억이 너무나 생생하고 분명해서 당연히 사실이고 내 기억일 수밖에 없다는 느낌이다. 할머니가 즐겨 쓰던 라일락 향수 냄새. 할아버지의 걸걸한 웃음소리. 그랜드캐니언 공원, 디즈니랜드, 블랙힐스, 뉴욕시에서 보낸 휴가의 장면들이 마치 사진처럼 내 머릿속에 또렷이 아로새겨져 있다…….

그런데 나이얼과 의사들은 그게 다 가짜 기억이라고 한다.

내 기억이 아니라 다른 이의 기억이라고.

토요일인 오늘 나이얼이 아침부터 여기 와서 슈나이더 박사를 만났다. 나이얼이 온 후로 나는 줄곧 손에 낀 결혼반지를 만지작거렸다. 단순하고 절제된 디자인. 무난한 백금 띠에 동그란 다이아몬드가 박힌, 전혀 특별해 보이지 않는 반지다. 결혼반지를 보면 기억이 조금이라도 떠오를 줄 알았는데 아무리 들여다봐도 익숙한 느낌이라곤 없다.

나이얼과 슈나이더 박사는 한창 대화를 나누고 있다. 여기 온 후로 남편의 얼굴에선 미소가 떠나지 않는다. 그는 나를 보자마자 숨도 못 쉴 정도로 세게 껴안았다. 그리고 눈물이 그렁그렁한 눈으로 속삭였다. "당신이 돌아왔다니 믿을 수가 없어."

그가 슈나이더 박사와 나를 차례로 바라보면서 고개를 끄덕이고, 본인 의견을 말하고, 손으로 내 무릎을 문지른다.

그리고 "정말 멋진 소식입니다" "제가 얼마나 기쁜지 모르실 겁니다"라는 말을 계속한다. 그의 열정이 상대에게도 전해지는 듯하다. 병원에서 허락만 해준다면 당장이라도 나를 집으로 데려갈 듯이 굴고 있다.

나도 바라는 바다.

"2주일쯤 더 치료받으면 퇴원할 수 있을 정도가 될 겁니다."

슈나이더 박사가 면담을 마치며 말한다.

"들었지, 케이트?" 나이얼이 다시 내 손을 꼭 잡는다. "2주일만 더 있으면 된대."

"그러게." 나도 덩달아 들뜬다. "난 치료 잘 받을 준비 돼 있어. 어서 정상으로 돌아가고 싶어."

슈나이더 박사가 우리를 진료실 문까지 배웅한다.

"두 시간 더 외출을 하실 생각이면 나가시는 길에 수간호사에게 말씀하세요. 두 분이 밀린 얘기도 많을 것 같은데."

슈나이더 박사는 나를 정말 케이트로 돌려놓을 수 있을 거라고 확신하는 걸까? 아니면 지난 2주일 동안 행방불명이라도 된 듯 연락이 잘 닿지 않았던 나이얼에게 일부러 들으란 듯이 한 말일까?

나이얼을 비난하고 싶진 않다. 병원에서 그가 얼마나 바쁘게 일하는지, 일정이 얼마나 빡빡한지 잘 아니까.

어쩌면 내가 다시 집으로 돌아올 날을 기다리며, 공허한 시간을 견디느라 일에 파묻혀 지내고 있는지도 모른다. 그에게 일은 머리를 식히는 수단일 수도 있다. 그룹 상담 시간에 우리에게 중요한 의미가 있는 가족과 지인들에게 우리의 병이 얼마나 다양한 영향을 미치는지를 토론한 적이 있다.

여기 와서 처음 며칠 동안 나이얼에게 솔직히 화도 났었다. 병원에 줄기차게 전화해 내 상태를 확인해주지 않아서. 하지만 상담치료를 받고 나서는 그의 입장이 이해되고 가엾기도 했다. 나 같은 여자와 결혼생활을 이어가는 게 공원에서 산책하는 것처럼 편안하진 않았을 것이다. 곁에 있어준 것만으로도 그는 성인聖人 대우를 받아 마땅하다. 충분히 칭찬받을 만하다. 배우자가 견디다 못해 떠나 버리면 환자들 대부분은 그것조차 자기 위주로 생각하게 마련이라고 한다.

나이얼은 줄곧 내 곁을 지켜주었다.

내 손을 잡은 나이얼이 간호사실 앞으로 가서 외출 서류에 서명을 한다. 생각해보니 슈나이더 박사는 나이얼에게, 내가 케이트가 아닌 브리엔 행세를 하는 걸 알아채기까지 왜 그렇게 오랜 시간이 걸렸느냐고 묻지 않았다. 다음 주말에는 그 주제로 면담을 하게 되지 않을까? 오늘 아침 면담은 나의 현 상태와 앞으로의 회복 계획에 초점이 맞춰져서 그 얘기는 꺼낼 틈이 없었을 것이다.

아니면 내가 직접 나이얼에게 물어봐도 될 것 같다.

차로 향하는 길에 그가 말한다.

"여기 오면서 마을 외곽의 작은 카페 앞을 지나왔어. 거기서 아침 먹으면 좋겠더라고. 지난번에 우리가 갔던 식당은 당신이 별로 안 좋아하는 것 같아서."

나는 대답하기 전에 머리를 굴린다.

지금은 케이트로 돌아왔으니 그가 지난번에 나를 데려갔던 식당에 대해서는 기억하지 못해야 자연스럽다.

"아, 그래? 지난번에 우리가 어딜 갔었지?"

"루비스 다이너."

"특이한…… 식당이었나 봐."

"그렇지도 않았어." 그가 열쇠로 차 문을 열자 삑삑 소리가 난다. "어쨌든 이제 드디어…… 예전 얘기도 같이 할 수 있게 돼서 기분이 좋네."

그는 도시 경계선 너머로 차를 몰고 간다. 오래된 농가처럼 생긴 식당이 보인다. 길가에 세워진 간판에 '아르카디안 팜 앤 테이블'이라고 적혀 있다. 토요일 아침에 주차장이 북적이는 걸 보니 꽤 인기가 좋은 곳인 모양이다.

십 분쯤 기다리고 나서야 테이블을 배정받았다. 나이얼은 앉자마자 커피포트째로 커피를 주문한다.

나는 메뉴판 페이지를 찬찬히 넘겨본다. 대부분 이 지역에서 생산된 재료로 만든 요리다. 유기농인지, 비건 전용인지, 심장에 좋은 저지방인지 등이 각 요리 옆에 그림으로 표시되어 있다.

나이얼이 어깨를 쭉 펴고는 말간 눈빛으로 나를 보며 묻는다.

"잘 지내고 있지?"

그때 종업원이 커피포트와 머그잔 두 개를 가져온다.

“지금 주문하시겠어요, 아니면 메뉴를 좀 더 보시겠어요?”

나는 메뉴판을 접으며 주문한다.

“블루베리 스틸컷 오트밀 주세요.”

나이얼은 코를 찡그린다.

“왜?”

“당신은 오트밀 싫어하잖아.”

나는 확실하냐고 물을 뻔했지만 얼른 핑계를 댄다.

“여기서 지내면서 좋아지기 시작한 것 같아. 병원 식당에서 나오는 오트밀 요리가 꽤 괜찮거든.”

그는 입을 꾹 다문 채 “으음” 하고 만다. 받아들인 모양이다.

종업원이 메모지철 위에 펜을 가까이 대고 우리 둘의 표정을 살핀다.

나이얼은 내게 시선을 고정한 채 종업원에게 말한다.

“계란 반숙에 호밀 토스트요. 마가린 말고 버터로 해주시고 제철 과일도 좀 주시겠어요.”

그와 나 사이에 어색한 침묵이 흐른다. 주방 쪽에서 들려오는 달그락달그락 소리, 플라스틱 접시에 은식기를 절그럭대는 소리가 허공을 메운다. 옆 창밖 너머로 가축 운반용 트럭 한 대가 길을 따라 달리다가 언덕 너머로 사라진다.

“이제 우리 둘뿐이니까…….”

심장이 철렁한다. 그가 무슨 얘기를 하려고 하는지 짐작이 되지 않는다. 내 생각을 알아챈 것일까?

“정말 잘 지내고 있는 거 맞는지 물어봐도 돼?”

단순히 걱정하는 말투라 나는 안도의 한숨을 내쉰다.

"이 모든 게…… 현실 같지가 않아."

나는 오른쪽으로 시선을 돌려 주차장을 바라본다. 남자아이가 미니밴에서 기어 내려와 달려가려 하자 젊은 엄마가 아이를 붙잡으려고 안간힘을 쓴다.

"그러게." 나이얼은 커피를 한 모금 마시며 다정하고 차분한 목소리로 말한다. "당신이 돌아와서 기뻐, 케이트. 당신으로 돌아오기만 내내 기다렸어."

초조한 마음을 가라앉히고 결심이 무너지지 않도록 애쓰면서, 무릎에 올린 두 손을 마주 잡고 이리저리 비튼다. 오트밀에 대해서는 전혀 몰랐다. 임기응변으로 겨우 넘어갔지만 계속 실수하면 그가 알아챌 것이다. 내가 케이트인 척 연기하고 있다는 걸.

"집은 어때?"

나는 거짓말의 꼬투리가 잡히기 전에 화제를 바꾸기로 한다.

그의 왼쪽 이마가 움찔한다. 단순한 질문인데 모욕감을 느낀 것처럼 보인다.

"좋아. 다 괜찮아, 케이트."

아까 주차장에서 보였던 젊은 엄마가 두 남자아이를 데리고 우리 뒤에 자리를 잡는다. 아이 하나가 뒤돌아 앉아 나이얼의 어깨를 쿡 찌른다. 나이얼은 고개를 돌려 아이에게 미소를 지으며 손을 흔들어준다. 아이를 좋아하는 것 같으니 그 부분에 관해서는 아는 척할 수 있을 것 같다.

하지만 그가 진심으로 아이를 좋아하고 자식을 낳고 싶어 하는지, 아이로 인해 힘들 때 참을 수 있는 사람인지는 모르겠다.

예전에 우리가 자녀 계획을 논의한 적이 있는지, 내가 아이에 대해 어떤 감정이었는지도 알 수가 없다.

식사하는 동안 나는 날씨, 여름휴가 계획, 그가 하는 일 등을 주제로 두루뭉술하게 묻고 대답하며 소소한 대화를 이어간다. 삼십 분 뒤 차로 돌아가자마자 그는 휴대폰으로 시간부터 확인한다. 지난번에 우리는 외출 허락을 받은 두 시간 중 식사하고 남은 시간 동안 드라이브를 했다. 오늘도 그가 드라이브하자고 말해주면 좋겠지만, 나는 그날 일을 기억해서는 안 되니 드라이브 얘기는 꺼낼 수도 없다. 인지행동치료 상담을 받으며 얻어들은 정보와 슈나이더 박사에게 빌려 읽은 책 두 권의 내용을 종합해보면 한 인격은 다른 인격이 한 일을 거의 인지하지 못한다고 한다. 이제 나는 케이트가 되었으니 브리엔이었을 때의 일에 대해서는 몰라야 한다.

나이얼이 차에 시동을 걸고 도로로 나선다. 방향을 보니 크레스트뷰 정신병원으로 가는 것 같다. 물어보고 싶지만 혀끝까지 올라온 질문을 꾹 눌러 삼킨다.

"이따 뭐 할 계획이야?"

우리는 '파티드 로즈'라는 고풍스런 꽃집 앞을 지나 올드헌드레드 중심가를 향해 가고 있다.

"집 주변이나 좀 손보려고." 그는 백미러를 보며 대답한다. 목소리는 부드럽고 태평한데, 운전대를 잡은 손가락에는 힘이 들어가 있다. 뭔가 잘못됐다는 걸 감지라도 한 것처럼. "이번 주에 비가 왔잖아. 잔디가 자라서 좀 지저분해졌어. 해 지기 전에 손질을 해야지."

나는 무릎에 올려놓은 두 손을 내려다본다. 결혼반지에는 여전히 아무런 느낌도 없다.

"반지 가져와 줘서 고마워."

나는 다이아몬드가 손가락 등에 오도록 반지를 옆으로 살짝 돌린다.

"당연히 가져와야지."

빨간색 신호등이 깜박이는 네거리에서 그가 속도를 줄인다.

잠시 후 우리 뒤로 차 한 대가 가까이 다가오자 그는 다시 속도를 높인다. 익숙한 길과 집들이 옆으로 스쳐 지나간다. 그는 크레스트뷰로 나를 데려가고 있다.

"왜 이 반지를 골랐어? 아무리 애써봐도 기억이 떠오르질 않아."

"정말이야, 케이트?" 그의 목소리에 짜증이 살짝 묻어난다. "당신이 고른 반지잖아. 클래식한 게 좋다면서. 유행 타지 않는 가보 같은 반지여야 한다고 그렇게 강조를 하더니. 사실 우린 반지 얘기를 수차례 했었어. 근데 기억이 안 난다니 이상하네." 그가 곁눈질로 나를 흘끗 쳐다본다. "본인으로…… 돌아왔다면서."

가슴이 철렁한다.

그가 알아챘다.

"당신이 집으로 돌아오고 싶어 하는 거 알아. 여기 있기 싫겠지. 하지만 서두른다고 회복되진 않아. 당신은 지금 스스로를 속이고 있어. 이러는 건 나한테도 좋지가 않아, 케이트." 방향 지시등을 켠 나이얼은 이쪽으로 오는 차가 없는지 확인한 후 정신병원 쪽으로 차로를 변경한다. "병원에서 좀 더 치료받는 게 좋겠어."

32장 나이얼

“엠벌린 박사님? 하실 말씀이라도 있으신가요?” 오늘의 책임 간호사인 늙수그레한 여자가 프런트 데스크에서 내 쪽으로 다가온다. 처음 보는 얼굴이다. “저는 캐롤라인이라고 합니다. 어떻게 도와드릴까요?”

캐롤라인은 슈나이더 박사가 이미 퇴근했다고 했다. 슈나이더는 오늘 브리엔과 나를 만나 한 시간 면담하는 것 외에 다른 진료 일정이 없었다. 아마 오후의 태양이 그의 대머리 정수리를 지져놓기 전에 골프나 한 판 치려고 곧바로 퇴근했겠지.

물론 내 추측일 뿐이다.

“사무실에 들어가서 얘기해도 될까요? 따로 드릴 말씀이 있어서.”

나는 한 손을 허리에 짚고 한 손으로 관자놀이를 슬쩍 긁으며 요청한다.

“그럼요.”

캐롤라인이 따라오라며 손짓을 한다. 뒤쪽에 있는 방들 중 한 곳으로 나를 안내한다. 책상 위에 서류철이 잔뜩 놓여 있고 구식 델컴퓨터가 있는 방이다.

캐롤라인이 먼저 자리에 앉는다.

나도 자리에 앉아 극적인 효과를 위해 잠시 뜸을 들이고 입을 연다.

"좀 전에 아내와 함께 시간을 보냈는데요. 아무래도 아내가 다 나은 척을 하고 있는 것 같습니다."

캐롤라인은 뒤로 비스듬히 앉아 눈도 깜박이지 않는다. 아무 반응이 없다고 해서 내 말을 귀담아듣지 않는다고는 할 수 없다.

"아내가 한 말들이 있는데, 케이트라면 도저히 할 수 없는 말입니다. 터무니없는 소리처럼 들릴 수도 있겠지만 아내는 아직 브리엔인데 집으로 얼른 돌아가려고 케이트인 척하는 것 같습니다."

캐롤라인은 몸을 앞으로 기울였다가 어깨를 펴면서 책상 위를 손톱으로 톡톡 두드린다.

"놀라운…… 일이네요."

그러고는 고개를 살짝 기울이면서 눈을 가늘게 뜨고 생각에 잠긴 표정으로 방 저쪽을 응시한다.

"아내는 예전에 쓴 일기를 갖고 있습니다." 이 여자는 보기보다 설득하기가 쉽지 않아 보인다. 정체성장애를 앓는 환자인 경우 한 자아가 또 다른 자아인 척하는 것이 일반적이지 않다는 건 나도 잘 아는 사실이다. 하지만 모든 규칙과 진단에는 예외가 있게 마련이고, 이상한 일들, 설명할 수 없는 일들은 늘 일어난다. "그 일기를 읽고 케이트인 척하는 것 같더군요."

"확실……한가요? 슈나이더 박사님이 일주일 내내 케이트 씨를 치료하고 계시고 저도 계속 지켜보고 있는데……."

"내가 내 아내를 모르겠습니까?"

나는 캐롤라인보다 목소리를 살짝 높인다.

"아뇨, 아뇨. 그런 뜻이 아니고요, 엠벌린 박사님. 이런 경우에 대해…… 있을 수 없다곤 말할 수 없지만, 저희 눈을 피하는 게 상당히 드문 경우라서요. 그래서 믿기지가 않는다는 거죠."

누가 드문 경우 아니라니? 응?

"내가 정신의학 전문도 아니고 아내의 병 진단에 관해서도 전문가는 아니지만, 아내를 옆에서 오래 지켜본 만큼 아내가 언제 케이트이고 언제 케이트가 아닌지를 구분할 정도는 됩니다. 그런 의미에서…… 아까 그 여자, 내가 아침 시간을 함께 보낸 여자, 슈나이더 박사 앞에 앉아 자기가 왜 여기 있는지 모르겠는 척한 그 여자는 케이트가 아닙니다."

캐롤라인은 잠시 내 말을 곱씹는다. 나는 손목시계를 슬쩍 내려다보면서 이러고 있을 시간이 없다는 듯 한숨을 쉰다.

실제로 시간이 없는 게 사실이다.

"이만 아이오와로 돌아가야겠습니다. 슈나이더 박사님께는 시간 있을 때 저한테 연락 달라고 전해주시겠습니까? 따로 드릴 말씀이 있어서요."

나는 '따로'라는 말에 힘을 준다. 누구라도 움츠러들게 만들 수 있는 말이기 때문이다.

의자에서 일어나 사무실을 반쯤 가로지르는데 캐롤라인이 얼른 책상 위 전화기로 손을 뻗는다.

"잠시만 기다려주세요. 지금 바로 슈나이더 박사님께 전화해볼게요."

캐롤라인이 부리나케 전화번호를 누른다. 어깨에 수화기를 얹고 손톱으로 책상을 연신 두드린다. 나는 점점 초조해진다. 잠시 후 캐롤라인이 '음성 메시지로 넘어갔어요'라고 입 모양으로 말하고는 메시지를 남긴다.

"안녕하세요, 슈나이더 박사님. 캐롤라인 간호사입니다. 케이트 엠벌린 환자 남편분께서 박사님 시간이 되실 때 얘기를 나누고 싶다고 하십니다. 최대한 빨리 전화해주시면 좋겠습니다."

캐롤라인은 전화를 끊고 구부정한 자세로 나를 올려다보며 반응을 기다린다. 웃긴다. 사람들은 영향력 있고 중요한 위치에 있어 보이는 사람을 상대할 때면 으레 기가 죽는다. 영향력을 휘둘러 원하는 걸 얻어내는 이런 삶을 앞으로 그리워하게 될지도 모르겠다.

"내 휴대폰으로 전화하시겠군요."

나는 이 한마디를 남기고 자리를 뜬다.

이것으로 시간을 좀 더 벌었다.

33장 브리엔

“남편분이 통화를 요청하셨어요.”

일요일 저녁 간호조무사가 내 방문을 열고 말한다.

어제 아침을 같이 먹고 나를 병원에 데려다준 뒤로 나이얼은 전화를 하지 않았다. 어제 그가 나를 방에 데려다주고 나서 어딜 갔는지는 모르겠지만, 십오 분 후 사교실 옆 창밖을 내다보니 그의 차는 여전히 외부 주차장에 세워져 있었다. 미심쩍은 부분을 확인하려고 간호사를 찾아갔던 걸까?

슈나이더 박사와의 상담은 내일 아침이다. 내 방법이 먹혔는지 여부는 그때 가보면 알 것이다.

낡고 모서리가 잔뜩 접힌 『오만과 편견』을 읽고 있던 나는 책을 덮고 침대에서 일어나 복도를 걸어간다. 남자 간호조무사를 따라 전화기가 있는 방으로 들어간다.

“4번 라인입니다.”

의자에 앉아 깜박이는 버튼을 누르고 수화기를 든다.

“여보세요?”

“나야.”

나이얼은 이번에는 나를 케이트라고 부르지 않는다.

"응."

잠시 침묵이 흐른 후 그가 묻는다.

"기분은 어때?"

그의 물음이 피부 속을 긁는 듯하지만 분명 좋은 의도로 물었을 것이다.

"괜찮아."

"음, 어제 그러고 떠나서 마음이 좋지 않았어."

"나더러 거짓말한다고 비난하면서 병원에 버려두고 간 거?"

"나머지 치료도 잘 받기를 바라는 것뿐이야. 당신이 집으로 돌아오고 싶어 하는 거 알아. 그렇게 될 거야. 때가 되면."

"병원에선 내가 모든 걸 단번에 기억하지 못할 수도 있다던데?" 거짓말이다. "조금씩 기억이 돌아오게 될 거래. 뇌외상을 입은 경우에는 그럴 수도 있다고……."

"케이트, 지난번에는 그런 상황이 아니었어……."

그는 내 말을 믿지 않는다.

"브리엔으로 살던 시절은 기억 안 나. 지난 6개월 동안 있었던 일들도 대부분 기억에 없어. 하지만 내가 케이트라는 건 알아. 그러니까 당신도 믿어줬으면 좋겠어."

나이얼은 걱정스럽다는 듯 침묵하면서 한숨만 길게 내쉰다.

"집으로 가고 싶어. 제발……."

나는 떨리는 목소리로 호소한다. 집으로 갈 수 있게 해줄 수 있는 사람은 나이얼뿐이니 비는 수밖에 없다.

"내일 당신 상담 끝나면 슈나이더 박사랑 통화해볼게." 그는 마치 시혜를 베푸는 듯 말한다. 비위를 맞추는 것 같기도 하고 달래는 것 같기도 하다. "박사가 깨끗이 나았다고 말하면 내가 일 끝나자마자 당신 데리러 갈게. 약속해."

"고마워."

하지만 그의 말을 완전히 믿을 수가 없다.

"사랑해. 내일 저녁에 다시 얘기하자."

전화를 끊은 나는 시간을 죽이려고(그래 봤자 겨우 이 분 정도지만) 일부러 먼 길로 돌아서 내 방으로 간다. 간호사실 앞을 지나는데 주말 책임 간호사인 캐롤라인이 보여서 걸음을 멈춘다. 캐롤라인은 인내심 있게 나를 대하고 진심으로 공감해주는 상냥한 간호사다.

"캐롤라인, 안녕하세요?"

나는 두 팔꿈치를 높은 카운터에 대고 인사를 건넨다.

벽장을 살피던 캐롤라인은 고개를 들고 부드러운 눈빛으로 인사를 받는다.

"안녕하세요?"

"혹시 제 의료기록 도착했나요?"

내 의료기록 서류를 여태 못 받아봤는지 지난번 상담 때 슈나이더 박사가 나이얼에게 서류를 요청했다.

"괜찮다면 저도 좀 보고 싶군요. 예전에 제가 어떤 상태였는지 알고 싶어요. 앞으로 치료 방향을 예상하는 데도 도움이 되지 않을까요? 지난주에 퇴원 관련 서류에 서명하고 나서 들었는데, 제 의료기록 원본을 얼른 이쪽으로 보내라고 했다면서요? 지금 어떤 상태예요? 도착했나요?"

캐롤라인은 입술을 달싹이고 손가락으로 카운터를 톡톡 친다.

망설이는 표정이다.

"조지아주에 있는 정보처리 센터가 환자분 기록을 데이터에서 못 찾아내고 있어요. 남편분이 알아보시고 저희한테 연락 주기로 하셨어요."

흥미롭다.

"앞으로 상황을 계속 알려주시겠어요?"

나는 차트 정리를 하는 캐롤라인에게 부탁의 말을 남기고 발을 옮긴다. 절반쯤 갔는데 결혼반지가 손가락에서 쏙 빠져 떨어지고 만다. 반지는 타일 바닥에서 몇 번 튕기다가 몇 발자국 앞으로 굴러가 어느 닫힌 문 앞에서 멈춘다.

반지를 집어드는데 이상한 게 눈에 띈다.

백금 반지의 안쪽이 닳아서 그 속의 노란 색깔이 들여다보인다. 할머니, 아니 브리엔의 할머니 결혼반지가 떠오른다. 알이 없는 단순한 디자인이었는데 금색도 아니고 백금색도 아닌 것이 묘하게 느껴졌었다. 할머니 얘기로는 원래 금은 다 노란색인데 다른 금속을 섞어서 희게 만든다고, 그 흰색은 세월이 지나면 바래진다고 했다.

그 반지는 할머니의 평생에 걸쳐 색이 바래졌다.

그런데 이 반지는 겨우 3년 된 것이다.

서둘러 창문 쪽으로 가서 자연광에 반지를 비춰 다이아몬드를 면밀히 살펴본다. 결점 하나 없고 색도 없는 각 면들이 햇빛을 받아 반짝이며 춤을 춘다.

지나치게 완벽하다.

가짜 다이아몬드다.

34장 브리엔

"안녕하세요, 좋은 아침입니다."

월요일, 사무실로 들어가는 내게 슈나이더 박사가 인사를 건넨다. 간호조무사가 등 뒤로 문을 닫아준다. 나는 소파에 앉는다. 슈나이더는 노란색 메모장과 펜, 커피를 집어 들고 가죽 의자로 가 앉는다. 안경을 매만지고 다리를 꼬면서 한 시간에 걸친 상담을 시작한다.

그는 여기서 보낸 한 주가 어떠했냐고 묻지 않는다. 소소한 잡담으로 시간을 낭비하지도 않는다. 평소의 쾌활하고 태평하던 태도는 사라지고 우려 섞인 얼굴에 공허한 눈빛을 하고 있다. 그는 내 눈도 마주 보지 않는다.

나는 발이 떨리지 않도록 무릎을 붙인 채 두 손을 무릎에 얹고 입을 연다.

"주말에 저희 남편과 얘기를 나누신 걸로 알아요."

그는 헛기침을 한다.

"예."

"남편은 제가 일을 꾸미고 있다고 생각해요."

"그렇더군요."

슈나이더는 이제야 내 눈을 마주 본다. 자기 말에 내가 어떤 반응을 보이는지 가늠하려는 걸까?

"그 사람 말은 틀리지 않아요."

나는 이 순간에 대해 주말 내내 생각했다. 월요일에 슈나이더가 내게 무슨 말을 할지 예상하면서, 이대로 케이트인 척을 계속할지 아니면 솔직하게 털어놓을지도 고민했다. 슈나이더가 내 말을 진지하게 받아들이도록 하려면 진실하게 말하는 게 유일한 방법이라는 결심이 섰다.

슈나이더는 고개를 끄덕인다. 중년의 흔적이 완연한 그의 얼굴에 충격받은 기색이라곤 없다. 움찔하는 반응도 없다.

"솔직하게 말해줘서 고맙습니다."

잘못을 털어놓는 십 대 자녀를 대하는 침착한 부모 같은 말투다.

"얘기를 시작하기 전에 말씀드리고 싶은 게 있는데, 나이얼과 관련해서 걱정되는 부분이 몇 가지 있어요."

그는 메모장을 넘겨 새 페이지를 펼친 뒤 펜을 들면서 묻는다.

"어떤 걱정인가요?"

"제가 괴한에게 습격당하고 얼마 후에 방 임대 광고를 냈거든요. 친구들이 그러라고, 꼭 그래야 한다고 해서. 저도 그 큰 집에서 혼자 지내고 싶지 않았고요. 그때 나이얼이 한번 방문하고 싶다는 이메일을 보내왔어요. 그리고 만나기로 한 날 수술복을 입고 찾아왔고, 저는 집 구경을 시켜줬어요."

슈나이더는 팔꿈치를 팔걸이에 얹은 채 손으로 입을 반쯤 가리고 나를 유심히 바라본다.

"그가 제 남편이라면 왜 낯선 사람인 척하며 저를 찾아온 거죠?

왜 집 구경을 시켜주게 했을까요? 방 임대 광고를 보고 찾아왔다고 말한 이유는 또 뭐고요?"

슈나이더는 잠시 생각을 하다가 대답한다.

"환자분의 현재 상태를 고려하면, 브리엔으로서 나이얼 씨에 대해 특정한 가설을 세웠을 수 있습니다. 케이트가 아닌 브리엔의 삶의 맥락에서는 다 말이 되죠. 브리엔이 보고 싶어 하지 않는 진실이 있을 수 있고, 브리엔이 달리 해석하는 면들이 있을 수도 있습니다."

나는 고개를 젓는다.

"그날 그는 자기소개를 했어요. 분명히 기억해요. 우리는 악수를 했죠. 그는 병원에서 일한다고, 자기가 종양학을 전공한 이유는 모친이 암으로 돌아가셨기 때문이라고 말했어요. 그런 건 서로 잘 모르는 사람하고 나누는 대화잖아요…… 낯선 사람하고요."

"다시 한 번 말하지만 또 다른 인격은……."

"아뇨. 그날의 만남을 제가 어떻게 해석하느냐와 관계없이…… 제가 드리고 싶은 말씀은 이거예요. 그는 제가 케이트가 아니라는 걸 알고 있었어요. 수개월 동안 그렇게 살았고요. 그런데 왜 지금 와서 저를 케이트로 돌려놓겠다며 여기로 보냈을까요?"

"그…… 글쎄요." 그는 메모장에 펜을 내려놓고 두 손을 맞잡아 세운다. "좋은 질문입니다."

말문이 막힌 모양이다. 당황했거나. 이런 부분을 미처 생각하지 못했던 게 아닐까?

침묵 속에서 벽시계 소리만 똑딱똑딱 꾸준히 들려온다.

잠시 후 그가 입을 연다.

"환자분 증상과 관련해 교과서 이론과 정확히 맞아떨어지지 않는 부분이 두어 가지 있기는 합니다. 이를테면 한 인격이 다른 인격인 척하는 건 매우 드문 일이죠. 원래 한 인격은 또 다른 인격을 잘 인정하려 들지 않아요. 인격의 존재 목적은 다른 자아를 조종하는 게 아니라 자기를 보호하는 것이니까요."

"일요일에 어떤 간호사에게 들었는데, 제 의료기록을 아직 못 받으셨다면서요?"

"그렇습니다."

"남편이 알려준 정보처리 센터에선 케이트 엠벌린이라는 환자에 대한 기록이 없다고 했다던데요."

"예, 없다고 연락이 왔습니다."

"이상하게 들리겠지만……." 나는 침을 삼키고 맞잡은 두 손을 비틀며 그를 바라본다. "케이트 엠벌린이 존재하지 않을 수도 있지 않을까요? 애초에 없는 사람일 수도 있잖아요."

슈나이더는 내 말을 무시하거나 내 가설을 부정하지 않는다. 즉각적인 반응을 피하는 눈치다. 그도 멍청이처럼 사기당했다는 걸 인정하고 싶지 않을 것이다. 나도 그러니까.

"집으로 가야겠어요. 어떻게 해야 집으로 갈 수 있나요?"

그는 자세를 바꾸며 대답한다.

"퇴원하려면 퇴원 요청서를 쓰셔야 합니다. 그러면 크레스트뷰 위원회에서 목요일까지는 퇴원 가능 여부를 알려줄 겁니다. 위원회가 퇴원에 동의하지 않으면 법원에서 이 문제를 처리하고, 법원 명령에 따라 강제 입원 처리가 되실 수도 있습니다. 그 후에 임의로 병원에서 나가려고 하시면 법적으로 문제가 될 수 있어요."

"알겠습니다. 퇴원 요청서를 쓰면 집으로 가거나, 무기한으로 여기 머물게 되거나 둘 중 하나라는 거군요……."

"그렇습니다."

"박사님은 이 건에 대해 어떻게 생각하세요?"

그가 숨을 깊게 들이마시자 회갈색 스웨터 안에서 가슴과 어깨가 쭉 펴지는 게 보인다.

"좀 더 생각을 해봐야겠습니다."

심장이 철렁하지만 결심은 더욱 굳어진다.

"설마 진심으로 하시는 말씀은 아니죠?"

그는 말이 없다. 의사로서의 책임과 법적 파장을 놓고 고민하는 듯하다. 잠시 후 깍지 낀 두 손을 배에 얹고 숨을 길게 내쉬며 대답한다.

"몇 군데 전화부터 해봐야겠습니다. 동료들과 의논도 하고요. 최근의 몇 가지 제한된 증거와 남편분의 투명하지 않은 일처리를 감안할 때 환자분의 증상을 새로 판단해야 할 수도 있겠다는 생각입니다."

그토록 듣고 싶었던 말이었지만 막상 듣고 나니 씁쓸하다.

"우선 위원회에 제출할 퇴원 요청서부터 쓰는 게 어떨까요?"

그 말에 나는 희망을 품어본다.

그는 메모장과 펜을 건네주고 바닥을 응시하며 생각에 잠긴다. 뭔가 잘못되어가는 조짐을 어째서 지금껏 알아채지 못했는지, 수십 년째 이 분야에 몸담고 있으면서 관련 자격증도 여섯 개씩이나 땄는데 어쩌다 속임수에 넘어갔는지를 고민하는 걸까.

뒤통수를 맞은 사람이 나뿐만은 아닌 것 같아 위로가 된다.

나는 퇴원 요청서를 쓰다가 고개를 든다.

"슈나이더 박사님?"

"예?"

"이 일을 우리끼리만 알고 있어도 될까요? 제가 퇴원하게 되더라도 나이얼에겐 알리지 않으셨으면 해요."

그는 잠시 생각하다가 대답한다.

"현재 상황을 고려할 때 그건 별로 문제가 안 될 것 같습니다. 하지만 큰 기대는 하지 마세요. 저는 제 일을, 환자분은 환자분이 할 수 있는 일을 하고 결과를 지켜봅시다."

35장 나이얼

“나야.”

퇴근길에 브리엔에게 전화를 걸었다. 월요일인 오늘은 환자 이송 요청이 쉴 새 없이 이어져서 정신없이 바빴다. 한 시간에 세 명 넘게 환자를 나르느라 점심 먹을 시간도 부족했고 계획대로 슈나이더 박사에게 전화를 할 수도 없었다.

토요일 오후에 슈나이더와 통화하며, ‘케이트’가 거짓으로 회복된 척을 하고 있다고, 그래서 걱정이라고 말해두었다. 슈나이더는 월요일 아침에 제일 먼저 케이트를 만나보고 나서 어떤 식으로 일을 진행할지 결정하겠다고 답했다. 지금쯤이면 그에게서 전화든 문자 메시지든 이미 와 있어야 하는데 아직까지 소식이 없다.

그저 침묵뿐이다.

전화기 너머에서 브리엔이 대답한다.

“응.”

“기분은 어때? 오늘은 어땠어?”

나는 진짜로 걱정된다는 듯이 말을 천천히 늘어뜨린다.

“슈나이더 박사님 얘기로는 기억이 한꺼번에 돌아오지 않아도 정상이래." 지나치게 태평한 목소리다. "처음에는 걱정했는데, 그렇다고 내가 낫지 않는 건 아니라고 하셔서 마음이 놓여."

"아, 다행이다." 브리엔이 내 표정을 보지는 못하지만 제대로 연기하기 위해서 이를 악문 채로 미소까지 짓는다. "엄청 걱정했어, 케이트. 주말 내내 계속 신경이 쓰이더라고. 이제 어떻게 할 계획이래? 우리가 어떻게 해야 한대?"

"박사님은 조금 더 치료를 해보자고 하셔." 목소리에서 감정이 읽히지 않는다. 기분이 좋은 건지, 우울해하는 건지 알 수가 없다. "내가 완전히 나을 때까지."

나는 입이 귀에 걸리도록 웃음이 나서, 기쁨을 주체하지 못해서 손으로 운전대를 친다.

아까 두 번째 수표가 도착했다. 10만 달러가 조금 넘는 액수다. 이따가 자정이 넘으면 계좌에 넣어둘 계획이다. 브리엔의 계좌에서 지난번에 25만 달러를 인출했고, 이번에 또다시 25만 달러를 옆 동네 은행에 전신 송금으로 보내뒀다. 그리고 스케이트보드를 타고 다니는 어떤 어린 녀석을 불러 심부름 값으로 100달러를 주고 그 돈을 찾아오게 했다. 그놈은 아무것도 묻지 않고 심부름을 해줬다. 나 덕분에 횡재를 했다고 여겼을 것이다. 다음에도 또 안면이 없는 어린놈을 하나 물색해서 심부름을 시킬 작정이다. 나를 아는 사람, 내 얼굴과 차와 거래에 대해 아는 사람에게 또다시 심부름을 시킬 필요는 없다.

나는 그녀에게 공감하는 척 부드러운 목소리로 연기한다.

"당신이 듣고 싶었던 말은 그게 아닐 텐데. 그래도 슈나이더 박사님이 그렇게 권고하셨으니 따라야겠지……."

그녀는 말이 없다. 나한테 화가 난 건지, 아니면 의사의 권고나 이 상황에 짜증이 난 건지는 알 수 없지만 그녀의 기분을 풀어줘야 할 것 같다.

"나도 결혼반지를 끼고 있어." 나는 진입로에 차를 세우고 집으로 걸어가며 아무것도 끼지 않은 내 왼손을 흘끗 내려다본다. 고개를 드니 전단지를 들여다보고 있는 사만다의 모습이 주방 창으로 보인다. "다시 끼니까 기분이 좋네. 다음에 만나러 가면 보여줄게. 지금은 끊어야겠다. 집에 막 도착했어. 이니드가 저쪽에서 날 보면서 손을 흔드네. 사랑해, 자기야. 내일 또 전화할게."

사랑에 빠진 개새끼 같은 목소리라 나도 모르게 콧방귀가 나올 뻔했다. 이럴 때 보면 연기자가 될 걸 그랬나 싶기도 하다. 아무래도 그쪽으로 재능을 타고난 것 같다.

우편물을 확인하기 위해 이번에는 현관문 쪽으로 향한다.

브리엔의 은퇴 자금 계좌에서 인출 요청을 한 수표는 아직 오지 않았지만 걱정할 건 없다. 일일 인출한도 때문에 돈을 한꺼번에 빼낼 수는 없지만 아직 시간이 있으니 조금씩 빼내면 되고 사실 이 정도 금액으로도 충분하다.

햄버거 패티 굽는 냄새가 주방에 가득하다. 가스레인지 앞에 서 있는 사만다에게 살그머니 다가가 뒤에서 두 팔로 그녀의 허리를 감싸 안는다.

"나를 보니 기분이 좋은가 봐." 사만다는 고개를 돌려 내 뺨에 얼굴을 비빈다. "즐거운 하루 보냈어?"

"최고였어."

36장 나이얼

“대브니는 바보예요.”

목요일 아침, 나는 작은 동네 기준으로 매력적이라고 할 수 있는 간호사 모니카를 달래준다. 신경외과 의사 대브니에게 갈굼을 당한 모니카는 컴퓨터 앞에 오도카니 앉아 있다. 나는 크랜베리 오트밀 쿠키를 입에 밀어 넣는다. 모니카의 입술이 바르르 떨리고 있다. 눈물을 애써 참으며 일에 몰두하려고 애쓰는 모습이다.

“그동안 모니카 선생님이 뒤에서 도와준 게 얼만데, 그 사람은 선생님 없으면 아무것도 아니죠.”

모니카는 까만 속눈썹 사이로 나를 올려다보며 말한다.

“그분은 원래 모든 사람을 그런 식으로 대해요.”

“그렇죠. 하지만 아무리 그래도 사람들 다 보는 앞에서 그렇게 화낼 필요는 없잖아요.” 나는 눈을 위로 굴리며 덧붙인다. “선생님은 이층에서 근무하는 최고의 간호사 중 한 명인데요. 다른 사람 때문에 괜히 하루를 망치진 마세요.”

모니카는 애써 미소를 지으며 나를 올려다본다. 방금 전보다는 눈이 덜 울적해 보인다.

“그렇게 말해줘서 고마워요.”

평소에 나는 사람들의 사기를 올려주는 일 따위는 하지 않지만 오늘은 기분이 좋으니 인심 썼다.

그때 내 무전기로 호출이 들어온다.

"아, 소아과 호출이네요. 내가 좋아하는 과네."

나를 바라보는 모니카의 눈이 빛난다. 완전히 새로운 관점으로 나를 보게 된 모양이다. 나는 그녀에게 윙크를 한 번 날려주고 서둘러 승강기 쪽으로 향한다. 내가 사만다를 두고 바람을 피울 일은 없다. 절대로. 하지만 나도 멀쩡히 살아 있는 남자인데 이 정도는 괜찮다고 본다. 여자와 가벼운 얘기로 관심을 주고받는 경우도 결코 없다고 하는 남자가 있다면 그는 뻔뻔한 거짓말쟁이일 것이다.

승강기에 올라타 은색 문이 닫히는 순간 기분이 훅 처진다.

난 소아과 환자 이송이 싫다.

지긋지긋하다.

애새끼들은 꼭 악을 쓰고 울고 발버둥친다. 애들을 상대할 때면 울적해지고 화가 치밀어 오른다. 애들은 늘 과잉반응을 하며 별나게 행동한다. 옆에서 서성이며 감시하는 부모들, '위기 상황 수준'인 히스테리 발작. 기운이 쭉쭉 빠진다.

소아과 층에 도착하니 브라이언이 벌써 병실에 도착해 있다. 놀랍다. 그가 이렇게 빨리 움직일 수 있는 줄은 몰랐다.

루카스 박사가 겁먹고 몸부림치는 어린애의 부모와 얘기를 나누고 있다. 부모는 루카스의 말 한마디 한마디에 귀를 기울인다. 잔잔한 호수처럼 매끄러운 루카스의 목소리는 반경 3미터 안에 있는 모든 사람의 마음을 편하게 해준다.

그는 의사가 아니라 유튜브의 명상 영상에 목소리를 입히는 일을 해야 한다. 아니면 일 년 구독료가 100달러씩 하는 목소리 앱을 만들어야 한다. 아마 떼돈을 벌 수 있을 것이다. (소아과 의사로 버는 것보다는 확실히 더 벌지 않을까.)

내가 세상에서 제일 동정심 많은 인간은 아닌지 몰라도, 남의 마음을 잘 어루만지는 자질이 있는 사람을 알아보는 눈은 있다.

아이 부모에게 설명을 마친 루카스가 우리에게 말한다.

"안녕하세요. 이제 이 꼬마 친구를 회복실 층으로 옮겨주세요. 내일은 집으로 돌아간답니다."

루카스는 다른 모든 사람에게 하듯 우리에게도 미소를 지어준다. 그는 우리를 하찮은 이송 직원으로 대하지 않는다. 그래서 나는 그를 최고로 존경한다. 콤플렉스 하나쯤은 있어도 괜찮을 텐데 그는 그런 것도 전혀 없다. 루카스 같은 사람은 의료계에서 그야말로 유니콘처럼 보기 드문 존재다. 나도 저런 사람이 되고 싶다는 생각을 한두 번쯤은 해보기도 했다.

하지만 그런 건 내가 다룰 수 있는 자질이 아니다.

부모가 담요에 잘 싸서 키우고 밤이면 이불도 여며주는 아이들은 세상을 온화한 관점으로 바라본다. 나와는 전혀 다르다. 나는 주린 배를 부여잡고 꼬르륵 소리를 들으며 잠들었다가, 옆방에서 아버지와 소냐가 악쓰며 싸우는 소리에 잠을 설치곤 했다. 소냐는 그런 사람이었다. 아버지가 아무리 고약하게 굴어도 늘 자기 목소리를 냈다. 구석에서 움츠린 채 당하지 않았다. 나는 소냐의 그런 면을 늘 우러러봤다. 소냐는 험난한 인생을 살면서 아무리 단단한 땅바닥에 패대기쳐져도 늘 굳건히 일어섰다.

계속해서 몸부림치는 아이에게 부모가 휴대용 비디오 게임기를 안긴다. 브라이언과 나는 아이를 바퀴 달린 들것에 태우고 회복실 층으로 데려간다. 어느 간호사가 하는 얘길 지나가다 들었는데 이 아이는 맹장 수술을 받았을 뿐이라고 한다. 여덟아홉 살쯤 되어 보이는 아이는 휴대용 닌텐도 스위치에 시선을 꽂은 채 우리라는 존재는 깡그리 무시한다.

아마 트리 없이 크리스마스를 보내본 적도, 지저분하고 냄새 나는 책가방 하나로 5년을 내리 버텨본 적도 없는 아이일 것이다.

아이를 옮겨놓은 뒤 브라이언과 나는 이송 직원 사무실로 향한다. 절반쯤 갔을 때 브라이언이 돌연 헛기침을 하며 운을 뗀다.

"네 볼보 말인데……."

또 시작이다. 집착이 정말 대단하다. 밤에 자려고 누워서도 나와 내 차에 대해 생각하지 않을까?

"그 차가 6만 달러쯤 하지 않아?"

"그 정도 하지."

나는 걷는 속도를 높인다. 나는 늘 이렇게 그와의 사이를 어느 정도 벌려놓곤 한다. 그래야 그가 나와의 대화를 우정이 싹트기 시작한 징조라고 착각하지 않을 테니까.

"혹시 그거…… 사고 차를 싸게 산 거야?"

그는 종종걸음까지 쳐가며 내 옆으로 따라붙는다. 대단하다.

"아니. 전시장에서 바로 샀는데."

우리는 모퉁이를 돌아 구석지고 컴컴한 복도로 들어선다.

"그렇구나. 근데 그 차는 네 연봉의 두 배도 넘잖아."

드디어 그가 살짝 숨이 찬 것 같다.

영 모자란 줄 알았더니 계산은 할 줄 아는 모양이다. 그에게는 좋은 일이다.

"나도 좀 더 좋은 차로 바꿀 때가 됐다는 생각이 들어서." 드디어 사무실에 도착했다. 의자에 털썩 앉은 브라이언은 가쁜 숨을 후 내쉬고는 의자를 빙글 돌려 나를 바라본다. "혼다도 좋긴 하지만 나도 다음 단계로 올라가야지. 널 보면서 자극받았어."

웃음이 난다.

하지만 그는 웃지 않는다.

"그러니까 내 말은, 우리가 받는 급료로 네가 그 정도 차를 살 수 있다면……." 그는 자신감이 떨어지는지 목소리 끝이 흐려진다. "내가 여기서 6년째 일하고 있거든. 급료도 너보다 좀 높으니까 나도 살 수 있지 않을까 해서……."

"내 차는 선물받은 거야."

나는 그에게 등을 보이며 돌아앉는다.

그의 어깨가 축 처지는 게 느껴진다. 내가 그의 미약한 희망 거품을 터뜨렸기 때문일 것이다.

"그래? 대단한 선물이네."

나는 마우스를 흔들어 고대 유물 같은 컴퓨터를 깨운다. 시스템에 로그인해 조금 전의 환자 이송 내역을 기입한 뒤 화면을 들여다보며 시간을 때운다. 이렇게 바쁜 척을 하면서 건성으로 듣고 있다는 눈치를 주면 브라이언은 맥이 빠져서 다른 사람을 찾아가 성가시게 한다.

"넌 어디 출신이야? 생각해보니 물어본 적이 없는 것 같네."

우리가 같이 일한 지 수개월째인데 이제야 내 과거가 궁금해진 모양이다.

"그런 질문 하기엔 좀 늦은 거 아닌가?"

나는 여전히 그에게 등을 보인 채 대꾸한다.

"그래, 알아." 그는 낄낄 웃는다. "궁금해서. 어디 출신이야?"

"여기저기."

나는 키보드를 두드리며 대충 대답한다.

"좀 더 구체적으로 말해줄래?" 그는 또다시 낄낄 웃는다. 하지만 나는 그가 진지한 대답을 듣고 싶어 안달이 났다는 걸 안다.

"미주리주에서 대부분 살았어."

거짓말이다.

"미주리주 어느 지역에서? 우리 가족도 몇몇은 미주리주 오작스 지역에 살고, 인디펜던스시에 사는 사람도 있어. 제퍼슨시에 사는 사촌들도 있고."

"커크우드."

나는 또다시 거짓말로 대답한다.

"어쩌다가 여기까지 온 거야?"

"여자 때문에."

이것만은 사실이다. 물론 자세한 사정을 털어놓을 생각은 없다. 그가 알 필요도 없는 얘기다.

"여자 때문이라." 그는 내 말을 따라 한다. 믿기지 않는다는 투다. "나도 언젠가는 그런 여자를 만나야지."

그는 자기 농담이 우스운지 쿡쿡 웃는다.

"아직도 그 여자랑 함께야?"

"어."

하지만 아직 원하는 만큼 오래 함께 지내지는 못했다.

"그 여자 이름이 뭔데?"

나는 고개를 돌리고 그를 날카롭게 쏘아본다.

"나에 대해 관심이 너무 많은 거 아냐?"

브라이언은 슬쩍 미소 짓는다. 무해한 존재처럼. 하지만 나는 그를 손톱만큼도 믿지 않는다.

"애도 있겠네?"

그가 또 묻는다. 의사 수면실에서 나오는 모습을 들킨 날 내가 했던 말을 기억하는 모양이다. 그때 나는 어린 자식을 돌보느라 잠이 부족해서 방을 헷갈렸다고 둘러댔었다.

"있지."

거짓말이다.

"아들이야, 딸이야?"

나는 왼쪽에 놓아둔 휴대폰 화면을 내려다본다. 전화벨이 울리면 좋겠는데 야속하게도 휴대폰은 나를 놀리듯 조용하기만 하다.

"아들."

"사진 있어?"

"아니, 없어."

나는 또 다른 스프레드시트를 열고 몸을 앞으로 기울여 화면을 유심히 들여다본다. 그가 눈치채고 그만 물어봤으면 좋겠다.

"뭐?" 그는 콧방귀를 뀐다. "휴대폰 같은 데다가 아들 사진도 안 갖고 다닌단 말이야?"

"당연히 갖고 있지. 하지만 우린 근무 시간에 휴대폰 들여다보면 안 되잖아. 사진 보여주려고 규정을 위반할 순 없어."

"뭐야, 아무도 안 보잖아."

그는 나를 구슬리려 한다.

"왜 내 아들 사진을 보고 싶어 하는데? 소름 끼치게."

이렇게까지 받아치는데도 멈추지 않는다면 난 어떻게 대응하지?

"됐다." 그는 두 손바닥을 펼쳐 보이며 의자에서 일어선다. "자판기에서 음료나 뽑아 마셔야지. 너도 마실래?"

"난 됐어."

나는 그와 눈도 마주치지 않고 거절한다.

브라이언이 왜 갑자기 내 사생활에 관심이 많아졌는지 모르겠다. 함께 일해온 지난 몇 달 동안 우리는 하루에 몇 마디도 안 나누면서 서로를 참아왔다. 그런데 별안간 내 사회보장번호까지 물어볼 듯이 굴고 있다.

그에게 뭔가 변화가 생긴 듯하다.

다행히도 나는 그게 뭔지 알아낼 때까지 여기 오래 있지는 않을 것 같다.

37장 브리엔

토요일 이른 아침, 나는 크레스트뷰 정신병원의 현관문 옆 벤치에 앉아 발을 떨며 기다린다. 삼십 분만 더 있으면 휴대폰이 완전 충전된다.

지난 며칠 동안 밤마다 깊은 잠을 자지 못했고 어젯밤에는 한숨도 못 잤다. 오늘 아침 슈나이더 박사는 위원회가 내 퇴원을 승인했다고 나에게 알려줬다. 예상보다 빠르게 일이 진행됐다. 아마 슈나이더는 나이얼이 거짓으로 들이민 서류로 나를 병원에 계속 붙잡아둘 경우 법적 파장과 책임이 너무 크다고 판단한 듯하다.

드디어 집으로 갈 수 있게 됐다.

짐을 싼 여행가방을 옆에 놓아두고, 2주 전 여기 들어오면서 병원 측에 맡겼던 핸드백을 돌려받아 안을 확인해본다. 모든 게 그대로다. 내가 브리엔 두그레이임을 알려주는 신분증과 신용카드가 담긴 지갑도 핸드백 안에 잘 들어 있다.

증거는 하나 더 있다…….

내가 앓고 있다는 다중인격장애에 관한 자료를 읽어보니, 각 인격들은 자기가 진짜라는 것을 증명하려고 별짓을 다 한다고 한다. 하지만 브리엔으로 남아 있는 지금, 나는 남의 신분을 훔쳐내는 방법에 대해 전혀 아는 바가 없다. 남의 출생증명서를 들고 교통국에 찾아가 새로 운전면허증을 발급받을 배짱도 없다.

퇴원 수속은 이미 한 시간 전에 마쳤다. 공식적으로 여길 떠나도 되는 상태다. 지금은 휴대폰을 충전하면서 생각을 정리하고 있다. 조악한 인터넷 서비스를 이용해 옆 동네 엔터프라이즈사에 연락해 렌터카를 요청해두었다. 몇 분 후면 우버나 리프트* 혹은 택시를 불러서 병원을 출발해 엔터프라이즈사로 가서 렌터카를 타고 집으로 가면 된다.

나이얼은 아직 모르고 있지만, 앞으로 세 시간도 채 안 돼서 나는 집에 도착할 것이다.

오후 2시가 막 넘은 시각, 나는 집 앞 진입로로 들어선다. 한때 온기와 향수로 나를 맞아주었던 집이 지금은 그저 기분 나쁜 큰 집으로만 느껴진다. 화려하게 장식된 창문들, 고풍스런 문들 뒤에 무언가 알 수 없는 게 존재할 것 같다. 집에 와서 이런 기분을 느끼게 될 줄은 상상도 못 했다.

일 분쯤 더 앉아 있다가 시동을 끄고 차에서 내린다. 곁눈질로 보니, 이니드 데이비스가 현관 베란다 앞에서 허리를 굽히고 튤립 화단의 잡초를 뽑고 있다. 차 문 닫히는 소리에 이니드가 목을 길게 빼며 이쪽을 쳐다본다. 차에서 내린 게 나라는 걸 알고는 손에 쥐고 있던 잡초를 내려놓고 부리나케 이쪽으로 걸어온다.

이니드가 나를 껴안는다. 그녀가 이러는 건 처음 본다.

* 우버(Uber)와 리프트(Lyft)는 승객과 차량을 이어주는 서비스 업체다.

"잘 돌아왔네. 기분은 좀 어때요?"

이니드가 어디까지 알고 있는지 모르는 터라 나는 그냥 "좋아졌어요"라고 대답한다. 눈치껏 알아듣기를 바랄 뿐이다.

"나이얼 씨한테 들었는데 몸이 안 좋았다면서요. 나이얼 씨가 그걸 용케 알아채고 병원을 물색해서 댁을 입원시켜서 정말 다행이라고 생각했어요. 개인 병원이라면서요……." 이니드는 목소리를 낮춘다. "몇 년 전에 우리 언니도 좀 아팠는데 집을 떠나 입원하는 걸…… 질색하더라고요…… 자만했던 거죠. 시대가 바뀌었으니 아플 땐 재깍재깍 병원에 가야 하는데. 잘 나아서 돌아온 것 같으니 다행이네요."

"고맙습니다."

내 시선은 집을 향해 있다. 당장 집으로 들어가고 싶기도 하고, 저 안에서 무엇을 발견하게 될지 몰라 망설여지기도 한다.

새삼 내가 아는 게 아무것도 없다는 생각이 든다.

"언제 저녁이나 먹으러 와요. 둘이 같이."

"예, 그럴게요. 좋은 생각이네요."

"당분간은 요리할 기분이 안 날 것 같아 그래요. 지켜보니까 나이얼 씨가 거의 저녁마다 배달 음식을 주문해 먹더라고요. 피자도 아마 물렸을 텐데."

이니드는 웃으면서 손을 휘젓다가 가슴께에 얹는다.

나이얼이 피자를 주문해 먹었다고? 그것도 거의 매일?

내가 아는 나이얼은 건강식에 집착하고 가공 식품과 튀긴 음식, 살찌는 음식, 기름진 음식은 면역력을 떨어뜨리는 주 요인이라며 멀리하는 사람이었다. 내가 기억하기로 우리는 그런 얘기를 몇 번이나 했었다.

“나이얼 씨 여동생이 아직 이 동네에 있으면 그분도 같이 오라고 해요.”

여동생이라고?

“그만 들어가서 쉬어요.” 이니드는 파스텔 핑크색 운동복을 입고 파워 워킹 중인 이웃에게 손을 흔들며 덧붙인다. “필요한 거 있으면 언제든 얘기하고. 알았죠?”

이니드는 다시 한 번 나를 포옹한 후 튤립을 돌보는 일로 돌아간다. 나는 숨을 깊이 들이마신 뒤 렌터카 트렁크에서 여행가방을 꺼낸다.

바퀴 달린 여행가방을 끌고 뒷문 쪽으로 다가가는데 심장이 쿵쾅쿵쾅 뛴다. 계단 앞에서 걸음을 멈추고 핸드백에서 집 열쇠를 꺼내 자물쇠에 밀어 넣는다. 열쇠를 쥐고 돌리기도 전에 문이 열려버린다.

잠겨 있지 않았던 것이다.

나는 집 안으로 들어가면서 그를 부른다.

“나 왔어. 나이얼? 집에 있어?”

복도 저쪽에서 대형 괘종시계가 울리고 있다.

전자레인지의 시계가 깜박거리며 다음 시간으로 넘어간다.

주방 상태는 예전과 확실히 달라 보인다. 일단 주방세제가 싱크대 밑이 아니라 옆에 놓여 있다. 행주는 싱크대 수도꼭지 목에 걸어놓고 말리는 중이다. 나이얼이 정말 A형이라면 설거지 후에 싱크대를 정리하지도 않고 이렇게 내버려둘 리가 없는데.

나이얼이 거의 매일 배달 음식을 먹었다는 이니드의 말이 생각나

냉장고 안을 살펴보기로 한다. 이니드를 못 믿어서가 아니다. 어쩌면 나이얼이 딥디쉬 피자가 아니라 몸에 좋은 칠면조 샌드위치나 닭날개구이를 주문해 먹었을 수도 있지 않을까?

냉장고를 열자 반쯤 빈 우유통이 보인다. 매장 자체 브랜드 상품인 지방 1퍼센트 우유다. 나는 늘 무지방 우유를 샀고, 단골 슈퍼마켓이 들여놓는 지역 낙농장 브랜드의 우유를 좋아했는데. 나이얼이 소젖을 잘 소화하지 못하는 체질이라고 해서 우리는 아몬드 밀크도 냉장고에 늘 넣어뒀었는데.

우유통을 옆으로 치우자 스티로폼 상자 두 개가 눈에 띈다. 뚜껑을 열자 반쯤 먹다 만 파스타 요리, 질척한 어니언 링이 들어 있다. 나이얼이 이런 음식을 먹는 줄은 몰랐다.

문을 닫고 식당을 지나 그 옆에 있는 내 방으로 향한다. 식당은 내가 이 집을 떠날 때의 모습 그대로다. 나는 침실 앞에서 걸음을 멈춘다. 방문이 닫혀 있다.

손잡이를 향해 손을 뻗는데 숨이 가쁘고 손이 떨린다.

이 문 너머에 무엇이 기다리고 있을까.

혹시 누군가가 있지는 않을까.

손잡이를 쥔 손에 힘을 준다.

귓속에서 심장 뛰는 소리가 울린다. 문을 열고 방 안으로 성큼성큼 들어가 한가운데에 선다. 주변을 둘러보다가 천장 선풍기 조명의 줄을 당겨 불을 켠다. 내가 쓰는 향수의 희미한 향기가 공기 중에 가득 차 있다. 최근에 뿌린 듯하다. 화장대 위에 모아둔 몇 안 되는 향수병들 쪽으로 다가가서 보니, 향수병 하나의 뚜껑이 느슨하게 풀려 있다. 마치 누가 향수를 쓰고 뚜껑을 제대로 닫아놓지 않은 것처럼.

침대는 정리되어 있다. 얼핏 봐선 변함이 없는 듯한데 가까이 가서 보니 이불 가장자리에 살짝 눌린 자국이 보인다. 누가 이 자리에 잠시 앉아 있었던 것 같다.

방 안을 쭉 둘러본다. 특별한 점은 없어 보인다. 침대 옆 탁자에 놓인 시계도 제자리에 있다. 받침접시 위에 놓인 빈 물컵의 가장자리에는 내 립밤 흔적이 묻어 있다.

이번에는 옷장을 열어본다. 색깔별, 계절별로 잘 정리돼 있지만, 자세히 보니 누가 뒤적거렸던 것처럼 옷 몇 벌이 앞으로 튀어나와 있다.

나는 곧장 위층 나이얼의 방으로 달려 올라간다.

내가 뭘 찾고 있는지도, 그의 방에 들어가 무엇을 할지도 잘 모르겠다. 그저 답을, 증거를 찾고 싶다. 무엇에 대한 증거인지는 아직 정확히 모르겠다.

계단 꼭대기에 이르자 숨이 찬다. 굳이 노크할 것도 없이 바로 문을 연다. 익숙한 그의 애프터셰이브 로션 냄새. 정리된 침대가 눈에 띈다. 그의 방에 들어와본 적이 별로 없어서 기억이 제한적이긴 하지만, 제자리에 있지 않은 물건은 없어 보인다.

욕실을 들여다본다. 불을 켠 순간 헉 소리를 내고 만다. 세면대 옆에 분홍색과 오렌지색이 섞인 화장품 가방이 놓여 있다. 백화점 화장품 매장에서 상품 구매 시 주는 사은품처럼 보인다. 지퍼가 열려 있어 그 안을 들여다보니 파우더 콤팩트, 블러셔, 마스카라, 립스틱 두 개가 들어 있다.

나이얼의 '여동생'이 이 동네에 와 있다는 이니드의 말과 일치하는 부분이다. 그런데 이 집에는 침실 네 개가 더 있고 빈 손님방도 몇 개나 있는데 그녀는 왜 굳이 이 방을 함께 썼을까?

화장품 가방을 제자리에 내려놓고 계단으로 향한다. 속이 부글거린다. 별안간 발밑이 일렁이는 것 같아 난간을 붙잡고 조심스럽게 나무 계단을 밟고 내려간다.

현관문 앞에 서서 응접실과 식당, 큰 복도를 둘러본다. 여기서 보면 집은 예전과 크게 다름이 없어 보인다.

내 사무실.

나는 아직 이 집에 있는 내 사무실을 확인해보지 않았다.

큰 복도 맨 끝에 있는 사무실로 달려간다. 책상은 내가 이 집을 떠날 때의 상태 그대로다. 의자도 안으로 밀어 넣어져 있다. 노트북은 충전기에 연결돼 있고, 양옆에는 펜꽂이와 은색 스테이플러가 놓여 있다.

의자에 앉아 노트북을 열고 화면이 켜지기를 기다린다. 터치 패드를 손가락 끝으로 문질러 '받은 편지함'을 연다. 스팸 메일이 잔뜩 들어 있다.

이메일 하나가 유독 눈에 띈다.

내 회계사가 보낸 메일이다.

'매우 중요한 메일'이라는 표시도 되어 있다.

그 이메일을 더블클릭해서 내용을 확인한다.

브리엔 씨에게,

월간 보고서를 작성하다가 브리엔 씨가 은퇴 자금을 전액 인출 요청하신 것을 알게 됐습니다. 어디 다른 곳에 넣어두실 생각이라면 그전에 한번 만나 뵈었으면 합니다. 어떤 계획인지는 몰라도 이 계좌에서 전액을 인출할 경우 세금에 큰 영향을 주게 됩니다. 자산정리를 하실 계획이라면 더 나은 선택지가 있습니다. 가급적 빨리 연락 주시기 바랍니다.

버나드 밴 아우튼

파이낸셜 스타 은퇴 자문 LLC사

혈관 속에서 피가 차갑게 식고 눈앞이 흐려진다. 잡다한 이메일들 사이에서 한 시간 사이에 연달아 보낸 이메일들을 찾아낸다. 비밀번호 변경, 수표 요청 확인, 계좌 폐쇄 통지 관련 이메일들이다.

이게 어떤 의미인지 이제 감이 온다.

처음부터 그는 돈을 노린 것이다.

내 모든 계좌에 접근하기 위해 나를 미친 여자로 둔갑시켜 집에서 멀리 쫓아보낸 것이다.

그 개자식이 내 재산을 털었다.

38장 나이얼

“안녕하세요, 나이얼 엠벌린입니다. 제 아내 케이트하고 통화 좀 하고 싶은데 지금 가능한가요?”

점심시간이 이십 분 정도 남아서 나는 차 운전석에 앉아 서둘러 크레스트뷰로 전화를 걸었다.

“잠시만 기다려주세요.” 여자는 나를 대기 모드로 둔다. 짜증 나는 배경 음악이 귓속을 가득 채운다. 몇 분 뒤에 여자가 다시 전화기를 들고 말한다. “죄송합니다. 지금 방에 안 계세요.”

“방에 없다니, 그게 무슨 뜻입니까?” 브리엔과 통화하지 않아도 되니 마음이 놓이지만, 꽤 신경 쓰는 척하려고 굳이 한 번 더 물어본다. “케이트한테 별일 없죠?”

상대는 말이 없다.

“여보세요? 제 말 듣고 있나요?”

“예, 듣고 있습니다. 죄송한데, 낸시 간호사에게 음성 메시지를 남겨보시겠어요? 낸시가 자세한 설명을 해드릴 거예요. 잠시 기다려…….”

“잠깐만요. 잠깐, 잠깐.”

뭔가 거슬리는 느낌이다.

"음성 메시지보다는 낸시와 직접 통화를 해야겠습니다."

점잖은 말투를 유지하는 게 더럽게 힘들지만 눈을 감고 나 자신을 소아과 의사 루카스라고 상상한다. 그 상상은 부적처럼 효과를 발휘한다.

"낸시는 지금 진료 중입니다. 전화번호를 알려주세요. 낸시를 보면 바로 전달하고 전화드리라고 하겠습니다."

나는 콧마루를 손으로 잡은 채 송화구에 대고 한숨을 푹 쉰다.

"전화번호 좀 불러주시겠어요?"

"제 아내 서류에 적혀 있습니다만." 나는 느릿하게 대답하고 나서 열 자리로 된 전화번호를 불러준다. "급한 일이니 아내에게 최대한 빨리 전화하라고 전해주세요."

"그러겠습니다, 엠벌린 박사님."

짜증이 나서 낸시가 전화를 받을 때까지 기다리겠다고 말을 바꿀까도 싶었지만, 계기판의 시계를 보니 팔 분 후에는 일하러 들어가야 한다.

"고맙습니다."

그대로 전화를 끊는다.

브리엔이 무엇 때문에 전화받으러 못 오는지, 왜 내가 간호사와 먼저 통화해야 하는지 모르겠지만, 어쩐지 마음에 들지 않는 일이 일어난 것 같은 느낌이다.

39장 브리엔

정말 어이가 없다.

병원까지 어떻게 운전해서 왔는지 기억나지도 않는다. 나는 병원 정문 앞에 렌터카를 세우고 가만히 앉아 있다. 운전대를 꽉 잡고 있었더니 피부 속 관절이 신경 쓰일 정도로 하얗게 도드라져 보인다.

속은 얼음처럼 차가운데 피부는 불처럼 뜨겁다.

빈 은행 계좌 생각이 머릿속을 떠나지 않는다. 조부모님이 힘들게 벌어서 물려주신 유산을 사기당하고 말았다. 한동안 빈 껍데기만 남은 기분이었다. 그 기분을 옆으로 밀어 치우자 분노가 밀어닥친다.

단순한 화가 아니다.

순전하고 지독한 증오다.

차 시동을 끄고 병원 입구로 성큼성큼 걸어가 프런트 데스크 앞에 선다. 아무것도 모르는 접수 직원이 상냥하게 인사를 건네더니 이내 표정이 굳어진다. 당장이라도 싸움을 벌일 듯한 기세가 내 얼굴에 드러난 모양이다.

"나이얼 엠벌린 박사를 호출해주세요. 당장. 급한 일이에요."

"죄송합니다. 응급 상황이면 서쪽 출입구로 들어가서 응급실로 가주세요. 거기서 도와주실 겁니다."

인내심을 유지하며 전문가답게 응대하는 모습이 인상적이다.

"긴급한 가족 문제 때문에 찾아왔어요. 당장 얘기를 해야 해요."

"전화는 해보셨나요? 개인적인 일로 찾아오신 거라면 전화부터 해보시는 게……."

아니. 하지 않았다. 그 족제비 같은 놈에게 나와 맞닥뜨리기 전에 도망칠 기회를 주고 싶지 않다.

나는 숨을 내쉬며 냉엄한 현실을 자각한다. 지금 그놈은 내 돈을 갖고 있다. 얼마나 훔쳐갔는지는 정확히 모른다. 내 재산의 일부일 수도, 전부일 수도 있다. 그러니 신중해야 한다. 한 발만 잘못 내디뎌도 놈은 곧바로 달아날 것이다. 그리고 다시는 찾을 수 없는 곳으로 숨어버릴 것이다. 그 정도 돈을 훔쳐냈으면 충분히 그러고도 남는다. 그대로 사라져버릴 수 있다. 누구라도 그럴 수 있다. 그 돈이면 도망쳐서 완전히 새로운 인생을 살 수 있을 테니까.

나는 태도를 바꿔 애써 미소를 지어본다.

"깜짝 놀라게 해주려고 그래요."

불쌍한 접수 직원은 혼란스러워하는 표정이다. 다행히 바로 전화기를 들어 숫자 세 개를 누르고는 엠벌린 박사를 찾아온 방문객이 있다고 말한다. 이내 고맙다고 인사하고 전화를 끊는다.

"심장외과 층으로 올라가 보세요. 사층, 북쪽 방향요."

"심장외과요?"

그녀는 고개를 끄덕인다.

"그이는 종양외과 의사인데요?"

나는 고개를 갸웃한다.

그녀는 책상 위에 놓인 서류로 손을 뻗는다. 입 안쪽을 이로 씹으면서, 스테이플러로 찍어놓은 그 서류를 휘릭휘릭 넘긴 후 말한다.

"아뇨. 엠벌린 박사님은 심장병 전문의 맞으세요."

그 문제로 더는 왈가왈부할 시간이 없어 나는 곧장 승강기로 달려 들어가 사층 버튼을 누른다. 승강기에서 내리자 바로 앞에 간호사실이 보인다. 나는 최대한 침착하려 애쓴다. 공교롭게도 이 시간 이 장소에 있을 뿐인 또 다른 무고한 영혼을 불안하게 만들고 싶지 않다.

"안녕하세요, 엠벌린 박사를 만나러 왔습니다."

나는 간호사실로 다가가 상냥한 목소리로 말한다. 하지만 입술이 전기가 오른 듯 바르르 떨린다. 피부도 눈에 띄게 벌겋게 달아올랐을 것이다.

여자는 곧바로 손가락을 들어 호출한 뒤 나를 훑어보며 말한다.

"환자 면담이 끝나가고 있으니 곧 오실 겁니다."

"고맙습니다."

주변을 둘러보아도 대기 공간은 따로 없다. 오가는 이들에게 방해되지 않도록 나는 벽 앞의 빈 자리에 팔짱을 끼고 서서 기다린다.

시간이 흘러간다. 오 분, 십 분, 십오 분. 흰 가운 차림으로 내 앞을 지나가는 사람들을 훑어본다. 어쩌면 그가 나를 먼저 봤거나, 누군가에게 전해 듣고 나를 피해 숨어버린 건 아닐까?

휴대폰으로 시간을 확인한다.

이십 분 남짓 지났다.

멍하니 사람들을 쳐다보고 있는데 흰 가운을 입은 백발의 키 크고 마른 남자가 간호사실 앞으로 쭈뼛쭈뼛 걸어오는 모습이 보인다.

조금 전 호출해준 여자가 나를 가리키자 백발 의사가 내 쪽으로 걸어온다.

나는 정중한 미소와 함께 인사한 뒤 도로 휴대폰 화면으로 시선을 돌린다.

테니스화를 부드럽게 끄는 발소리가 내 앞에서 멈춘다. 고개를 들자 그 의사가 내 앞에 서 있다.

"안녕하세요, 제가 엠벌린인데요. 저를 찾아오셨다고 들었습니다만?"

나는 입을 열었지만 폐에서 공기가 모조리 빠져나간 듯 아무 말도 나오지 않는다. 그저 멍하니 그의 신분증만 바라본다. 심장외과 나이얼 엠벌린 박사.

지난 6개월 동안 나와 한 집에서 살았던 남자는 나이얼 엠벌린 박사가 아니었다.

거짓말쟁이,

범죄자,

협잡꾼,

사기꾼이었다.

"죄…… 죄송합니다. 사람을 잘못 찾았어요."

그의 대답을 듣기도 전에 나는 얼른 승강기로 달려간다. 문이 닫히기 직전에 올라타고 곧장 아래층으로 내려간다.

어느새 나는 렌터카 운전석에 앉아 있다. 주차장까지 삼 분에 걸쳐 걸어왔을 텐데 정신이 없어서인지 기억이 흐릿하다.

떨리는 손으로 운전대를 잡고 주차장을 떠난다. 내가 상대하는 남자는 사기꾼일 뿐 아니라 정체를 알 수 없는 위험한 자다. 병원에서 돌아온 나는 그에게 성가신 여자 정도가 아니라 그의 앞길을 가로막는 유일한 장애물이 됐다.

나는 크레스트뷰 정신병원에 갇혀 있고 싶지 않았다.

하지만 적어도 그 병원에 있는 동안은 그를 피해…… 안전했다.

40장 나이얼

브라이언이 오늘 세 번째로 화장실에 간다며 자리를 비웠다. 한 번 가면 십오 분씩 있다가 온다. 나는 휴대폰을 꺼내 내 은행 계좌를 확인해본다.

어제보다 더 큰 금액이 화면에 찍혀 있다. 지난번에 출금 신청한 돈이 들어온 것이다. 얼굴이 아플 때까지 웃다가 사만다에게 문자를 보낸다. 언제나 그렇듯 '사랑해'라는 문자다. 특별할 것 없는 문자지만 사만다의 하루를 좀 더 기분 좋게 만들어줄 것이다. 사만다는 내 사람이니 가장 빛나는 하루를 보낼 자격이 충분하다. 문득 사만다의 목소리가 듣고 싶다. 브라이언이 돌아오기까지 십 분 정도 남았다. 책상 위에 놓인 전화기의 수화기를 집어 들고 사만다의 번호를 누른다.

신호가 세 번 울리고 사만다가 전화를 받는다.

"뭐야. 지루한가 봐?"

"아니. 보고 싶어서. 목소리라도 들으려고 전화했어."

"으응." 사만다는 전화기에 대고 부드럽게 숨을 내쉰다. "일은 어때?"

"똑같지 뭐." 책상 위에 두 팔꿈치를 대고 유리 파티션 너머를 내다본다. 파티션은 우리가 머무는 이 작은 본부와 복도 및 근처의 간호사실을 구분해주는 역할을 한다. "생각해봤는데 너랑 같이 어디 가고 싶어졌어."

"무슨 뜻이야? 휴가 여행이라도 가자고?"

"어, 그런 거지. 따뜻한 곳으로 가자. 야자나무랑 바다가 있는 곳. 네 머리카락을 곱슬곱슬하게 만드는 여름처럼 날씨가 화창한 곳으로."

내가 오랫동안 알아온 바로, 사만다는 한 번도 바다를 본 적이 없다. 35년 평생 비행기 한 번 타본 적 없는 여자다. 나는 딱 한 번 소냐와 함께 비행기를 타고 아이다호주에 간 적이 있다. 소냐의 친구가 세상을 떠나서 장례식에 참석하기 위해서였다. 내 생애 처음이자 마지막이며 유일한 비행기 여행이었다. 처음에는 별다르지 않았지만 로키산맥을 넘어가면서 완전히 다른 세상이 펼쳐졌다. 사람은 살면서 적어도 한 번은 비행기 창문 너머로 세상을 바라봐야 한다.

"이국적인 곳으로 가자."

"머틀비치Myrtle Beach 같은 곳?"

귀엽게 한번 말해본 것뿐이라는 걸 알기에 웃음이 난다.

"다시 일해야 해. 가고 싶은 곳 생각해둬. 알았지?"

전화를 끊고 의자에 앉은 채 몸을 돌리다가 깜짝 놀라고 만다. 브라이언의 커다란 몸통이 문간을 가로막고 있다.

"사적인 통화야?"

그가 묻는다. 나를 살살 건드리려는 수작인지 알 수가 없다.

"아니, 루카스 박사에게 내가 얼마나 사랑하는지 말해주고 있었어.” 빈정대는 말을 내뱉었지만 브라이언에게는 먹히지 않는다. “왜, 사무실 전화 썼다고 고자질하게?”

무표정하던 그의 얼굴에 웃음기가 퍼진다. 그는 내 쪽으로 다가와 어깨를 두드리며 말한다.

“야, 방금 전에 네 얼굴 볼만했다. 친구한테 내가 왜 그런 짓을 해? 내가 그렇게 못된 놈인 줄 알아?”

아, 맙소사! 언제 우리가 친구가 됐지? 그동안 사람을 무시하고 냉대한 건 다 어디로 가고?

나는 곧장 받아치고 싶은 걸 꾹 참고 간단히 말한다.

“고마워.”

책상 뒤 게시판에 걸린 일정 관리 달력을 보면서 이 짓거리를 때려치울 날이 얼마 남지 않았음을 다시금 확인한다. 아무리 씻어도 피부에 들러붙어 없어지지 않는 역겨운 손 세정제 냄새, 쥐꼬리만 한 급료도 이제 안녕이다.

병원 내에서 엠벌린 박사를 찾는 호출이 시스템에 뜬다.

이 역설적인 상황에 피식 웃음이 난다.

41장 브리엔

병원을 나와서 곧장 마리솔이 일하는 로펌으로 향한다. 나는 마리솔이 내 친구이고, 내 기억이 전부 가짜가 아님을 알았다. 내가 괴한에게 습격당하고 얼마 지나지 않아서 마리솔은 전화번호를 바꿔버렸고, 우리는 수개월 동안 말 한마디 나누지 못했다. 우리 사이에 해결되지 못한 문제가 있는 듯도 한데 곤경에 빠진 지금에서야 마리솔을 찾다니, 이런 내가 참 싫다. 하지만 나는 마리솔이 필요하다. 그녀는 내가 이 상황을 이해할 수 있게 도와주고 올바른 방향을 알려줄 수 있는 사람이다.

외상성 뇌손상으로 인해 인생의 추억이 날아가 버리고 기억들이 조각났지만, 막상 마리솔의 로펌 로비에 서 있자니 예전에 여기 서 있었던 때가 마치 어제 일처럼 생생하게 떠오른다. 그날 나는 우리가 즐겨 찾던 오크몬트 대로의 체즈 미미Chez Mimi에서 함께 간단한 점심을 먹기 위해 마리솔이 어서 통화를 마치기를 기다리고 있었다.

이 회사는 그때와 달라진 게 없어 보인다. 마호가니 벽과 빈티지풍 벽지, 솜을 빵빵하게 채운 가죽 의자들, 천장 스피커에서 흘러나오는 하품 나오게 지루한 엘리베이터 음악도 여전하다.

"안녕하세요, 어떻게 오셨어요?"

처음 보는 안내 직원이 모퉁이 너머에서 나타나 프런트 데스크 의자에 앉는다. 예전에 저 자리를 지키던 아넷은 어디로 갔을까. 여기 들를 때마다 내 사무실 바로 옆에 있는 스탬Stam 매장에서 벨기에 초콜릿을 사다가 아넷에게 주곤 했는데. 아넷은 스탬 초콜릿을 무척 좋아했었다.

"마리솔을 만나러 왔어요."

나는 땀에 젖어 축축해진 두 손을 앞으로 맞잡는다. 마리솔이 제발 나와 함께 얘기해주기를 속으로 조용히 기도한다.

"잠시만 기다려주세요." 스물두 살 정도로 보이는 명랑한 안내 직원은 수화기를 들고 버튼 세 개를 누른다. "발데스 씨, 3시에 약속하신 분이 오셨습니다."

나는 그게 아니라고 손을 흔들며 앞으로 한 걸음 다가갔지만 안내 직원은 이미 전화를 끊어버렸다.

"곧 나오실 겁니다."

"나는 3시에 약속한 사람이 아니라 옛 친구예요."

당황한 그녀는 손으로 입을 가린다.

"아! 아, 어떡하지? 음, 잠시만요……."

그녀가 다급히 마리솔에게 연락하려고 하지만 이미 늦었다.

마리솔이 프런트 데스크 옆으로 다가와 선 것이다. 예전처럼 빨간 밑창 구두를 신고 크림색 블라우스와 감청색 정장을 입은 그녀는 팔짱을 낀 채로 큰 키에 걸맞게 우뚝 서 있다.

"네가 어쩐 일이야?"

"어제 여기 사무실로 전화를 걸었는데……."

반쯤 감긴 듯한 마리솔의 검은 눈이 가늘어진다.

"참 뻔뻔하구나."

"난 그저……."

마리솔은 문을 가리킨다.

"나가. 당장. 경호원 부르기 전에."

언제부터 마리솔이 경호원을 곁에 뒀을까? 괜한 엄포를 놓는 게 분명하다.

"경호원?"

"나가라고."

"마리솔." 어이없게도 입에서 웃음 비슷한 소리가 난다. 이 상황이 터무니없게 느껴진다. 우린 친구였다. 그냥 친구도 아니고 절친한 친구. 우린 모든 걸 함께했다. 서로에게 모든 걸 털어놓았기에 당연히 비밀도 없었다. 나는 마리솔을 위해 총까지 대신 맞아줄 수 있었다. 그런데 지금 마리솔은 경호원을 불러 나를 내쫓겠다며 위협하고 있다.

"제발, 마리솔. 일 분만 시간을 내줘."

나는 손을 가슴께에 얹고 사정을 한다.

마리솔은 안내 직원을 흘끗 쳐다보더니 내 쪽으로 시선을 돌리며 깊게 숨을 내쉰다.

"그래."

그러고는 돌아서서 자기 방으로 향한다. 나는 얼른 그 뒤를 따라간다.

"딱 일 분이야."

내가 들어가자 마리솔이 문을 닫는다. 두 손을 허리춤에 얹고 서서 나를 노려본다.

“일이 좀 있었어. 지난 6개월 동안. 습격을 당한 후에.”

마리솔은 깔끔하게 손질된 가는 눈썹을 위로 치켜뜬다. 내가 아는 마리솔이라면 호기심도 일고, 화도 날 것이다. 마리솔은 바로 본론으로 들어가 자신의 귀한 시간을 낭비하지 않는 사람을 좋아했다.

“얘기가 길지만 네가 바쁘다는 거 알아. 나랑 말도 섞기 싫어하는 것 같더라. 그래서 직접 찾아왔어. 제대로 얘길 시작하기 전에 묻고 싶은 게 있어서.”

“그……래?”

마리솔은 손목시계를 확인한다.

“내가 무슨 짓을 했는지 알고 싶어.”

마리솔은 침을 삼키다가 놀랐는지 사레들린 기침을 한다.

“농담이 심하네.”

“나도 농담이면 좋겠어.” 나는 어깨를 파고드는 묵직한 핸드백 끈을 손으로 꼬아 잡으며 어깨를 으쓱한다. “내가 아는 건 내가 습격당하고 얼마 후에 너희들이 찾아왔다는 거, 그리고 갑자기 너희와 연락이 끊어졌다는 거야. 너희한테 전화를 걸었는데 다들 전화번호를 바꿨더라.”

“그래, 브리엔. 일단…….” 마리솔은 말끝을 흐리다가 거북해하는 표정으로 덧붙인다. “네 말은 앞뒤가 맞지 않아.”

“그래. 알아…… 그래서 이렇게 찾아온 거야.”

내 은퇴 자금과 유산, 저축, 투자금까지 모두 빼돌리려는 사기꾼의 말에 휘둘리다가 이제야 겨우 사태 파악을 했다는 말은 굳이 하지 않는다. 내가 제일 힘들어할 때 왜 친구들이 전부 나를 버렸는지부터 알고 싶다.

"네 나체 사진을 내 남편한테 문자로 보내놓고는 기억이 안 난다고?"

나는 웃고 만다. 이 상황에 웃음이 안 어울리는 줄은 알지만 너무 터무니없고 전혀 예상치 못한 말이라 그렇다.

"어디가 그렇게 웃긴지 모르겠다, 브리엔. 하비에르와 난 너 때문에 지금도 별거 중이야. 나도 그 캡처본을 봤어. 네 나체 사진과 구역질 나는 문자는 전부 네 휴대폰에서 온 거였어. 그건 부정 못 할 거야."

"난 평생 내 나체 사진을 찍어본 적이 없어."

나는 미친 듯이 뛰는 심장을 진정시키려고 손가락을 펼쳐 가슴에 얹는다.

마리솔이 눈을 위로 굴린다.

"그래. 내가 헛것을 봤다고 치자. 다 내 상상이었다고 쳐." 마리솔은 콧방귀를 뀐다. "미안한데 다 아니라고 부정해봤자 난 꿈쩍 안 해. 하비에르한테 가서 물어보든지 알아서 해. 지금 '모텔 6'에 있으니까."

"마리솔, 넌 내 절친이야. 내가 왜 그런 짓을 하겠니?"

나는 눈물이 나오려는 걸 애써 참으며 묻는다. 하비에르는 예전부터 바람기가 있었고 주변의 거의 모든 여자에게 추근댔다. 하지만 난 그에게 박자를 맞춰준 적도 없고, 내가 잘나서 그가 추근대는 줄 착각한 적도 없었다. 단 한 번도. 하비에르의 바람기 때문에 마리솔이 얼마나 힘들어하고 그들 부부가 얼마나 자주 싸우는지도 잘 알았지만, 마리솔이 조언을 구하지 않는 한 나는 그 문제를 입에 올리지도 않았다.

"내 눈으로 똑똑히 봤어. 하비에르의 휴대폰에서. 직접 봤다고."

마리솔은 아까보다 더 단단히 팔짱을 낀 채 아랫입술을 파르르 떤다. 불독처럼 사나운 그녀의 태도는 다 허세였다. 마음속 깊은 곳에서는 상처를 받고 있었다. 당장은 인정하지 않겠지만 내가 마리솔을 그리워하는 만큼 마리솔도 나를 그리워했을 것이다.

"목숨 걸고 맹세할 수 있어, 마리솔. 난 네 남편에게 문자 보낸 적 없어."

마리솔은 잠시 침묵하다가 입을 연다.

"나도 널 믿고 싶어, 브리엔. 정말이야. 하지만 넌 습격당하며 머리를 다쳐서 원래의 너 같지 않은 때가 종종 있었어. 네 상태가 멀쩡하지 않다는 걸 아니까 나도 너한테 화내지 않으려고 나름 애썼어. 하지만……."

"그래, 두통에 편두통을 달고 살았고 가끔은 이것저것 잊어버리기도 해. 그래도 작년 일을 최대한 기억해보려고 안간힘을 썼어. 난 네 남편한테 절대 문자 보내지 않았어. 맹세할 수 있어."

내 두 뺨은 이미 눈물로 젖었다. 말을 할수록 서러움이 복받쳐 눈물이 더 흘러내린다.

핸드백을 뒤져 화장지를 찾으려는데 마리솔이 화장지를 내민다.

눈물이 더 쏟아진다.

"고마워." 나는 화장지를 받아 들고 마리솔에게 내 휴대폰을 내민다. "뒤져봐. 내 사진이랑 문자, 전부 다 봐봐."

마리솔은 내 표정을 유심히 살필 뿐 휴대폰을 받지는 않는다.

"내가 그런 짓 안 했다는 걸 증명할 수 있다면 뭐든 할 수 있어. 지난 6개월 동안 넌 내가 그런 짓을 했다고 믿었다는 거잖아. 생각만 해도 속상해서 죽을 것 같아."

마리솔은 표정이 다소 풀리기는 했지만 여전히 뻣뻣하게 서 있다.

"손님이 오기로 했어. 곧 도착할 거야."

"다음에 다시 만나서 이 얘기를 마무리할 수 있을까?" 이대로는 끝낼 수 없다. "네가 전화번호 바꾸지 않았으면 우리가 진즉에……."

"내 번호 안 바뀌었어."

나는 휴대폰의 주소록을 연다.

"그럼 이건 어떻게 된 건데?"

나는 주소록에서 마리솔의 이름을 띄우고 스피커 모드로 한 다음 전화를 건다. 전화가 연결되지 않았다는 녹음된 메시지가 흘러나온다.

"잠깐만." 마리솔은 자기 휴대폰을 꺼내 화면을 두어 번 엄지로 문지른 뒤 내민다. "자, 네 폰에 저장된 건 내 번호가 아니야."

"무슨 소리야?"

같은 지역번호로 되어 있고 앞 번호도 같다. 다만 내가 남의 전화번호를 굳이 외우려 한 적이 없다는 건 인정할 수밖에 없다.

"내 번호 끝자리는 5323이야. 네 폰에 저장된 건 5328이고."

"이해가 안 돼."

나는 또 다른 친구 스타샤의 전화번호를 화면에 띄운다. 몇 달 전 나는 마리솔이 전화번호를 바꾼 것 같아서 무슨 일이 일어난 건지 알아보려고 스타샤에게 전화를 걸어보았다. 그런데 낯선 남자의 음성 메시지로 넘어가는 것이었다.

스타샤도 전화번호를 바꿨구나 싶어서 앰버에게는 전화해볼 엄두도 내지 못했다. 앰버는 어떤 문제가 일어나면 늘 다수의 의견을 따랐다. 앰버가 다른 친구들의 뜻을 거스르면서까지 내 편이 되어줄 것 같지 않았다.

"그것도 스타샤 번호가 아니야. 누구 번호인지는 모르겠지만 스타샤 건 아니야."

앰버의 번호는 굳이 꺼내볼 필요도 없다.

나이얼이 해놓은 짓이다.

그는 내가 친구들에게 연락하지 못하도록 내 휴대폰에 저장된 친구들 번호를 전부 바꿔놓았다. 내 나체 사진을 어디서 가져왔는진 모르겠지만, 그가 내 휴대폰을 이용해 하비에르에게 그런 사진을 보낸 건 분명해 보인다. 아니면 내 번호를 도용하는 어플을 다운받아서 이용했을 수도 있다.

나는 손으로 입을 가리며 더듬더듬 말한다.

"마리솔…… 난 이…… 이런 짓을…… 하지 않았어. 이건 전부…… 그 남자 짓이야."

"그 남자?"

"나이얼."

"너희 집에 세 들어 사는 남자? 그 의사 말이야?"

아, 맙소사! 이제 알겠다.

"그 사람이 너희들한테서 날 고립시켰어."

나는 휴대폰 화면을 끄고 핸드백에 집어넣는다.

"세입자가 왜 널 고립시키려 해? 무슨 소리야? 하나도 이해가 안 돼."

"넌 그 남자에 대해 얼마나 알고 있어?"

마리솔이 또다시 힘주어 팔짱을 낀다.

"나야 잘 모르지. 세입자 구인 광고 보고 찾아온 의사라는 것 정도밖에는. 우린 그 사람을 실제로 만나본 적도 없고, 넌 그 사람에 대해 잘 얘기하지도 않았어. 그 사람은 늘 출근했거나 다른 데가 있었잖아."

마리솔의 책상 위에 놓인 전화기가 울어댄다. 마리솔은 잠시 통화한 후 전화를 끊으며 상의를 손으로 문지른다.

"약속한 손님이 올 거야. 그러니까……."

마리솔이 내 말을 전적으로 믿어주는지 알 수가 없으니 이대로 대화를 중단하고 싶지 않다. 마리솔을 비난할 수는 없다. 그녀는 다만 오해를 했을 뿐이니까. 내가 극악무도한 짓을 했다고, 자기 결혼생활을 망친 장본인이라고 믿을 수밖에 없었으니까. 그것도 몇 달씩이나. 그간 속에 잔뜩 쌓인 분노가 한순간에 사라지기는 어려울 것이다.

"언제 다시 한 번 만나자. 다른 애들, 스타샤랑 앰버도 같이. 너희들한테 할 얘기가 많아."

마리솔은 은색 펜과 파란색 포스트잇을 집어 자신의 휴대폰 번호를 적고 내게 건넨다.

나는 그 포스트잇을 핸드백에 넣고 문 쪽으로 걸어가며 말한다.

"얘기 들어줘서 고마워, 마리솔. 문자해도 돼?"

마리솔은 입을 꾹 다물고 나를 유심히 바라보며 고개를 끄덕인다.

몇 분 뒤 나는 바깥에 세워둔 차에 올라탄다. 엔진이 공회전을 하는 동안 생각을 정리한다.

나이얼은 내가 퇴원한 걸 모르는 상태다.

그를 다시 만나면 무슨 말을 해야 할지 아직 모르겠다.

시계를 보니 두 시간 안에 그가 집으로 돌아올 것 같다.

다행이다.

준비할 시간이 있어서.

42장 나이얼

목요일, 병원에서 재앙과도 같은 하루를 보내고 집으로 돌아가고 있는데 사만다의 전화가 블루투스로 걸려왔다. 전화를 받자 휴대폰에 넣어둔 록밴드 지지 탑ZZ Top의 노래가 희미해진다.

"어, 자기야. 무슨 일이야?"

"저기, 진입로에 못 보던 차가 있어서. 엘리너 씨는 무슨 차 갖고 다녀?"

"무슨 차인데?" 나는 이렇게 되묻고는 덧붙인다. "엘리너 씨는 운전 안 해."

"모르겠어. 황갈색 차였나."

운전대를 잡은 손에 힘이 들어간다.

"번호판이 어떤 종류야?"

"자세히 못 봤어. 그냥 차만 보고 지나갔거든. 난 지금 아파트에 와 있어. 아까 지나갈 때 보니까 집에 불이 다 켜져 있더라?"

가슴이 철렁한다.

내가 그 집에 사는 동안 브리엔은 한 번도 집에 손님을 들인 적이 없었다. 모르는 사람이 집 앞에 차를 세우고 들어갔을 리도 없다. 내가 요즘 뒷문을 안 잠그고 다닌다는 사실이 불쑥 떠오른다.

나는 정신을 가다듬고 말한다.

"아, 엘리너 씨가 예정보다 일찍 돌아올 수도 있다고 했어. 내가 깜박했네. 아니면 엘리너 씨 오빠 차일 수도 있지 않을까? 아마 그럴 거야."

오 분 뒤 집 진입로로 들어선 나는 사우스다코타주 번호판이 붙은 반짝이는 황갈색 도요타 코롤라 뒤에 차를 세운다. 렌터카인 듯하다.

환자 이송 직원 명찰을 옷에서 떼 숨기고 그 대신 의사 신분증을 목에 건 뒤 차에서 내려 집으로 향한다. 뒷문을 열려는데 잠겨 있다.

'그 여자가 왔구나!'

하지만 더 중요한 것은…… 그 여자가 어떻게 크레스트뷰 정신병원에서 나왔느냐다. 지난번에 확인했을 때 슈나이더 박사는 브리엔을 최소한 2주일은 더 입원시키는 게 좋겠다고 했다. 불과 며칠 전에 한 말이다.

집에 들어가 보면 어떻게 된 일인지 알 것이다.

주머니에서 열쇠를 꺼내 자물쇠에 쑤셔 넣는다.

집 안으로 들어가 이 초쯤 후에 불러본다.

"어이?"

아직 땅거미도 지지 않았는데 싱크대 위 조명이 켜져 있다. 복도 쪽에도 불이 켜진 게 보인다.

나는 목소리를 높인다.

"케이트? 당신이야?"

"깜짝 놀랐지!"

주방과 식당 사이 문간 뒤에서 브리엔이 폴짝 튀어나온다. 평생 겁먹은 적이 별로 없는 내가 이번에는 너무 놀라서 심장마비가 올 뻔했다.

“여기서 뭐 해?” 나는 브리엔이 경계심을 갖지 않도록 최대한 긍정적인 목소리로 묻는다. 그리고 그녀에게 다가가 두 팔로 얼싸안고 좌우로 흔들어준다. 배우 라이언 고슬링이 영화 〈노트북〉에서 했던 것처럼. “병원에 더 있어야 되는 줄 알았는데…… 슈나이더 박사 말이…….”

“병원 위원회에 조기 퇴원 요청서를 써서 보냈더니 퇴원을 허락해줬어. 슈나이더 박사님 덕분이지 뭐. 내가 잘 나았다면서 무척 좋아하시더라…….”

“잘 나았다고 했다고? 2주일은 더 입원해야 한다고 했던 것 같은데?”

브리엔은 어깨를 으쓱한다.

“그래서 실망했어?”

“무슨 소리야. 당연히 아니지.” 나는 짜증을 억누르고 억지로 그녀를 포옹한다. “그래서 여기까지 운전해서 왔어? 직접?”

그녀가 왼쪽 눈썹을 치뜬다.

“응. 당신을 놀래주고 싶어서. 놀랐지?”

“말도 마.” 다시 그녀를 꽉 껴안는다. 이대로 억세게 옥죄어서 죽여버리고 싶다. 이 여자보다 먼저 우편함을 확인해야 한다는 생각이 퍼뜩 든다. 수표 두 장이 이 집으로 오고 있는 중인데, 브리엔의 눈에 띄게 해서는 안 된다.

“집에 온 지 얼마나 됐어?”

"아마…… 오 분쯤."

다행이다.

브리엔은 집으로 운전해서 오던 길에 본 것들, 날씨, 작은 마을의 음악 방송 채널에서 나오던 밋밋한 음악들, 오면서 들은 팟캐스트, 집에 오면 하고 싶었던 일들에 대해 재잘거린다. 나는 건성으로 들을 뿐이다. 브리엔은 그저 말을 하고 싶어서 알맹이 없이 이런저런 얘기를 늘어놓고 있는 듯하다.

나는 브리엔이 보기 전에 서둘러 치워야 할 물건들이 있는지 생각하느라 여념이 없다.

"자기야, 위층에 가서 옷 갈아입고 올게. 나가서 저녁 먹으면서 축하하자. 알았지?" 시간을 벌기 위해 좋은 남편이라면 했을 법한 제안을 한다. 위층 욕실에 들어가 사만다의 물건들이 있지는 않은지 확인해야 한다. 오늘 아침 출근하기 전에 나는 선견지명으로 사만다의 작은 여행가방을 내 침대 밑에 밀어 넣어두었다. 하지만 요즘 사만다는 아침마다 화장품 가방을 자꾸 욕실에 놓아두었다. 그것도 내 잘못이긴 하다. 사만다에게 엘리너씨가 일주일은 더 있다가 돌아올 거라고 말했고, 그만큼 나도 느슨해지긴 했다.

"식사하러 나갈 정도의 컨디션은 돼?"

나는 브리엔을 품에서 놓아주며 묻는다.

"그럼. 어서 나가고 싶어."

나는 계단을 두 칸씩 밟고 올라가 내 욕실부터 들여다본다. 불을 켜자마자 오렌지색과 분홍색으로 된 사만다의 화장품 가방이 눈에 확 띈다. 나는 얼른 그 가방을 집어 든다.

화장대 서랍에 그 가방을 집어넣고 다른 서랍에서 꺼낸 수건으로 위를 덮는다. 브리엔이 집에 온 지 오 분밖에 안 되었다면 아직 이걸 보지는 못했을 것이다.

샤워할 시간은 없을 것 같다. 얼른 작업복을 벗고 카키색 바지에 감청색 깅엄 버튼다운 셔츠로 갈아입는다. 빠뜨린 게 없는지 생각해본다.

위에서 세 번째 단추를 잠그다가 멈칫한다.

브리엔의 노트북.

비밀번호 재설정과 관련된 무수한 이메일들을 지워야 했는데 아직 시간이 있다고 생각해 미뤄뒀었다.

초보자들이나 하는 실수를 저지르고 말았다.

브리엔이 아직 자기 이메일을 확인하지 않았기를 빌며 나는 미친 듯이 빠르게 옷을 갈아입고 아래층으로 뛰다시피 내려간다. 아마 브리엔은 이메일 확인보다 짐을 풀고 쉬는 걸 더 우선시했을 것 같다. 하지만 또 누가 알겠는가?

브리엔이 주방에서 휴대폰을 만지작거리고 있는 걸 보며 나는 마음을 놓는다.

"준비됐어?"

"응." 브리엔은 화면에 시선을 고정한 채 말한다. "이상하네. 내가 이메일 비밀번호를 바꿨다는 메시지가 와 있어. 난 안 바꿨는데. 이메일에 들어가지질 않아."

긴장했던 어깨가 풀어지면서 그대로 목과 턱까지 편안해진다.

"이따가 내가 봐줄게."

완벽하다.

오늘 밤 이메일 설정을 봐준다는 핑계로 브리엔의 노트북을 마음껏 들여다보면서 필요한 부분을 '수정'한 뒤, '우연히' 키보드에 카베르네 와인을 쏟아 노트북을 망가뜨리면 된다.

브리엔의 등허리에 손을 얹고 그녀를 현관문 쪽으로 이끈다.

"서둘러야 하니까 어서 가자."

"나 옷 좀 갈아입고 가면 안 돼?"

이제 보니 브리엔은 2주일 전 내가 크레스트뷰 정신병원에 데려다줬을 때와 같은 옷차림이다. 요가용 레깅스와 모닝사이드 칼리지 티셔츠.

"여태 뭐 하고 있었어?"

나는 싱긋 웃는다. 그 질문에 대한 답이 정말 궁금하다.

"날 어디로 데려갈 거야?"

"비밀."

어디로 갈지는 나도 아직 모르겠다.

브리엔이 복도 저쪽의 방으로 들어가자마자 나는 휴대폰을 꺼내 테이블 파인더 앱으로 막판 예약 가능한 자리가 있는지 알아본다. '헤스페리데스'라는 식당에 가까스로 자리 하나를 예약한다. 괜찮은 식당 같아 보인다. 새로 생긴 최신 유행 식당이라 브리엔 같은 부류의 여자를 감동시킬 수 있을 듯하다.

"준비 다 했어."

잠시 후 돌아온 브리엔은 여름에 어울리는 꽃무늬 원피스 차림이다. 밤색 머리카락을 정수리에 똥머리로 고정시켰고, 입술에는 번들거리는 립스틱을 발랐으며, 귓불에는 달랑거리는 귀고리를 달았다.

영락없이 데이트 내지는 축하 파티를 하러 가는 차림이다.

그녀의 손을 잡고 현관을 나선다. 집 밖으로 나와 보란 듯이 문을 잠근다. 문을 잘 잠그는 일이 내게도 '중요'하며 그 사실을 잊지 않았음을 보여주기 위해서다.

헤스페리데스 식당을 찾아가는 동안 브리엔은 예상보다 말이 없다. 아까와 달리 정적의 공간을 의미 없는 수다로 채우려 들지 않는다. 이것은 그녀가 지금 생각에 잠겼다는 뜻일 것이다.

머리를 미친 듯이 굴리고 있는 게 분명하다. 나는 브리엔이 벌써 집에 돌아왔다는 사실이 짜증이 나면서도, 용케 퇴원했구나 싶어서 깊은 인상을 받기도 했다.

내가 그동안 이 여자를 과소평가한 듯하다.

목적지까지 절반쯤 갔을 때 브리엔이 내 손을 톡 치며 말한다.

"아, 이니드 씨한테 들었는데 여동생이 이 동네에 왔다며? 왜 말 안 했어? 나도 보고 싶은데."

브리엔이 내게 여동생이 있음을 이미 알고 있는 척 말하자 나는 헛웃음이 나오려 한다. 브리엔보다 한 발만 앞서 나가면 꽤 재미있는 게임이 될 것도 같다.

브리엔은 크레스트뷰 정신병원에 더 있는 게 신상에 좋을 뻔했다. 그랬으면 퇴원하고 집으로 돌아왔을 때 나는 사라지고 없을 테니까. 브리엔의 주머니는 전보다 가벼워지겠지만 그래도 잘살 수 있었을 것이다. 편안히 살다가 은퇴하고 이기적인 외조부모가 여유롭게 챙겨준 재산으로 잘살았을 것이다.

"여동생은 지난 주말에 집으로 돌아갔어. 올케한테 안부 전해달라고 하더라."

나는 헤스페리데스 앞에 주차를 한다. 내일 점심시간에 광장에 있는 오토존 매장에 들러서 부동액을 좀 사야겠다. 복잡하고 창의적인 방법을 쓸 필요도 없이 브리엔이 쓰는 구강 청결제나 우유에 부동액만 섞어두면 된다.

15년 전 사만다의 계부에게 써서 효과를 거둔 방법이기도 하다.

이제 더는 쓸데없이 시간을 낭비할 이유도 없다.

브리엔에게 저녁을 만들어주면서 편두통 약을 와인에 약간 섞는 방법도 생각해봤지만, 이 여자가 알아서 치사량을 마셔주리라는 보장은 없다. 이미 나를 의심하기 시작했다면 내가 앞에 대령해놓은 음식도 믿지 않을 공산이 크다.

내 기억이 맞는다면 부동액을 섭취하고 며칠 후부터 브리엔은 조리 있는 문장을 구사하지 못할 만큼 몸 상태가 망가질 것이다. 계획대로 진행될 경우, 퇴근하고 귀가한 나는 아무 반응이 없는 브리엔을 발견하고 마치 좋은 남편인 양 병원으로 데려가면 된다. 브리엔이 원인을 알 수 없는 병과 싸우고 의료진이 그녀의 목숨을 살리려고 고군분투하는 동안, 나는 세상 근심 하나 없이 사만다와 함께 코스타리카로 가고 있는 중일 것이다.

43장 브리엔

"여기 정말 마음에 들어. 잘 골랐네."

저녁식사를 하면서 나는 '나이얼'에게 말한다. 그가 나를 데려간 곳은 최근에 문을 연 고급 그리스 식당이다. 다른 때 같으면 멋진 저녁 데이트 장소라 여겼을 것이다.

"당신이 좋아하니 나도 기뻐."

그는 접시에 놓인 양고기를 칼로 썰면서 따뜻한 미소를 지어 보인다.

"와인 더 마실 거지?"

그가 대답하기 전에 나는 재빨리 그의 잔을 다시 채운다. 그의 긴장을 풀어놓을 필요가 있다. 편안하고 즐거운 분위기로, 내 퇴원을 축하하는 자리로 만들어야 한다. 뭔가 낌새를 채게 했다간 튀어버릴 것이다. 내 돈을 가지고.

아까 '파이낸셜 스타'의 버나드 씨와 연락이 닿았다. 나는 그에게 사기꾼이 수표 요청서들을 보낸 것이었다고 알렸다. 그는 수표 한 장이 이미 ATM 기기에 입금이 됐고, 두 번째 수표도 그날 입금됐지만 아직 정산은 되지 않았다고, 두 번째 수표에 대해 지불 정지를 시켜놓겠다고 했다.

나와 거래하는 은행에 따르면 나이얼이 입금 처리한 첫 번째 수표의 금액은 300만 달러가 넘었다. 그는 지난주 내내 매일 25만 달러씩 내 돈을 빼서 자기 계좌로 옮기고 있었다. 나는 내 모든 계좌를 동결하고 동네의 다른 구역에 위치한 작은 신용 조합에 비밀리에 새 계좌를 만들었다.

300만 달러가 넘는 내 돈을 깔고 앉아 야금야금 빼내면서 아무 일도 없는 듯 태평하게 행동하는 이 남자의 차분한 푸른 눈동자를 들여다보고 있자니 기분이 묘하다.

황금알을 낳는 거위 같은 계좌가 동결되고 추가로 요청한 다른 수표 두 장이 영원히 오지 않을 것임을 그가 알게 됐을 때, 내가 어떻게 대응해야 할지를 아직 정하지 못했다. 그때쯤에는 그를 경찰에 고발해버릴 수 있어야 할 것이다.

그때까지 그가 도망치지 못하도록 무슨 수단을 써서든 붙잡아 둬야 한다.

이 남자에 대해 알게 된 지금, 전에도 그렇고 지금도 정면으로 맞서고 싶은 마음이 굴뚝같지만…… 위험한 상황이 될 수도 있다. 이런 사람에게 도덕심이 있을 리 없다. 이런 짓까지 해가며 남의 돈을 훔치려는 자라면 순전한 악인일 것이다. 무자비하고 교활하며, 감히 상상할 수조차 없는 짓까지 저지를 수 있는 자.

지금 그를 비난하고 나선다면 그가 무슨 짓을 벌일지 누가 알까? 지금은 이 남자와 관련해 어떤 것도 허투루 볼 수 없다.

우리는 와인을 간간이 마시고 소소한 대화를 나누며 식사를 마친다. 당장이라도 식탁을 타 넘어가 그의 멱살을 잡고 싶은 충동을 내리누른다.

식사를 마치고 집에 돌아오자, 당분간 진실을 모르는 척 위장을 계속해야 한다는 생각에 이내 중압감이 확 밀려온다. 복도를 지나 방으로 들어가려는데 온몸이 마비되는 느낌이다.

그는 셔츠 단추를 풀고 계단을 오르기 시작한다.

"자러 올라올 거지, 여보?"

그가 고갯짓으로 위층 자기 방을 가리킨다.

"으응, 조금 이따가."

케이트인 척을 계속하려면 오늘 밤 그와 한 방에서 자야 한다. 섹스까지는 안 하더라도 함께 누워 있어야 한다. 그의 곁에. 그의 침대에.

역겨운 개자식의 품에 안겨 밤을 보낼 생각을 하니 손바닥에 식은땀이 나고 목구멍이 담즙으로 쓰라리다. 하지만 다른 선택지가 있을까?

세수를 한 후 보수적인 디자인의 긴소매 잠옷과 바지를 입는다. 감청색 바탕에 흰 테두리가 들어간 잠옷이다. 그리고 최대한 천천히 그의 방으로 향한다. 내가 침대에 도착할 때쯤 그가 잠들어 있기를 바라면서.

칠흑같이 어두운 그의 방으로 발을 들여놓는다. 별처럼 반짝이는 달빛이 레이스 커튼 사이로 흘러들어 그가 입은 흰 티셔츠에 기괴한 빛을 뿌린다.

그는 말똥말똥한 눈으로 누워 있다.

그가 내게 미소를 지으면서 담요를 들어 올린다. 나는 그의 곁에 눕는다. 잠시 후 그가 내게 몸을 밀착해온다. 그의 팔이 나를 당겨 안는다. 그의 뜨끈한 체온이 내 몸에 닿고 오드콜로뉴 향수 냄새가 내 폐를 파고든다.

말 그대로 덫에 걸린 기분이다.

잠시 후 그의 숨소리가 나지막하게 안정되어간다. 얼마 안 있어 그는 깊은 잠에 빠져든다. 나는 그의 곁에 누워, 나를 꼭 안고 있는 그의 왼팔을 내려다본다. 그의 왼손에는 반지가 없다.

지난번에 통화하면서 그는 결혼반지를 도로 꼈다고 했다. 그런데 지금 보니 손가락에는 반지에 눌린 자국조차 없다.

그는 자신감이 넘쳐서인지 소소한 허점을 드러내고 있다.

인간 형상을 한 악마의 품에 안긴 오늘 밤, 잠을 이룰 수 있을지 모르겠다. 하지만 억지로라도 자야 한다. 이 싸움에서 이기려면 정신적으로나 육체적으로 온전히 힘을 회복해야만 한다.

나는 이기고야 말 것이다.

44장 나이얼

금요일 새벽 5시에 매장에 도착했다. 더 빨리 오지 못한 게 한이다.

어젯밤 침대에 누워 거의 뜬눈으로 밤을 새웠다. 곤히 자는 시늉을 했지만 내 몸 구석구석을 훑는 브리엔의 시선이 느껴졌다. 오늘 아침 별나게 일찍 일어나서는 브리엔에게 체육관에서 다시 운동을 시작했으며 새벽 5시에 트레이너와 만나기로 했다고 나지막하게 속삭였다. 집을 나와서 24시간 영업하는 옆 동네 월마트로 달려가 부동액을 찾아 들고 셀프 계산대에서 현금으로 결제했다. 아직 해도 뜨지 않은 시간인데 모자에 선글라스까지 꼈으니 이상한 사람으로 보였을 테지만 다행히 매장 안에 다른 손님은 없었다.

집으로 돌아오니 오전 6시가 막 넘었다. 브리엔은 여전히 '우리'의 침대에서 자고 있었다. 바라던 바였다. 나는 일층 주방으로 살그머니 들어가 커피가 끓는 동안 브리엔이 마시는 우유와 커피 크림에 부동액을 섞었다. 그리고 머그잔 두 개에 커피를 타서 위층으로 들고 올라갔다. 그중 하나는 브리엔을 위해 내가 특별히 제조한 커피였다.

키스로 아침 인사를 하고 브리엔의 커피잔을 침대 옆 탁자에 내려놓았다. 체육관에 간다고 했는데 몸이 땀으로 번들거리지 않으면 지난 한 시간 동안 운동한 것처럼 보이지 않을 테니, 브리엔이 알아채기 전에 샤워부터 하러 갔다. 샤워를 마치고 나오면서 브리엔에게 그녀의 노트북을 병원으로 가져가 이메일의 어떤 부분이 잘못됐는지 알아봐 주겠다고 말했다. 브리엔은 망설이며 굳이 그럴 필요 없다고 대답했지만, 나는 별로 성가신 일도 아니니 괜찮다고 하면서 그녀가 더 강하게 말리기 전에 노트북을 들고 집을 나섰다.

병원으로 가는 길에 차를 세우고 치과 의원 뒤의 쓰레기통에 노트북을 던져 넣었다.

이따 집에 도착하면 아무래도 바이러스가 의심스러워서 병원 정보통신 담당 직원에게 노트북을 봐달라고 맡겨뒀다고 말할 것이다.

직원용 주차장으로 가면서 휴대폰을 확인해보니 내가 새로 물색해 일을 맡긴, 스케이트보드 타는 아이가 보낸 문자가 와 있다. 처음 봤을 때 그 녀석은 동네 구시가지의 어느 볼링장 건물 뒤에서 담배를 피우고 있었다.

수표가 현금화가 안 돼요.

'이 새끼가 거짓말을 하네.'

내가 네 이름을 알고 있으며 마음만 먹으면 거주지를 알아내는 것쯤은 일도 아니라고 녀석에게 알려줄까 싶다. 어린놈들은 자기가 꽤나 똑똑한 줄 안다. 현금화에 대해 거짓말을 하고 수만 달러나 되는 돈을 쓱싹하고도 무탈할 줄 안다면 착각도 그런 착각이 없다.

일단 휴대폰을 집어넣는다. 지금보다 덜 바쁘고 사안을 확인할 시간이 충분할 때 녀석을 찾아가 적당히 손을 봐줘야겠다. 지금은 처리해야 할 일이 너무 많다. 침착을 유지하고 집중해야 한다. 우선 집으로 가자.

아침에 우편물을 확인했는데 수표는 와 있지 않았다. 은행에 들러 5만 달러를 추가로 인출해야 했지만 아침부터 달려나가 부동액을 사 오느라 시간이 모자랐다. 출근해서는 쉴 새 없이 환자를 이송하느라 점심시간에도 로그인해서 수표 송금 처리를 할 짬을 내지 못했다.

직원용 출입구 쪽으로 종종걸음을 치면서 부재중 통화를 확인해본다. 사만다의 전화가 한 통 와 있다. 사만다는 오팔그린 홍보대행사 일을 그만뒀고, 내가 알기로 어젯밤 내내 하코트의 아파트에 있었다. 평소 우리는 낮에도 틈틈이 서로 문자를 하는 편이라 오늘 종일 사만다의 연락이 없는 것이 별스럽기는 했다. 집으로 가면서 사만다에게 전화해야겠다.

출입구를 나선 나는 주차장을 이리저리 둘러보며 내 차를 찾는다.

더 이상 실수는 용납할 수 없다.

슈나이더 박사에게 전화해서 브리엔의 퇴원을 왜 미리 알려주지 않았느냐고 따져볼까도 생각해봤다. 하지만 이미 일은 벌어졌고 무를 방법도 없으니 괜히 진상을 부려 관심이 쏠리게 만들 필요는 없다.

이 분여에 걸쳐 주차장을 한 바퀴 다 돌아봤지만 내 차는 어디에도 보이지 않는다. 6미터쯤 떨어진 곳에서 브라이언이 둥그런 얼굴로 재수 없게 싱긋거리며 혼다에 올라타고 있다.

나는 그 줄에 있는 차들을 한 번 더 둘러본다.

내 차가 여기 없는 게 확실하다.

"개새끼."

나는 조그맣게 내뱉는다.

"어이, 이봐, 내가 태워줄까?" 브라이언이 운전석에서 몸을 반쯤 바깥으로 내밀며 말한다. "어떤 사람들이 아까 네 차를 가져가더라. 네 차에 엔진 문제가 있거나 한 모양인데……."

'압류된 거다, 이 멍청한 새끼야.'

나는 손사래를 친다.

"됐어."

브라이언이 주차장을 떠나자마자 나는 브리엔에게 전화를 건다. 이렇게 빨리 차를 압류당할 줄 몰랐다. 브리엔이 갑자기 집으로 돌아온 데다 수표 현금화를 위한 최적의 전략에 집중하느라 미처 차에는 신경 쓰지 못했다. 브라이언의 차가 저만치 멀어지는 게 보인다. 그제야 '나이얼 엠벌린 박사' 신분증이 내 수중에 없다는 걸 깨닫는다. 그 신분증은 압류된 차의 사물함에 들어 있다.

없어진 거다.

영원히.

그 차처럼.

내가 되고 싶었던 모습처럼…….

하지만 모든 게 계획대로 된다면 내일 이 시간쯤엔 이런 일은 아무것도 아닌 게 될 거다.

45장 브리엔

경찰서에 가야 한다. 하지만 그자의 범행을 밝힐 수 있는 확실한 증거는 내 노트북에 들어 있다. 오늘 '나이얼'이 출근하면서 가져간 노트북 말이다. 원래는 원격으로 이메일 계정에 로그인해 자료를 전부 다운로드받을 수 있지만 이메일 비밀번호가 전부 바뀌어서 그럴 수도 없다.

무거운 눈으로 응접실을 서성이고 있자니 커피를 사러 나가야겠다는 생각이 든다. 오늘 아침에 냉장고를 열어보니 그가 사다놓은 우유가 이미 개봉돼 있었다. 열어놓기만 하고 마시지는 않았는지 내용물이 가득했다.

피해망상인지 몰라도 나는 이 집에서 그 남자가 손댔을 만한 음식은 절대 먹지 않기로 결심했다.

시계를 보니 그가 집으로 오고 있을 시간이다. 휴대폰을 티테이블에 내려놓는데 그 순간 진동음이 울린다. 나는 깜짝 놀라 상념에서 깨어난다. 화면에 그의 이름이 떠 있다.

마음을 진정시키고 벨이 세 번 울린 후 전화를 받는다.

"응."

오늘 밤까지 이런 상태로 버텨야 한다. 저녁도 '여느 때처럼' 함께 먹어야 할 것이다. 그가 잠자리에 들면 몰래 경찰서에 가서 신고할 작정이다. 그래야 그가 상황을 알아채기 전에, 도망칠 기회를 잡기 전에 경찰들이 한밤중에 들이닥쳐 그를 체포할 수 있을 테니까.

"어, 여보." 전화기 너머에서 들려오는 목소리가 역겨울 정도로 달콤하다. "문제가 좀…… 생겼어."

심장 뛰는 소리가 귓속에서 요란하지만 나는 차분하게 묻는다.

"무슨 일인데?"

"아까 점심시간에 가벼운 사고가 좀 있었거든. 난 괜찮아. 무사해. 다친 곳도 없어. 차가 좀 망가져서 견인했어. 오후에 엑스레이 찍고 목뼈 손상 같은 거 확인하느라 정신이 없었어. 일반적인 보험 절차지 뭐. 혹시 차 가지고 병원에 와서 나 좀 데리고 가줄 수 있어?"

"그럴게." 나는 목구멍 안에 딱딱하게 뭉친 긴장감을 삼킨다. 그가 다른 저의가 있어 이런 부탁을 한 것은 아니길 기도한다. "십오 분 정도 걸릴 거야."

46장 나이얼

저녁을 먹은 후 싱크대 앞에 서서 설거지를 한다. 고무장갑 낀 손을 개숫물에 담그고 조용히 기분 좋게 콧노래를 흥얼거린다. 오늘 저녁에 브리엔은 직접 요리한 음식을 내놨다. 나는 간만에 로맨틱한 분위기를 내보자며 그녀에게 굳이 초를 찾아오라고 시켰다.

여전히 나는 브리엔이 상태가 좋아져서 집으로 돌아온 게 기쁜 척을 하고 있다.

브리엔도 여전히 케이트인 척을 하는 중이다.

그야말로 둘 다 쇼를 하고 있다. 하지만 다행히 끝이 보인다.

설거지를 마치고 고무장갑을 싱크대에 나란히 걸쳐놓는다. 브리엔이 집에 있을 때는 보란 듯이 꼭 이렇게 해놓는다.

주머니에서 휴대폰이 진동한다. 곧바로 확인해보니 지난번 수표 송금을 도와줬던 녀석이 보낸 문자다. 오늘 밤에 또 심부름을 시킬 게 있는지 묻는다. 멍청한 놈. 우리가 떳떳하지 못한 일을 하고 있다는 걸 이놈보다 더 티를 낼 수 있을까?

답장을 하려는데 차가 없다는 게 생각난다.

지난번에 수표 현금화가 왜 안 되었는지 알아내야 하는 상황이다. 은행에 전화 한 통화만 하면 알 수 있겠지만 일 끝나고 집에 와서 줄곧 브리엔과 함께 있느라 전화할 새가 없었다.

주방으로 들어온 브리엔이 머그잔 보관장 쪽으로 걸어간다. 밤마다 마시는 슬리피타임 차를 타려는 모양이다.

"자기야, 가게에 가서 이것저것 좀 사 올게. 필요한 거 있어?"

그녀의 차를 타고 갔다 와도 되는지는 굳이 묻지 않는다. 우리는 부부 사이고 차는 공동 재산이니까.

"무지방 우유 좀 사다 줘."

"무지방 우유. 알았어."

나는 카운터에 놓인 브리엔의 열쇠고리를 집어 든다.

"냉장고에 있는 지방 1퍼센트 우유는 뭐야?"

"아, 여동생 건데, 버려도 돼."

브리엔은 더는 묻지 않는다. 하지만 그녀의 시선은 내 손에 닿아 있다. 문득 그녀의 차를 빌려간다는 건 열쇠고리에 매달린 조잡한 호신용품도 함께 가져간다는 뜻임을 깨닫는다. 신경이 쓰이는지는 알 수 없지만 브리엔은 아무 말도 하지 않는다. 그녀도 나처럼 태연한 척을 하고 있다.

"금방 올게. 기다리지 말고 먼저 자."

그녀의 이마에 입을 맞추고 뒷문으로 나간다. 뒷문 밖 계단을 밟자마자 등 뒤로 문 잠기는 소리가 들린다.

잠시 후 나는 브리엔의 차 운전석에 앉아 백미러를 조정한다. 도로로 나서자마자 사만다에게 전화해야겠다. 엘리너가 예정보다 일찍 돌아와서 금요일 밤에 만나기로 한 약속을 미뤄야겠다고 말할 생각이다.

기어를 후진으로 넣고 백미러를 보다가 집 쪽을 흘끗 돌아본다.

브리엔이 주방 싱크대 앞에 서서 창밖을 내다보고 있다.

그녀와 나의 눈이 마주친다.

나는 미소를 지으며 손을 흔든다.

브리엔도 똑같이 따라 한다.

47장 브리엔

후미등이 블록 끄트머리 너머로 사라지자마자 나는 그 남자의 방으로 뛰어 올라간다. 가게에 갔다 온다고 했으니 오래 걸리진 않을 것이다. 지금까지 그의 진짜 정체를 알 만한 단서는 단 하나도 알아내지 못했다.

그의 옷장에 든 건 수술복, 그리고 30대 남자가 주말에 입을 만한 평범한 옷들뿐이다. 청바지, 티셔츠, 폴로셔츠, 스니커즈 운동화 몇 켤레. 침대 옆 탁자의 서랍은 비어 있다. 세면대 아래까지 살펴봤지만 욕실 안도 평범하다.

그의 서재로 들어가 책들 사이사이, 책 밑까지 들춰본다. 안쪽에 물건을 숨겨둘 수 있는 가짜 책이 있는지도 살펴본다. 밑에서 두 번째 칸을 살펴보는데 의학 교과서 한 권의 책등에 중고 물품 세일 스티커 같은 게 붙어 있다. 눈을 가늘게 뜨고 좀 더 가까이 들여다보니 5달러라고 적혀 있다. 대학 서점에서 구입한 책이 아닌 건 확실하다.

나는 고개를 절레절레 흔든다.

그의 침실도, 서재도 사기극을 위한 소품에 지나지 않는다.

진짜 나이얼이 누구인지는(그의 정체가 무엇이든 간에) 서재나 침실에서 알아낼 수 없을 듯하다.

서재의 벽장을 확인해보기로 한다. 끈으로 된 스위치를 당겨 전구를 켜고 발꿈치를 들어 맨 위 선반의 뒤쪽을 손으로 훑어본다. 손가락 끝이 금속에 닿는다. 나는 좀 더 높게 까치발을 든다. 그 뒤에 뭔가 있는 듯한데 보이지가 않는다.

심장 뛰는 소리가 귓속에서 요란하다. 그의 책상 앞 의자를 끌어와서 받침대로 놓고 올라선다.

잠시 후 나는 작은 금속 상자를 손에 넣는다. 여섯 자리 숫자 자물쇠가 채워진 방염 상자이고 당연히 잠겨 있다.

아마 이 안에는 케이트의 일기장과는 달리, 그의 진짜 신분증을 비롯해 내 눈에 띄길 원치 않는 그의 진짜 소지품이 들어 있을 것이다. 케이트의 일기장은 그가 일부러 보란 듯이 놓아둔 것이었다. 생각해보면 내가 자기 물건을 뒤지는 걸 알고도 그는 이상할 정도로 차분했다. 이제 이해가 된다. 그는 내가 그 일기장과 이혼 서류를 발견하길 바랐던 것이다. 전부 그가 꾸민 계획의 일부였다.

금속 상자를 선반에 도로 올리고 제자리로 밀어 넣은 뒤 의자도 책상 앞에 다시 가져다 놓는다.

그가 돌아오기 전에 아래층에 내려가 있어야 한다.

지금 내가 자기 물건을 뒤지는 걸 보면 지난번처럼 차분하게 반응하지는 않을 것 같다.

일층으로 내려와 휴대폰과 마리솔의 전화번호가 적힌 포스트잇을 집어 든다. 내일 나와 만나줄 수 있는지 마리솔에게 물어봐야겠다. 더는 기다릴 수가 없다.

식당을 서성이면서 문자를 보낸다. 그리고 창문 앞에 서서 헤드라이트 불빛을 찾아 집 앞 거리를 연신 흘끗거린다. 우유를 사러 간 게 맞는다면 지금쯤 돌아올 때가 됐다.

하지만 헤드라이트 불빛은 보이지 않는다.

나는 여전히 여기 혼자 있다.

휴대폰이 진동한다. 마리솔이 보낸 답장이다. 내일 시간이 된다고 한다. 무엇보다 지난번에 하던 얘기를 계속하고 싶다고 한다. 나도 곧바로 답장을 보낸다. 창밖으로 다시 시선을 돌린 순간 가슴이 철렁한다.

내 빨간색 아우디가 집 앞 떡갈나무 아래 길가에 서 있다. 좀 더 자세히 보려고 집 안의 조명을 끄고 눈을 가늘게 뜬다. 하지만 운전석에 누군가 앉아 있다는 것 말고는 잘 보이지 않는다.

나이얼이 왜 진입로가 아닌 길가에 차를 세웠는지 그 이유를 추측해보고, 다음 수를 떠올리려 머리를 쥐어짜기도 전에 아우디는 그 자리를 떠나 버린다.

아, 맙소사!

나는 창문에서 뒤로 한 걸음 주춤 물러선다.

아우디 운전석에 앉아 있던 사람은 나이얼이 아니었다.

또 다른 나였던 것 같다.

48장 나이얼

셀프 계산대에서 우유를 스캔하고 껌 한 통을 가방에 던져 넣은 후 5달러 지폐를 꺼낸다. 십 분 전 퀵 숍 주유소 앞에 차를 세우고 현금이 고픈 아이에게 카드를 주면서 수표 현금화 심부름을 시켰는데…… ATM 기기가 카드 승인을 해주지 않았다.

그 카드를 도로 받아서 주유소에서 장본 걸 계산하려는데 결제까지 되지 않았다. 카운터 직원도 나만큼이나 답답해했다. 그는 여섯 번이나 카드를 긁어본 끝에 카드를 돌려주면서 은행에 물어보라고 했다.

하지만 나는 당황하지 않았다.

은행에 전화해봤지만 하필 고객 응대 서비스를 하지 않는 날이라 자동응답 시스템으로 넘어갔다. 자동응답으로 해결될 문제가 아니었다. 내일 아침에 바로 은행에 가서 문제를 해결할 생각이다. 카드 결제 시스템에 문제가 생겼거나 오류가 난 것 같다. 나는 스케이트보드를 타는 여드름 소년에게 비밀을 지켜주는 값까지 쳐서 100달러를 주었다. 어디 가서 함부로 주절대고 다녔다간 다음 날 바로 찾아가 손봐주겠다는 말도 잊지 않았다.

브리엔이 내 계획을 알아냈을 리 없다. 목숨 걸고 장담할 수 있다.

몇 분 뒤 나는 장바구니를 들고 브리엔의 차에 올라타 집으로 향한다.

절반쯤 갔는데 휴대폰이 울린다. 사만다의 전화다.

"어, 자기야. 아까 내가 보낸 문자 받았지?"

조금 전 주유소로 가던 길에 사만다에게 전화했는데 연결이 되지 않았다. 그 후 사만다가 내게 전화했을 때 마침 나는 카드 때문에 골치를 썩고 있었다. 나는 집에 더 천천히 가려고 속도를 줄이고 옆 골목으로 빠진다. 오늘 저녁에 할 일은 별로 없을 것 같다. 브리엔에게 가게에 다녀오겠다고 말했고, 지금은 그녀의 차를 타고 있으니 선택지가 제한적이다.

"응, 짜증 나. 오늘 저녁에 같이 놀 생각이었는데."

"알아. 나도 그래. 나중에 더 재미있게 해줄게."

"지금 뭐 하고 있어?"

"엘리너 씨 처방약을 사러 나왔어. 엘리너 씨가 집에 돌아왔는데 폐렴이 심하셔."

사만다는 말이 없다. 위로의 말이라도 할 법한데 평소의 그녀답지가 않다. 사만다는 고교 시절 내내 양로원에서 간호조무사로 일한 터라 나이 든 사람들에게 약한 편이다.

"잠깐 들러서 같이 놀면 안 돼? 어차피 집 밖에 나와 있잖아."

"그러고 싶은데, 엘리너 씨가 잠들기 전에 약을 갖다 드려야 해." 텅 빈 교차로의 일시 정지 지점에서 차를 세우고 있는데 뒤에서 다가오는 헤드라이트 불빛이 보인다. "넌 지금 뭐 하는데?"

또 대답이 없다.

마음에 들지 않는다.

"사만다?"

"아파트에…… 그냥 앉아 있어."

"부탁 하나만 할게. 혼자서라도 재미있게 놀아. 예전 직장 동료들한테 연락해서 술을 마시러 가든지 해. 나 때문에 너까지 금요일 밤에 집에 우두커니 앉아 있게 하고 싶지 않아."

"알았어. 한번 연락해봐야겠다."

평소와 달리 의기소침한 목소리다. 생기라곤 없다. 마치 로봇 같은 말투라서 무슨 생각에 빠져 있거나 고민이 있는데 말을 못 하는 건 아닌가 싶다.

무슨 일 있느냐고 물어보려는데 내 뒤로 다가온 차의 머저리 같은 운전자 새끼가 경적을 울려댄다.

백미러를 보니 교차로에 서 있는 차가 내 차뿐이기는 하다.

전화기 너머 사만다 쪽에서도 경적 소리가 들린다. 그것도 크고 가깝게.

사만다는 집이 아니라 밖에 나와 있는 게 분명하다.

나한테 거짓말을 했다.

원래 거짓말을 안 하는 여자인데.

"집에 거의 다 왔어." 나는 가속 페달을 밟으며 말한다. "사랑해. 알지?"

"나도 사랑해."

"잘 자, 사만다."

"잘 자, 셰인."

49장 브리엔

토요일 늦은 아침, 마리솔의 집으로 찾아갔다. 집에는 우리 둘뿐이다. 대화 내용도 그렇고 하니 집에서 만나는 게 좋겠다고 마리솔이 제안했다. 나는 계속 하품이 난다. 나이얼 곁에서 하룻밤을 더 보냈더니 피곤해 죽을 것 같다. 아드레날린이 치솟고 코르티솔 분비가 지나친 상태로 자다 깨다 했더니 몸이 영 개운치 않다.

나는 마리솔에게 나이얼과 얽혀 있는 지금 상황에 대해 모두 털어놓는다. 우리가 지금 상대하고 있는 작자가 얼마나 정신 나간 소시오패스인지 상세히 설명해야 한다. 내 얘기를 다 듣고 난 마리솔은 말이 없다. 받아들이기 쉽지 않을 것이다.

"그 사람이 내 휴대폰 번호를 도용한 게 아주 불가능한 얘기는 아니라는 걸 이제 알겠지? 그 사람은 미쳤어. 제정신이 아니야. 무슨 짓을 해서라도 자기가 원하는 걸 가지려고 할 거야."

마리솔은 주방 식탁에 두 팔꿈치를 대고 내 얘기에 귀를 기울인다. 옆에 놓인 커피에는 입도 대지 않는다.

잠시 후 마리솔이 헛기침을 하며 허리를 세운다.

"참…… 충격적인 얘기네."

"그래."

"그런데 브리엔, 솔직히 말하면 네가 왜 경찰에 신고부터 하지 않고 여기서 나랑 같이 있는 건지 이해가 안 돼."

"알아." 나는 두 손에 얼굴을 묻는다. "이해하기 힘들 거야. 넌 내가 상대하는 그 사람에 대해 잘 몰라서 그래. 그는 계속해서 나보다 한발 앞서가고 있어. 내가 자기 실체를 알았다거나 경찰에 신고할 것 같은 조짐이 보이면 바로 달아나 버릴 거야. 내 돈을 가지고 사라져버리겠지. 난 그의 본명이라도 알아내야겠어. 그래야, 어떻게든……."

"본명?" 마리솔이 웃음을 터뜨린다. "본명은 사용하지도 않을 텐데 알아내서 뭐 하게?"

"언제든 달아나서 숨어버릴 사람이야. 내가 잘 알아. 본명을 알고 있으면 경찰은 다른 혐의로라도 일단 그를 고발 조치할 수 있겠지. 하지만 오늘 그가 달아난다면 결국 아무런 처벌도 받지 않게 돼. 본명을 모르니 범인을 특정할 수 없을 테니까. 난 그자가 제대로 처벌받길 원해."

마리솔은 내 손에 자신의 손을 얹고 고개를 옆으로 살짝 기울인다.

그녀가 안타까워하는 눈빛으로 숨을 길게 내쉬며 말한다.

"아, 브리엔. 경찰은 작년에 널 공격한 괴한도 못 찾았어. 너한테 그런 짓 한 놈들을 어떻게든 제대로 처벌받게 하고 싶겠지. 하지만 조심해야 해. 위험을 감수할 만한 가치가 없는 것들도 있어. 그러니까 그놈을 응징하겠다고 너 자신을 위험에 빠뜨리진 말았으면 좋겠어."

눈물이 차올라 눈가가 따끔거린다. 눈물이 흘러내리지 않도록 눈을 깜박여본다.

마리솔은 나를 너무나 잘 안다.

하지만 이건 그렇게 넘어갈 문제가 아니다.

나는 처음으로 인정한다.

"무서워."

"그렇겠지." 마리솔은 내게서 손을 치우고 말을 잇는다. "더는 그 집에 있지 마. 그 남자랑 계속 같이 있으면 안 돼."

"내가 오늘 밤에 집에 있지 않으면 그는 내가 자기 정체를 파악한 걸 알 거야."

"이미 알지 않겠니? 그는 케이트가 원래 존재하지 않는다는 걸 알잖아. 너도 케이트가 없다는 걸 알고 있어. 그런데 둘 다 네가 케이트인 것처럼 굴고 있잖아⋯⋯ 고양이는 이미 가방 밖으로 나갔어. 그 사람이 하는 짓 안 보여? 네가 벌인 판인데 그가 널 압도하고 있잖아. 내가 보기에 그 남자는 이 상황을 즐기고 있어. 그런 부류는 늘 그렇게 사니까. 역겹지. 그는 위험한 남자야."

마리솔의 말이 옳다.

지난 이틀 동안의 일을 돌이켜 생각해보면 내가 이 게임에서 이기고 있다고는 말할 수 없다. 나는 이 상황에 대해 철저히 생각할 기회도 없었고 다면적인 전략을 세우지도 못했다. 그저 하루하루를 때워 넘기고 있을 뿐이다.

나는 빈틈없이 삶을 계획하며 살아가는 부류의 인간이 아니다. 그런 사고방식은 내게 낯설고 이질적이다. 나는 지금까지 그를 내 손아귀에 쥐고 있다고 생각했지만 실제로는 그 반대였던 것이다.

마리솔이 오늘 밤은 자기 집에서 머물라고 제안한다. 하지만 나는 일단 그녀의 집을 나와 파빌리온 플라자로 향한다. 다양한 전문점들이 입점해 있는 야외 쇼핑몰인데 필요한 물건이 있어서 가는 것은 아니다. 그 남자와 집에 같이 있는 것보다 거기서 구경이라도 하며 낮 시간을 대충 때우는 게 낫기 때문이다.

쇼핑몰로 가는 동안 마리솔이 했던 말들을 곱씹어본다. 앞으로 두 시간 안에 빈손으로라도 경찰서에 가 신고를 할지 여부를 결정해야 한다. 사기꾼 이름도 모른 채 물리적 증거도 하나 없이 말이다. 그랬다간 웃음거리가 되기 십상일 것이다. 함부로 낯선 사람의 말을 믿은 멍청이 취급을 하거나, 몇 주일 전 사립탐정이 그랬듯 정신 나간 여자로 볼 게 분명하다. 또 만약 경찰이 나이얼을 심문한다고 하더라도 바로 체포하진 못할 테니, 그는 그사이 기회를 봐 도망칠 것이다. 그리고 작년에 나를 공격한 괴한처럼 자유로이 세상을 활보하겠지.

이제 그만 이런 상황을 종결하고 그 남자에게 법의 심판을 받게 해야 한다.

하지만 그로 인해 나는 어떤 대가를 치르게 될까?

50장 나이얼

토요일 오전, 브리엔의 커피 크림 통을 열어본다. 부동액을 조금 더 넣으려고 했는데 크림이 여전히 가득 차 있다. 브리엔은 볼일을 보고 느지막이 오겠다며 한 시간 전에 외출했다. 브리엔이 집에서 나가자마자 나는 은행에 전화해 계좌의 상태를 확인했다. 로봇 같은 말투의 녹음된 목소리가 "본 계좌는 의심스런 정황으로 인해 소유주의 요청에 따라 동결되었습니다"라고 전했다.

1번을 눌러 상담원을 연결했다. 오 분쯤 후에 상담원은 내가 그 계좌의 인가받은 사용자임을 확인해줬다. 지난주에 선견지명을 발휘해 계좌 사용자 확인 양식을 써서 은행에 보내둔 덕분이었다.

잠시 후 '휴고'라는 직원과 전화 연결이 되었다. 나는 그에게 뭔가 착오가 있었던 것 같으니 계좌 동결 조치를 풀어달라고 점잖게 요구했다. 그가 말을 듣지 않자 나는 (있지도 않은 가상의) 변호사를 부르겠다고 협박했다.

이런 전략이 먹히는 사람이 있고, 안 먹히는 사람이 있다.

휴고는 후자의 경우였다. 그는 내가 고함을 치고 협박한 것이 회사 규정상 '상담원 모욕'에 해당된다면서 "이만 전화 끊겠습니다, 고객님" 하고 전화를 끊어버렸다.

나는 크림 통을 냉장고에 도로 집어넣는다. 그 옆에는 내가 어젯밤에 사다 놓은 무지방 우유가 꽉 찬 채 남아 있다.

나는 팔짱을 끼고 주방 카운터에 기댄 채 닫힌 냉장고를 응시한다.

사만다의 계부는 처리하기가 쉬웠다.

그 남자는 밤마다 잭 다니엘 위스키를 5분의 1병씩 마셔대는 위인이었다. 그는 열다섯 살 난 의붓딸에게 구역질 나고 부적절한 말을 지껄일 수 있는 날이 얼마 남지 않았다는 것조차 알지 못했다. 그 변태 성욕자 새끼는 어차피 그렇게 술을 퍼마시다가 죽을 놈이었고, 나는 그 시기를 좀 더 앞당겨줬을 뿐이다.

그런데 이번에는…… 브리엔에게는…… 이 방법이 쉽게 먹히지 않으니 두 번째 계획으로 넘어가야겠다.

위층으로 올라가 서재의 벽장 선반 뒤쪽에 숨겨둔 상자를 꺼내 자물쇠 암호를 입력한다. 사만다와 나의 기념일이다. 상자 안에는 사회보장카드, 출생증명서, 다양한 양식의 신분증명서들이 들어 있고 그 밑에 주사기와 염화칼륨 병이 놓여 있다. 최근에 환자를 이송하면서 훔친 것이다. 브라이언과 나는 관상동맥 우회 수술을 받기로 한 환자를 2번 수술실로 옮겼는데, 그 수술실 쟁반에 이 약이 놓여 있었다. 간호사들은 수술 준비를 하느라 정신없이 바빴고 다들 자기 일에 몰두해 있었다. 그래서 하찮은 환자 이송 직원이 약 몇 병을 훔쳐 주머니에 넣는 것을 보지 못했고, 그건 내 탓이 아니었다.

전에 읽어본 자료에 따르면, 이 약을 주사할 경우 브리엔의 심장은 일 분 안에 멈추게 될 것이다. 꽤나 고통스러운 죽음을 맞이하겠지.

하지만 빨리 끝날 것이다.

그렇게 내 일도 마무리될 것이다.

브리엔은 목숨이 끊어질 테고, 나는 그 사실을 누가 알아채기 전에 멀리 달아날 것이다. 이니드가 내 얼굴을 알고 있으니 나중에 경찰에게 진술할 수도 있겠지만, 나는 그런 일이 벌어질 때쯤 미국 땅에 있지도 않을 것이다. 그리고 퀴너섹블러프시 경찰서는 해외로 튄 범죄자를 찾는 부질없는 짓거리에 의욕 없는 경찰들을 투입해가며 귀중한 예산을 낭비하는 일을 할 리가 없다.

51장 브리엔

나는 르크루제 주방용품 매장 앞에 차를 대놓고 공회전 상태로 앉아 있다. 이대로 경찰서로 갈지 아니면 집으로 가 내 물건을 챙기고 마리솔의 집에서 밤을 보낼지 고민하면서 수시로 시계를 들여다본다.

후자를 택할 경우 나이얼이 어떻게 반응하고, 무슨 생각을 할지 추측해보려 애쓴다. 하지만 답을 찾기가 쉽지 않다. 온갖 다양한 상황 전개가 떠오르긴 하지만 전부 나에게 불리한 결과로 귀결된다.

이미 저녁식사 시간을 넘긴 채 하루가 저물고 있다. 아침 10시에 집을 나와서 지금까지 밖에 머물고 있으니 어쩌면 그는 낌새를 채고 도망쳐 지금쯤 오클라호마시티까지 절반쯤 갔을지도 모르겠다.

고개를 들고 숨을 깊이 들이마신다. 빙글빙글 도는 회전식 놀이기구를 멈추고 잠시라도 내려서 숨을 고르고 생각을 정리했으면 좋겠다.

한 시간.

앞으로 한 시간 후에는 반드시 결단하기로 마음먹는다.

저녁 6시 7분에는 집으로 가든지 경찰서로 가든지 할 것이다.

시동을 끄고 핸드백을 챙긴다. 앞으로 육십 분 동안 법랑 취사도구를 멍하니 구경하면서 생각을 정리할 것이다. 그런데 운전석 손잡이로 손을 뻗는 순간 내 옆으로 차 한 대가 와 선다.

모르는 차가 아니다.

내 차와 똑같은 아우디 A4다.

차창 너머 그 차의 운전자와 눈이 마주친 순간, 나는 마치 거울을 보는 듯한 기분에 휩싸인다.

52장 나이얼

"얼른 받아라, 좀, 빨리."

집 안을 서성이면서 다섯 번째로 사만다에게 전화를 걸고 있다. 브리엔이 외출해 있는 동안 사만다가 여기 와서 나를 차에 태우고 나가면 몇 시간이라도 함께 보낼 수 있을 것이다. 어제저녁 통화할 때 사만다가 평소답지 않았던 게 마음에 걸린다. 무슨 일이 생기기 전에 미리 상황을 통제해야 할 필요가 있는지 확인해야 한다.

앞으로 우리 앞에 펼쳐질 멋진 미래에 대한 얘기를 들려줄 때마다 사만다는 늘 행복해했다. 그 미래가 바로 코앞까지 다가왔다는 건 아직 모르고 있지만.

나는 모든 걸 준비해두었다. 우리가 사용할 새 신분증, 멕시코 국경 북쪽에서 우리가 타고 갈 자동차까지. 국경 너머에 사설 공항이 하나 있는데, 그 지역에 영업하는 비행기를 전세 내두었다. 그 비행기로 멕시코 과달라하라시까지 가서, 코스타리카행 비행기로 갈아타면 된다.

사만다에게 또다시 문자를 보낸다. 오늘만 스물세 번째 문자다. 이 문자에는 온통 물음표가 찍혀 있다.

시간이 계속 흐른다. 이렇게 내 연락을 계속 씹는 건 전혀 사만다답지 않다. 어제저녁에는 아파트에 있다고 거짓말까지 했다. 영 찜찜하다.

내가 보낸 문자들을 쭉 읽어본다. 처음에는 "자기야, 오늘 같이 시간 보내자"라는 문자로 시작해 "전화를 안 받네. 괜찮은 거지? 걱정돼!"를 거쳐 "사만다, 이렇게 날 무시하는 건 좀 아니잖아. 대체 왜 그래? 어쩌자는 거야? 짜증 나니까 빨리 전화해!"로 이어졌다.

생각해보면 화내는 문자를 보내는 게 아니었다. 하지만 차도 없고, 여자친구도 거짓말을 해대는 상황에서 포푸리와 마호가니 냄새를 풍기는 이 집에 꼼짝 못하고 들어앉아 있으니…… 점점 신경이 곤두선다.

나는 심호흡을 하면서 닦달하는 문자는 이제 그만 보내자고 다짐한다. 그리고 우버 차를 불러 타고 하코트의 아파트로 출발한다.

이십 분 뒤 아파트에 도착해보니 사만다는 집에 없다.

53장 브리엔

그 여자는 조수석 쪽 차창을 내리더니 내게 손을 흔든다. 나는 잠시 후에야 이게 실제 상황임을 깨닫는다. 열쇠고리를 손으로 움켜쥐고 내 차의 운전석 쪽 창문을 몇 센티만 살짝 연다.

가짜 브리엔이 무어라 말을 하는데 두꺼운 유리와 쇼핑몰 뒤쪽 고속도로의 소음에 가로막혀 잘 들리지 않는다. 그걸 알았는지 그 여자가 차에서 내려 어깨에 멘 고야드 핸드백을 손으로 잡고 내 쪽으로 걸어온다.

"우리 얘기 좀 해요."

상냥한 눈빛과 어린애처럼 부드럽고 달콤한 목소리를 가진 여자다.

내가 말한다.

"여기서 열 집쯤 가면 커피숍이 있어요. 잠시 후에 거기서 봐요."

그리로 가기 전에 나는 마리솔에게 문자를 보내 현재 상황에 대해 알린다. 삼십 분 안에 내가 전화를 받지 않으면 경찰에 신고해 달라는 말도 덧붙인다.

오 분 뒤 나는 커피숍 안으로 걸어간다.

그 여자는 2인용 하이탑 테이블 앞에 다리를 꼬고 앉아 발을 앞

뒤로 달랑거리고 있다. 커피숍 안을 둘러보던 그 여자의 시선이 나와 마주친다.

나는 아무것도 주문하지 않는다. 테이블을 보니 그 여자도 마찬가지인 듯하다.

내 다리가 젤라틴처럼 흔들거리는 기분이다. 떨리는 걸음으로 매장을 가로질러 그 여자 맞은편에 가 앉는다. 토요일 저녁치고 꽤 붐비는 편이다. 주변에 사람들이 많으니 이 여자도 내게 위험하고 정신 나간 언행을 함부로 못하지 않을까 싶다.

“최대한 교양 있게 이 문제를 처리하고 싶어요.”

여자는 이렇게 말하고는 헛기침을 하면서 두 손을 맞잡고 자세를 바꾼다. 그녀의 목이 불그레해지는 걸 보니 나만큼이나 초조한 모양이다.

“마찬가지예요.”

여자가 주로 말하도록 유도하기 위해 나는 최대한 짧게 대꾸한다. 이 상황에 대해 설명해야 하는 사람은 내가 아니라 이 여자니까.

“그 남자랑 사귀나요?”

여자는 따뜻한 갈색 눈을 깜박이지도 않고 나를 바라본다.

“미안한데, 뭐라고요?”

내가 예상한 질문이 전혀 아니었다.

“셰인 말이에요.”

나는 여자의 말을 어떻게 이해해야 할지 몰라 혼란스러워하며 옆을 돌아본다.

“어젯밤에 당신이 그 집에 있었잖아요.”

"누구네 집에요?"

"엘리너 씨 집에요."

"엘리너가 누구죠?"

여자는 잠시 주먹을 꽉 쥐더니 입을 꾹 다문다. 입에서 튀어나오려는 험한 말을 참는 듯한 표정이다.

"미안하지만 난 셰인이라는 사람을 몰라요. 엘리너라는 사람도 모르고요."

여자는 내 어깨 너머 주차장을 흘끗 쳐다본다. 그곳에는 똑같이 생긴 우리의 차가 다른 차들 몇 대를 사이에 두고 나란히 세워져 있다.

"이…… 이해가 안 되네요. 당신이 맞을 텐데. 그 집에 당신이 있는 걸 내 눈으로 똑똑히 봤어요. 칼데콧 거리에 있는 초록색 집에요."

맞다고, 칼데콧 거리의 초록색 집에 내가 살고 있다고 이 미친 여자에게 당장 말해주고 싶지만 일단 참는다.

여자가 계속해서 말한다.

"처음 그이랑 함께 여기로 이사 왔을 때 나는 백수였어요. 그런데 셰인이…… 셰인이 가명을 지어주고 이력서도 써줬죠. 내가 취직을 하니까 셰인은 예쁜 옷들이랑 디자이너 핸드백, 명품 화장품을 잔뜩 사줬어요. 미용실에서 사진을 보면서 원하는 스타일을 골라 머리도 하게 해줬고요." 여자는 윤기 흐르는 단발을 손으로 쓸어내린다. "지난달에는 집도 마련해줬어요. 꽤 멋진 아파트예요. 가구도 다 갖춰져 있고 완전 새 집이죠. 그는 그게 선물이라고 했어요. 투잡을 뛰면서 열심히 일하고 있다면서……

난 그이가 나를 돌봐주느라 그렇게 고생한다고만 생각했어요."

여자는 손가락을 이리저리 꼬면서 눈을 내리깐다. 여자의 손이 바들바들 떨리고 있다. "어제저녁엔 함께 시간을 보내기로 약속도 되어 있었어요. 셰인과 나, 우리 둘이요. 그런데 갑자기 취소하면서 해야 할 일이 있다는 거예요. 뭔가 이상한 느낌이 들어서 차를 몰고 그 집으로 가봤죠…… 그냥…… 확인하고 싶었어요. 그 집 앞에 가서 보니 당신이 있더군요. 창문 너머에서 당신이 휴대폰을 들고 서 있었어요. 문자를 하는 것 같더라고요. 참 아름다운 여자구나 생각했어요. 셰인은 그 집에서 여든다섯 살 된 할머니 시중을 들고 있다고 했는데 말이죠."

어제 집 앞 거리에 차를 세워놓고 있던 사람은 바로 이 여자였다.

나는 그녀의 말 한마디 한마디를 놓치지 않고 집중해서 듣는다. 이 여자가 대체 무슨 말을 하려고 주저리주저리 떠드는지 아직 알 수가 없다.

"난 어렸을 때부터 셰인과 함께였어요." 여자는 떨리는 손을 가슴에 얹으며 말을 잇는다. "내 모든 것을 걸 수 있을 만큼 사랑해요. 그를 위해 죽을 수도 있어요. 그는 늘 내 옆에서 나를 지켜줬어요. 그의 처신을 의심할 이유는 없었어요. 지금까지는요. 그런데 어젯밤에 집에 들어가서 그 집 주소로 확인을 해봤는데…… 집주인 이름이 브리엔 두그레이인 거예요."

나는 고개를 끄덕이며 확인해준다.

"맞아요. 내 이름이에요."

여자는 입술을 악물며 핸드백에 손을 넣어 지갑을 꺼낸다. 지갑 안쪽의 지퍼를 열고 플라스틱으로 된 운전면허증을 꺼내 내 앞에 내려놓는다.

운전면허증에 박혀 있는 이름은 내 이름이다.

사진은 이 여자의 것이 붙어 있다.

"내가 취업을 못 하고 있을 때 셰인이 나한테 지어준 이름이에요."

내가 말을 하려고 하자 여자는 손을 들어 막는다.

"얼마나 멍청하면 이런 꼴을 당하느냐고 하진 마세요. 상황은 파악하고 있거든요. 사랑은 사람을 눈 멀게 만들죠. 셰인은 원하기만 하면 사람을 정말 잘 설득해요. 난 그를 믿었고요. 난 그가 나를 항상 최우선으로 생각한다고 생각했어요. 그를 신뢰한 거죠. 셰인은 이게 그냥 지어낸 이름이고, 우리가 남에게 상처 주는 짓을 하는 건 아니라고 했어요."

"그는 자기 이름이 나이얼이라고 했어요. 나이얼 엠벌린. 직업은 의사라고 했고요."

여자는 눈을 가늘게 뜨며 혼란스러워한다.

"셰인이 병원에서 일하는 건 맞지만 의사는 아니에요. 병원에서 환자 이송 일을 해요."

"그는 의사 신분증을 갖고 있어요…… 출퇴근 때마다 늘 수술복 차림이었고요……." 어떻게 된 인간이기에 이런 짓까지 하는 건가 하는 생각이 들자 역겨움에 속이 뒤틀린다. "서재에는 의학 교과서들을 꽂아놓았고, 자기가 하는 연구며 다양한 환자 사례에 대해 종종 얘기해주곤 했어요."

"셰인이 예전에 양로원에서 간호조무사 일을 했어요. 그래서 의학 쪽으로 지식이 어느 정도 있기는 해요."

아뜩해진 나는 잠시 아무 말도 못 하다가 겨우 입을 연다.

"그는 굉장히 설득력 있게 말을 하더군요."

여자는 눈가에 고인 눈물을 닦아낸다.

"원래 좀 그런 편이에요."

"둘이 함께한 지는 얼마나 됐어요?"

여자는 눈을 위로 굴리며 대답한다.

"어렸을 때부터요. 거의 평생을 함께해왔어요."

어떻게 자기가 사랑하는 사람, 자기를 사랑하는 사람을 추악한 계획의 졸로 이용할 수 있는지 상상조차 할 수 없다.

여자는 진정하려고 애를 쓴다. 나는 지금까지 알아낸 정보들을 하나씩 꿰어 맞춰본다. 한 가지 중요한 질문이 남아 있다.

"그 사람이 왜 나를 골랐다고 생각해요?"

여자는 내 눈을 마주 보면서 한쪽 어깨를 으쓱한다.

"나도 알고 싶네요."

"이유가 있을 거예요. 당신이랑 셰인은 여기 출신이 아니죠?"

"우린 네브래스카주에서 왔어요. 셰인이 계모 쪽 가족들과 친하게 지내고 싶다면서 여기로 이사 오자고 해서요. 하지만 아무리 봐도 계모 가족을 찾으려는 사람 같지 않더라고요. 그는 투잡을 뛰느라 너무 바빠서 그렇다고 하더군요. 그가 그렇게 애써준 덕분에 우리는 난생처음 재정적으로 허덕이지 않는 생활을 했고, 그래서 굳이 그에게 계모 가족을 찾아보라고 하진 않았어요. 때가 되면 알아서 연락하겠거니 했죠."

"계모……."

언젠가 외조부모에게 엄마가 몇 년 전 재혼했다는 얘기를 들었던 기억이 어렴풋이 난다. 엄마가 한 번만 만나달라고 사정해서 외할아버지는 엄마와 그 남편을 만나고 오신 적이 있었다. 그날 저녁 집으로 돌아온 외할아버지의 표정을 나는 절대 잊지 못할 것이다. 외할아버지는 외투걸이 위쪽 고리에 페도라를 걸고 외할머니를 바라보면서 눈을 가늘게 뜨고 입술을 꾹 다물었다. 그러더니 고개를 저으며 "안 되겠어"라고 말하고는 방으로 들어가 버렸다.

할아버지는 엄마의 새 남편을 인정하지 않았고 그게 모든 문제의 시작이었다.

"계모 이름이 뭐였어요?"

"소냐요."

여자가 주저 없이 대답한다.

순간 소름이 확 돋고 입에서 헉 소리가 터져 나온다. 나는 딱 벌린 입을 손으로 막는다.

"왜요? 왜 그러는데요?"

"내 친엄마 이름도 소냐예요. 혹시……?"

혹시 셰인이 내 친모의 의붓아들일까? 하지만 그가 왜 나를 목표물로 점찍었는지, 왜 나에게 상처 주려고 작정했는지 이해되지 않는다. 난 잘못한 게 없다. 엄마가 나를 제대로 양육할 만한 감정적, 재정적 수단을 갖지 못했던 게 내 탓은 아니었다.

"어머님은 아직 살아 계세요?"

나는 고개를 젓는다.

"2년 전에 돌아가셨어요. 췌장암으로."

나는 그 사실도 나중에야 알았다. 엄마는 자기가 아프다는 걸 부모도 모르게 했다. 마지막 인사를 할 기회를 우리에게 주고 싶지 않았던 것이다. 지독하고 영악하며 이기적인 처신이었다. 외조부모는 엄마의 천성을 아는 탓에 나중에 그 사실을 알고도 별로 놀라지 않았다.

여자는 테이블에 두 팔꿈치를 올려놓고 손가락으로 관자놀이를 문지르며 말한다.

"세인의 계모도 2년 전에 췌장암으로 세상을 떠났어요."

입안이 바짝 마르고 혈관 속 피가 얼어붙는 듯하다. 커피숍에 사람들이 잔뜩 있는데도 기온이 몇 도는 내려간 기분이다.

나는 정신을 추스르며 내뱉는다.

"아, 맙소사!"

"왜요?"

"그 남자는 나를 옴짝달싹 못하게 해놓고 내 계좌에서 돈을 빼내기 시작했어요. 그는 내 외조부모가 꽤 큰 재산을 갖고 있었고, 그 재산을 나한테 전부 물려줬다는 걸 알고 있었어요. 엄마가 말해줬겠죠. 그래서 나를 목표물로 찍은 걸 테고요. 그는 내게서 재산을 빼앗고 싶어 해요. 원래대로라면 계모가 물려받았어야 할 재산이니 자기가 그걸 차지할 자격이 있다고 생각했겠죠. 분명해요."

여자는 내 가설을 듣고 조용히 생각에 잠겼다가 입을 연다.

"오래전에, 우리가 아직 고등학생이었을 때 일이 생각나네요. 어느 날 밤 소냐 아줌마가 술에 잔뜩 취해서 우리한테 자기 부모가 얼마나 부자인지 얘기해줬어요. 백만장자라고 하더라고요. 그런데 그 부모가 자기를 무가치한 인간으로 취급하면서 버렸다고 했어요. 그 얘기를 하면서 엄청 화가 난 표정이었어요. 아줌마는 부모가 자기한테 상처를 줬으니 자기도 상처를 주고 싶었을 거예요." 여자는 가만히 거친 숨을 내쉬며 말을 잇는다. "셰인은 늘 소냐 아줌마를 보호하려 들었어요. 사실 셰인이 아기였을 때 친모한테 버림받았거든요. 소냐 아줌마가 나타나기 전까지는 곁에서 엄마 역할을 해줄 사람이 없었던 거죠. 셰인은 아줌마를 우러러봤어요. 셰인의 기준에서 아줌마는 늘 옳은 존재였어요. 그만큼 그 둘의 유대감도 남달랐죠."

엄마가 누군가와 끈끈한 유대관계를 맺고 사는 모습이 머릿속에 쉽게 그려지지 않는다. 엄마는 뭔가 빼먹을 게 있는 사람에게만 친절하고 사랑스럽게 대해주는 성격이었다. 이타적이고 진심 어린 말 같은 건 엄마의 사전에 없었다.

"셰인은 소냐를 위해 복수하려고 우리 둘을 이용한 거네요. 우리는 그의 구역질 나는 계획을 실현하기 위한 도구였을 뿐이에요."

내 말에 여자의 아랫입술이 바르르 떨린다. 좀 더 감성적인 표현을 골라야 했는지도 모르지만 그 악마가 저지른 짓을 달리 포장할 말이 떠오르지 않았다. 그자는 소냐를 위해 이런 짓을 꾸몄다. 자신이야말로 소냐가 키운 자식이니, 두그레이 가문의 재산에 대한 정당한 상속자라고 여겼을 것이다.

엄마는 여러모로 대단한 사람일지 모르지만 정직하고 고결한 인간은 아니었다. 물론 스스로 인정하진 않겠지만. 엄마는 자기 부모와는 사이가 좋지 않았어도 나를 사랑하는 것마저 그만두진 않았다. 수년 동안 내게 보낸 편지에 그렇게 적혀 있었다. 물론 나는 한참 뒤늦게야 그 편지를 읽을 수 있었다. 외할머니가 돌아가신 후에야 외할머니 방의 벽장 속 신발상자에서 편지를 찾아냈다. 고무 밴드로 묶어놓은 엄마의 편지는 수백 통에 달했다. 엄마는 나를 키울 수 없는 지경에까지 다다르고 만 스스로를 용서할 수 없었고, 그 감정을 끝내 극복하지도 못했다. 엄마는 온갖 끔찍한 말과 행동을 했는데, 자신이 처한 비참한 환경 때문에 남에게 더욱 상처를 주고 싶어 했다. 어리석은 결정들로 인해 자신이 버린, 놓치고 만 유복한 삶에 대한 미련을 잊기 위해서였을까.

나는 셀프 바에서 냅킨 몇 장을 가져와 눈물을 닦으라며 셰인의 여자친구에게 건넨다.

그녀는 눈 안쪽을 냅킨으로 닦고 고개를 가로저으며 말한다.

“셰인에게 악마 같은 면이 있기는 해요. 마음속 깊이요. 하지만 이렇게 뿌리 깊게 자리 잡고 있는 줄은 몰랐어요.”

“그 사람은 당신에게 거짓말을 했고, 우리 둘을 속였어요. 그러니 당신이 어떻게 알 수 있었겠어요?”

나는 이렇게 커피숍에 앉아 가짜 브리엔을 위로하게 될 줄은 상상도 못 했다.

문득 어쩌면 나이얼 아니, 셰인이 이 여자를 내 앞에 들이민 것인지도 모른다는 생각이 든다. 이 모든 게 내 주의를 흩트려놓기 위한 그의 계략일 수도 있지 않을까? 무엇으로부터 주의를 흩트리려는 것인지는 모르겠지만.

“내가 오늘 파빌리온 쇼핑몰에 온 건 어떻게 알았어요?”

여자는 손에 쥔 냅킨을 구기며 허리를 바로 세운다.

“몰랐어요. 종일 차를 타고 돌아다녔거든요. 집에 있기 싫어서. 그러다 그 차를 본 거예요. 이 동네에 빨간색 아우디 A4는 많지 않으니까. 가까이 가서 보니까…… 당신이 타고 있더라고요.”

살다 보면 이보다 이상한 일도 일어나기는 한다.

여자는 눈을 내리깔고 생각에 잠겨 있다가 말한다.

"나랑 얘기해줘서 고마워요, 브리엔. 셰인을 만나기 전에 생각을 좀 정리해야겠어요."

"그 사람 성은 뭐예요?"

여기서 나가면 곧장 경찰서로 갈 작정이다. 그 후에는 당분간 마리솔의 집에 머물 것이다.

"넛센요."

이제야 그의 진짜 이름을 알았다. 셰인 넛센.

"당신 이름도 아직 못 들었네요."

"사만다요." 여자는 윤기 나는 갈색 머리카락을 한쪽 귀 뒤로 넘긴다. 여자의 귀고리가 내 시선을 끈다. 작은 담황색 보석이 박힌 귀고리로, 평소 내 취향과는 거리가 멀다. "사만다 터커."

"이제 어쩔 생각이에요, 사만다?"

그녀는 뒷짐을 지며 보도 쪽을 돌아보더니 어깨를 으쓱한다.

"그에게 헤어지자고 말해야죠."

"괜찮겠어요?"

어쩐지 걱정이 된다.

"걱정 마세요. 당신과 만나 얘기했다는 말은 안 할 거예요."

"아니, 그게 아니라, 당신이 안전할까 싶어서 하는 말이에요. 그 사람이 이별 통보를 순순히 받아들일까요?"

"물론 기분이 좋지는 않겠죠. 하지만 그는 나를 사랑해요. 나를 다치게 하지는 않을 거예요."

54장 나이얼

저녁 7시 30분이 막 넘은 시간, 차 한 대가 진입로로 들어온다.

마침내 브리엔이 돌아왔다. 다행이다. 종일 사만다와 연락이 안 돼 전전긍긍하느라 브리엔이 어디 갔는지 모른다는 사실에 그다지 신경도 쓰지 못했다.

그런데 이제 그녀가 돌아온 것이다.

나는 주방에 앉아 다시 휴대폰을 들여다본다.

사만다는 아직도 답문을 보내지 않았다.

잠시 후 뒷문이 열리는 소리가 들린다.

"아, 어디 갔다가 지금……." 브리엔이 아닌 걸 알고 나는 말을 멈춘다. "사만다, 뭐야……?"

종일 내 연락을 무시하다가 배짱 좋게 '엘리너 씨' 집으로 당당히 들어온 사만다를 질책하고 싶지만 애써 마음을 가라앉힌다.

"어떻게 이럴 수가 있어?"

그녀의 목소리가 떨린다.

유도질문이다. 뭐라고 대답할까 궁리하다가, 무슨 말인지 모르는 척 가만히 있는 게 상책이겠다 싶어 입을 다문다.

"나한테 거짓말을 했잖아, 셰인. 지금까지 한 번도 그런 적 없었는데." 사만다는 나를 똑바로 쳐다보지 못하겠다는 듯 눈을 내리뜬다. "아니, 넌 줄곧 거짓말을 해왔는데 내가 멍청해서 못 알아챘을 수도 있겠네."

"사만다, 무슨 말인지 모르겠어."

브리엔에겐 가스라이팅* 수법이 잘 먹혔다. 사만다에게도 통할 것이다.

사만다는 콧방귀를 뀌더니 팔짱을 끼며 말한다.

"브리엔이 누구인지 알아냈어."

어떻게 알았는지 설명하길 기다리는데 귀가 화끈거리고 심장이 튀어나올 것 같다.

사만다는 설명해주지 않는다.

"브리엔 두그레이가 실제로 있는 사람이 아니라며? 그래놓고 그 여자랑 똑같이 옷을 차려입게 했어. 날 이용한 거야."

"자기야." 용서받을 수만 있다면 당장 무릎이라도 꿇을 용의가 있다. 적절한 표현을 찾느라 머리를 굴리는데 목 안이 울컥해진다. "미안해. 다 설명할게. 전부 다."

로맨스 영화에서 늘 나오는, 제발 기회를 달라고 비는 허풍쟁이 남자친구가 된 것 같다. 하지만 지금 이 순간, 그런 건 아무래도 상관없다. 이 상황을 바로잡을 수만 있다면, 사만다의 기분을 풀어줄 수만 있다면 무슨 말이든 행동이든 다 할 것이다. 그녀는 내가 가진 유일한 사람이며, 내가 원하는 유일한 존재다. 변함없이 내 곁을 지켜준 나의 모든 것이다.

* 상황을 조작해 누군가가 자기 자신을 의심하게 만듦으로써 그 사람을 통제하는 것.

브리엔에 대해 어떻게 알게 됐는지 묻고 싶다. 하지만 내가 지금 미안하다면서 '내가 이런 짓 한 걸 어떻게 알았어?' 따위의 질문을 해서는 안 된다. 나중에 사만다의 화가 풀리고 진정되면 알아낼 수 있을 것이다.

"왜 그랬어, 셰인?"

그녀가 내 눈을 바라본다.

"이해해줘."

나는 약속한 대로 그녀에게 모두 털어놓는다. 소냐의 못된 부모, 소냐가 죽어가면서 들려준 마지막 소원. 모든 일이 얼마나 완벽하게 이루어졌는지, 내가 우리의 미래를 위해 어떤 계획을 준비했는지도 들려준다. 그리고 지금까지 빼낸 돈은 브리엔의 순자산에 미미한 영향밖에 주지 못할 거라고 덧붙인다.

사만다는 조용히 듣고만 있다. 나는 내 행동을 정당화하는 말을 늘어놓으면서 사만다도 이해해줄 거라 믿는다. 내가 어떻게 살아왔는지 아니까. 사만다는 늘 그래왔다.

잠시 후 사만다는 갈라진 목소리로 말한다.

"아니야, 셰인. 왜 우리 미래를 저버렸어?"

나는 코끝을 찡그린다.

"그런 적 없어. 우리 둘을 위해서 한 일이야."

"너 자신을 위해 한 일일 뿐이잖아." 매섭게 내뱉은 사만다는 돌아서서 뒷문 손잡이로 손을 뻗는다.

숨을 쉴 수가 없다.

"사만다, 기다려. 우리가 바로잡을 수 있어."

그녀가 나를 돌아본다.

"아니. 네가 바로잡아야지. 당연히 그래야 해. 나는 빼줘."

나는 뒷문 계단을 내려가는 그녀를 허둥지둥 쫓아간다. 내 평생 이래본 적은 처음이다. 20여 년을 함께하며 숱하게 싸웠지만 사만다는 이렇게 나를 두고 매정하게 돌아선 적이 없었다.

나는 걸음을 멈추고 손목시계를 확인한다. 브리엔이 언제 돌아올지 모르겠지만 혹시 모르니 사만다가 그냥 가게 내버려두는 게 나을 것 같다. 사만다는 공격적인 사람이 아니라 브리엔을 보면 견뎌내지 못할 것이다. 다만, 브리엔이 자기 집에서 도플갱어를 대면하면 무슨 말을 하고 어떤 행동을 할지 궁금하긴 하다.

늘 그랬듯이 사만다는 화를 내고 나서 혼자 마음을 진정시킨 뒤 다시 돌아올 것이다. 내일 이맘때쯤이면 내게 키스를 퍼붓고 용서해주면서 화해의 섹스를 해주겠지. 그럼 모든 게 다시 예전처럼 돌아가게 될 것이다.

주방 창문 너머로 사만다가 차에 올라타 떠나는 모습이 보인다.

사만다는 돌아올 것이다.

늘 그랬듯이.

저녁 8시가 거의 다 됐다. 브리엔에게 문자를 보낸다.

당신이 걱정돼. 어서 집으로 오지 않으면 수색팀을 보낼 거야 :-)

보내기 버튼을 누른 뒤 읽음 표시가 뜨길 기다린다.

몇 분이나 지났지만 좀처럼 읽음 표시가 뜨지 않는다.

손으로 머리카락을 쓸어 올리며 오늘 하루는 개판이라는 생각을 한다. 잠옷으로 갈아입으러 위층으로 올라간다. 침대에 눕기 전에 주사기를 꺼내 염화칼륨을 가득 채워 넣는다. 생각보다 기회가 빨리 올 수도 있으니까. 준비를 마친 뒤 침대 옆 탁자의 맨 위 서랍에 주사기를 넣어두고 침대로 올라간다.

마지막으로 한 번 더 휴대폰을 확인한다. 방 안이 어두워서 밝은 화면에 눈이 부시다. 브리엔은 여전히 내 문자를 읽지 않았다.

침대 옆 빈 자리에 휴대폰을 엎어놓고 모로 누워 눈을 감는다. 잠들기 직전에 뒷문이 열렸다 닫히는 소리가 들린다. 오래된 집이고 사방이 조용해서 더욱 또렷하게 귀에 와 닿는다.

나는 이불을 젖히고 일어나 최대한 소리를 죽이고 침대를 벗어난다. 주사기를 꺼내 뚜껑이 닫혀 있는지 확인한 후 운동복 바지의 허릿단 안쪽에 집어넣는다. 복도를 지나 계단 맨 위칸을 밟고 선다.

복도를 걸어가는 그녀의 부드러운 발소리가 들린다. 나는 계단을 몇 칸 더 내려가 허리를 굽히고 식당 창문 너머를 내다본다. 진입로에 주차돼 있는 그녀의 빨간색 자동차 끄트머리가 내 시야에 들어온다.

나머지 계단을 소리 없이 내려가 난간을 돌아서 맨 아래칸에 다다른다. 복도 끝에 있는 브리엔의 방으로 살그머니 걸음을 옮긴다. 무지하게 천천히 움직이고 있는데도 몸이 휘청거린다. 배속이 출렁이고 심장이 쿵쾅쿵쾅 뛰면서 강력한 에너지가 사방으로 퍼져나간다.

그녀의 침실 문이 살짝, 30센티미터쯤 열려 있다. 방 안은 어둡다. 안을 들여다보니 브리엔이 화장대 앞에 서 있다. 창문으로 흘러드는 달빛에 그녀의 갈색 머리카락이 반짝거린다.

허리에 꽂아둔 주사기를 꺼내 손에 든다. 축축한 손바닥으로 따뜻한 플라스틱 주사기를 감싸 쥐고 꽂을 준비를 한다.

55장 브리엔

"이제 어떻게 하실 생각이죠?"

내가 처한 상황을 털어놓은 뒤 베이커 형사에게 묻는다.

작년에 내가 괴한에게 당했을 때도 이 경찰서는 베이커를 내 사건에 배정했다. 여기에 경찰이라곤 이 사람밖에 없는 모양이다. 지난번 사건 때는 단서를 찾지 못해 나도 실망이 컸는데, 이번은 바로 범인을 잡을 수 있는 사건이다.

"곧 그리로 경찰을 보내서 그 남자를 데려오겠습니다."

베이커가 말한다. 나를 대하고 앉은 한 시간 동안 베이커는 내 눈을 몇 번 마주 보지 못했다. 나를 미친 여자라고 생각하든지, 아니면 이 사건을 해결하려고 머리를 싸매고 있든지 둘 중 하나일 것이다.

"그다음에는요? 그 사람을 체포할 수 있나요? 그게 가능한가요?"

나도 모르게 몸이 덜덜 떨린다. 이 답답한 경찰서 안의 온도 때문이 아니라 몸에서 아드레날린이 솟구치고 있는 탓이다.

전에 괴한에게 공격당했을 때도 수주일 동안 몸을 떨었다. 그렇게 주체할 수 없을 정도로 몸을 떨고 나면 며칠 동안 온몸의 근육이 아팠다.

"오늘 밤에 머물 안전한 장소는 있습니까?"

"예. 근데 당장 가서 그 사람을 구속해야 하는 거 아닌가요?"

베이커의 초록색 눈동자가 약간 움찔한다.

"죄송하지만, 신용 도용 범죄의 경우 일이 그렇게 처리되지는 않습니다. 영장을 청구할 수 있을 만큼 증거가 충분한 것도 아니고요. 들려주신 얘기가 꽤 설득력이 있기는 합니다만 선생님의 은행 계좌를 휴대폰 화면으로 찍은 것 말고는 구체적인 범죄 증거라고 볼 만한 것도 없는 상황입니다. 그래도 신고하신 건 잘 하셨습니다. 월요일에 좋은 변호사부터 구하세요."

초조해진 나는 입술 안쪽을 잘근잘근 씹는다.

이럴 줄 알았다. 이 경찰은 내 말을 심각하게 받아들이지 않는다. 나는 셰인을 체포할 만한 증거를 충분히 확보하지 못했다. 경찰이 셰인을 체포해와서 심문할 수도 있겠지만 이대로라면 그는 도망쳐버리고 말 것이다. 확실하다.

돌연 베이커가 활기를 띠고 말한다.

"아, 안 그래도 연락을 드리려던 참이었습니다. 작년의 괴한 습격 사건과 관련해 일치하는 DNA를 찾았거든요."

"아, 드디어!"

나는 몸을 앞으로 기울인다.

경찰은 내 손톱 밑에서 범인의 것으로 추정되는 DNA를 긁어 갔다. 하지만 너무 기대는 하지 말라고, 결과가 나오기까지 수개월이 걸리기도 한다고 했다.

컴퓨터 화면으로 고개를 돌린 베이커는 비밀번호를 입력하고 시커먼 화면으로 된 데이터베이스를 들여다본다.

"이름은 데릭 던햄. 올초에 저지른 여러 건의 강도질로 지금 애나모사시 교도소에서 복역 중입니다."

나에게 잘 보이도록 베이커가 화면을 돌려준다. 옅은 갈색 머리에 파란 눈, 뾰족한 코, 목에 문신이 있는 젊은 남자의 상반신 사진이다.

"아는 사람인가요?"

나는 사진 속 얼굴을 자세히 들여다본다.

"처음 보는 얼굴이에요."

베이커 형사의 말대로 무작위로 대상을 골라 저지른 우발적 범죄였다.

사람이 아무 잘못도 없는 낯선 이에게 이런 짓을 할 수 있다는 사실에 어이가 없으면서도, 혈관을 타고 작게나마 안도감이 밀려든다. 적어도 나를 대상으로 찍고 저지른 범죄는 아니었다.

"좋습니다. 부하 경찰 한 명을 그 집으로 보내도록 하죠. 오늘 밤에는 다른 곳에서 주무시고 아침에 다시 보도록 합시다."

나는 경찰서를 나와 차로 걸어가면서 마리솔에게 문자를 보낸다. 내가 마리솔의 집으로 가고 있다는 사실을 알리기 위해서다. 그런데 정말 이상한 기분이 든다.

경찰에 신고하고 나면 마음이 놓일 줄 알았다.

상황이 진전되는 기분이 들 거라고 생각했다.

그런데 마리솔의 동네로 차를 운전해 가는 동안 몸이 오히려 더 격하게 떨린다.

셰인은 계획범죄자다. 그는 목표물을 정하고 전략을 짠다. 대상을 향해 늘 발 빠르게 움직인다. 그가 모든 상황에 대비한 계획을 갖고 있다면 이런 경우에 대비한 계획은 안 세워뒀을까? 지금까지 나는 셰인이 사라지면, 그 남자가 이 동네를 떠나면 일어날 일을 걱정했다.

하지만 그가 떠나지 않고 이 동네에 숨어 나를 노린다면?

아, 맙소사! 그럼 어떻게 하지?

56장 나이얼

브리엔의 방을 절반쯤 가로지른다. 머리 위에서 요란하게 돌고 있는 천장 팬이 내 발소리를 묻어주고 있다. 내일 브리엔의 시체를 어떻게 처리할지도 이미 생각해두었다. 세 걸음을 남겨두고, 월요일에 사만다를 만나서 브리엔으로 위장해 계좌 동결을 풀도록 설득해야겠다는 생각을 한다.

몇 번만 더 돈을 인출하면 우린 황금빛 인생을 살 수 있다.

주사기를 감싸 쥐고 자세를 잡은 뒤 뚜껑을 연다. 저번에도 그렇고 맨손으로 사람을 죽여본 적은 없다. 사만다의 계부를 보내버린 후 2주일 내내 온몸에 아드레날린이 솟구쳤다. 마치 권력의 정점에 선 기분이었다. 이번 일을 마친 후에도 비슷한 기분이 들지 않을까 싶다.

솔직히 브리엔을 죽이려니 아깝기도 하다.

그녀는 소냐가 이 세상에 남겨놓은 유일한 핏줄이다.

하지만 일이 이렇게 된 건 다 브리엔이 자초한 탓이다. 크레스트뷰 정신병원에서 퇴원하지 말았어야 했다. 내가 만든 게임판에서 감히 나를 이길 수 있다는 어이없는 생각 따윈 하지 말았어야 했다. 나를 과소평가하지 말았어야 했다.

나는 힘겹게 긴 숨을 들이마신다.

속으로 셋을 센다.

달이 구름에 가려지며 방 안이 칠흑처럼 어두워진다. 나는 곧장 그녀를 내 쪽으로 잡아당긴다.

그녀는 온힘을 다해 저항하지만 내 몸집이 훨씬 크다.

훨씬 강하고,

훨씬 단호하다.

57장 브리엔

아까 사만다가 한 마지막 말이 내내 머릿속을 맴돈다. 셰인에게 헤어지자고 하겠다던 말.

셰인처럼 무자비하고 자기중심적인 남자가 이별을 곱게 받아들일 리 없다. 그가 어깨를 으쓱하고 아무렇지 않게 "알았어"라고 대답하면서, 싸움 한 번 없이 순순히 자기 인생에서 사만다를 떠나보내 줄 것 같지가 않다.

사만다는 착한 사람 같았다. 순진하고 결이 고와 보였다. 그 여자는 누구보다 셰인을 잘 알 것이다. 하지만 그가 이 엄청난 계획을 진행하면서 그녀를 속이고 이용했다는 것, 자기 평생의 둘도 없는 사랑이라는 말로 조종했다는 걸 그녀는 알지 못했다.

"왜 그래?"

마리솔이 손님방 문간에 서서 묻는다.

나는 지금 마리솔의 집에 와 있다.

"브리엔, 너 이러는 거 처음 봐. 손톱을 계속 물어뜯고 있잖아."

"사만다 생각이 계속 나서." 마리솔은 어떤 사만다를 얘기하는 건지 알고는 인상을 찌푸린다. 나는 오늘 오후에 경찰서를 나와 곧장 마리솔의 집으로 피신 왔고, 그사이 있었던 일을 추가로 들려주었다. "나이얼 아니, 셰인한테 헤어지자고 말하겠대. 그런데 예감이 좋질 않아…… 아무래도 우리 집에 사만다가 와 있는지 확인해봐야겠어."

"지금 그 집에 갈 생각을 하다니 단단히 미쳤구나!" 마리솔은 팔짱을 끼고 말을 잇는다. "그 여자가 와 있으면, 그래서 창문 너머로 무슨 일이 나는 걸 보게 되면 어쩔 건데? 네가 관여할 바 아니고, 네가 챙겨야 할 사람들도 아니니 어차피 그냥 돌아올 거잖아!"

나는 잠시 생각한 뒤에 말한다.

"그 남자는 사만다의 약점을 공략했어, 마리솔. 사만다는 셰인을 사랑했고 거의 평생을 함께 지냈어. 자기가 이용당하는 줄도 모르고. 셰인이 무슨 짓까지 벌일 수 있는지 누가 알겠어. 셰인이 사만다를 해칠 수도 있다는 걸 아는데 내가 아무 조치도 취하지 않으면 결국 내 잘못인 거잖아."

"그놈이 그 여자를 다치게 하면 그건 그놈 잘못이지. 그놈은 거리낌 없이 법을 무시하고 필요한 걸 얻기 위해서라면 남의 인생도 박살내 버리는 사이코패스야."

"그래도 난 가서 확인할 거야. 날 말리진 못할 거야."

나는 휴대폰으로 시간을 확인한다. 저녁 8시가 넘었다. 하늘이 점점 어두워진다.

마리솔은 눈동자를 위로 굴리며 팔짱을 단단히 낀 채 문에 기대선다.

"넌 참…… 안 좋은 쪽으로 용감해. 굳이 가볼 거면 내 스미스 앤드 웨슨 권총이라도 가져가."

내가 거절하기도 전에 마리솔은 복도로 나선다. 잠시 후 돌아와선 반들거리는 검은색 권총을 내민다. 크기가 딱 그녀의 손바닥만 하다.

"장전돼 있어. 신경 써서 조준하지 않으면 이걸로는 사람을 죽이기가 쉽지 않아. 그래도 상대가 달려들지 못하게 막아주고 주의를 분산시켜줄 수는 있어. 그만큼 시간을 버는 거지."

대학 시절 이후로는 총을 쥐어본 적이 없다. 그 시절 나는 형사행정학을 전공하는 남학생과 두 학기 정도 사귀었는데, 그는 나폴리 프라텔리 피자집에서 조각 피자를 먹고 디어밸리 사격장에서 두 시간쯤 사격 연습을 하는 게 완벽한 저녁 데이트 코스라고 여겼다. 나는 그에게 타고난 명사수처럼 보이려고 함께 열심히 연습하곤 했는데, 그게 이런 식으로 유용하게 쓰일 줄은 몰랐다.

"알았어."

나는 침대 끄트머리에서 일어나 마리솔이 건네는 권총을 받아 든다. 수동 안전장치를 확인한 뒤 화장대에 놓아둔 핸드백을 집어 들고 그 안에 권총을 숨긴다. 셰인을 죽이고 싶지는 않지만 나를, 사만다를 보호하려면 권총은 있어야 할 것 같다. 우리 둘의 안전을 확보할 수 있다면, 셰인을 내 집에서 끌어내 경찰차 뒷좌석에 태울 수만 있다면 뭐든 할 것이다.

"네가 이렇게까지 한다니 믿기지가 않아."

마리솔은 현관까지 나를 따라오며 한마디한다.

나는 나와 사만다를 지켜야 한다. 셰인이 우리 둘을 희생자로 삼도록 내버려두지 않을 것이다.

아드레날린이 혈관을 타고 흐르는 걸 느끼며 내 차로 걸어간다. 날 듯이 운전했더니 몇 분도 안 돼 퀸스 대로로 진입한다. 집 앞에 도착해보니 진입로에 사만다의 아우디가 세워져 있고 집 전체에 불이 켜져 있다.

길옆에 차를 세우고 시동을 끈다. 차에서 내려 살그머니 차 문을 닫는다. 조심스레 진입로를 올라가 사만다의 차 옆에 서서 후드를 만져본다. 엔진이 따뜻한 걸 보니 사만다도 여기 도착한 지 얼마 안 된 모양이다.

동네는 어둠에 잠겨 있다. 귀뚜라미가 울어대고, 달빛을 가린 잎사귀 사이로 바람이 지나며 바스락 소리를 낸다. 심장이 미친 듯이 뛰고 초조함 때문인지 목까지 열이 오른다. 휴대폰을 손에 꼭 쥐고 집 뒤로 돌아간다.

창문을 통해 들여다보니 주방은 비어 있다. 잠겨 있지 않은 뒷문을 열고 안으로 들어간다.

위층에서 목소리가 들린다. 발끝으로 주방을 지나 식당을 거쳐 계단 앞에 이른다.

문이 쾅 닫히는 소리.

사만다의 비명 소리.

일층 복도를 돌아보니 내 방문이 열려 있다. 누가 저 방에 들어간 모양이다. 땀에 젖은 손으로 난간을 잡고, 삐걱대는 지점을 밟지 않으려 조심하면서 천천히 계단을 올라간다. 계단 맨 위에 이르자 현기증이 난다. 생각해보니 계단을 올라가는 동안 숨 한 번 쉬지 않았다.

"고마운 줄도 모르고…… 그건 다 우리를 위해 한 일이야."

셰인의 목소리가 평소보다 크고 또렷하게 들린다.

잠시 걸음을 멈추고 숨을 고른다. 휴대폰의 전원 버튼을 다섯 번 눌러 구조신호를 보낸다. 몇 초 안에 911과 연결될 테고, 그들은 내 휴대폰 위치를 추적해 이곳으로 사람을 보낼 것이다. 이 상황에서 상담원과 통화하는 건 너무 위험하다. 셰인이 방심한 채로 있도록 해야 한다.

그를 대면하고,

해야 할 말을 한 다음,

사만다를 데리고 이 집을 빠져나갈 것이다.

휴대폰을 핸드백에 집어넣고 마리솔이 준 권총을 꺼내 든다. 안전장치를 푼 다음 셰인의 침실로 다가간다.

아드레날린에 취해 방문을 거칠게 밀고 안으로 발을 들여놓는다. 열린 문짝이 벽에 쾅 부딪친다.

"제기랄……."

셰인이 팔로 사만다의 어깨를 감아 단단히 죄고 있다. 침대 위에는 지퍼가 열린 더플백이 놓여 있고, 그 안에 물건들이 흐트러진 채 들어 있다.

사만다는 셰인의 팔뚝을 손톱으로 할퀴며 그에게서 벗어나려고 한다. 하지만 셰인은 꿈쩍도 하지 않는다. 그의 맑고 푸른 눈동자와 내 눈이 부딪친 순간 그의 얼굴에 사악한 미소가 번져나간다.

"뭘 들고 있는 거야, 브리엔?"

그는 고개를 끄덕거리며 내 손에 들린 권총을 내려다본다.

"그 여자를 놔줘."

나는 손이 떨리지 않도록 안간힘을 쓴다.

"싫다면? 그 BB탄 총으로 쏘기라도 하려고?"

그는 낄낄 웃으면서 팔로 사만다를 더욱 세게 죈다. 사만다는 숨이 막혀 컥컥댄다.

나는 총을 들어 그의 머리를 조준한다. 이런 경험까지 해보리라곤 내 평생 상상도 못 했다. 정신이 없다 보니 몸에서 빠져나간 영혼이 위에서 상황을 지켜보는 듯한 기분도 들지만, 굴하지 않고 계속하기로 한다.

"쏴." 그는 사만다를 방패처럼 내세우고 있다. 공포에 질린 사만다의 두 눈이 유리처럼 멀겋다. "쏴보라니까!"

그는 내 기세를 꺾으려 한다.

나는 심리 조종에 능하지도 않고, 그런 일이 쉽게 느껴지지도 않는다. 하지만 엄마는 그 방면에서 프로였다. 지금 이 순간 엄마라면 어떻게 대응할지 재빨리 생각해본다.

나는 그에게 권총을 겨눈 채 말한다.

"사만다 얘기로는 우리 엄마가 널 키웠다던데."

그는 내 의도를 파악하려는 듯 잠시 나를 유심히 쳐다본다.

"엄마가 널 자랑스럽게 생각하실까? 네가 이런 짓 하고 있는 걸 보시면? 이렇게 막바지에 몰려서 나약하게 구는 널 어떻게 생각하실 것 같아?"

내 말에 그는 피식거린다.

"웃기네. 그분에 대해 쥐뿔이나 아는 듯이 말하긴."

"난 네가 생각하는 것보다 엄마에 대해 잘 알아."

셰인은 연푸른색 눈동자를 위로 굴리며 사만다를 더 세게 붙잡는다.

"그분이 널 낳았을지는 몰라도 소냐는 네 어머니가 아니라 내 어머니야. 어머니는 네가 아니라 날 키우셨어. 나는 그분의 전부였고, 넌 아무것도 아니었어. 어머니가 너한테 편지를 쓴 건 그분 부모가 그러라고 시켰기 때문이지."

"완전히 잘못 알고 있네."

그가 눈을 번뜩인다.

그는 내 말에 호기심을 보이면서도 분노하고 있다.

엄마가 내게 쓴 편지들은 복도 건너편 손님방에, 접이식 뚜껑이 달린 책상 서랍 맨 위칸에 들어 있다. 여기서 열 걸음도 되지 않는 곳이지만, 내가 편지를 가지러 간 사이 저놈이 도망쳐버리면 어떡하지?

"엄마는 내게 편지를 썼어. 그것도 수백 통이나. 생일, 기념일마다 꼬박꼬박. 어떤 때는 별다른 이유 없이 쓰기도 하셨어. 네브래스카에서 지내는 생활에 대해서도 편지로 알려주셨지. 타이어 공장에서 일한다는 얘기. 카지노에서 주말 교대조로 근무한다는 얘기. 그달치 받아온 팁이 맥주와 담배 값도 충당하지 못하면 엄마를 때렸다는 엿같은 남편 얘기도 있었어……."

그는 말이 없다. 손가락 하나도 움직이지 않는다.

"나를 얼마나 보고 싶은지에 대해서도 쓰셨어. 본인이 저지른 실수를 뼈아프게 후회한다고. 날 언제나 사랑하고 그리워한다고 하시더라. 네브래스카의 삶에서 벗어나 내게 돌아올 수만 있다면 당장이라도 그렇게 하고 싶다고 하셨어."

췌장암 진단을 받았다고 한 후에 편지가 끊겼다는 얘기는 굳이 하지 않는다. 안타깝게도 나는 엄마가 편지를 보내고 수년이 지난 후에야 그 편지를 읽어볼 수 있었다. 엄마를 용서할 기회도, 엄마에게 작별 인사를 할 기회도 없었다.

"하지만 너에 대한 얘기는 한 번도 하신 적이 없어."

"거짓말."

나는 오른손으로 그를 조준한 채 왼손을 가슴에 얹는다.

"신에게 맹세할 수 있어. 원한다면 그 편지를 가져와서 직접 읽게 해줄 수도 있어."

"난 그럴 시간 없거든."

그는 코를 찡그린다.

"그럼 내 말을 그대로 믿으면 되겠네." 한참을 같은 자세로 권총을 들고 있었더니 팔이 아프다. "엄마는 널 가스라이팅한 거야, 셰인. 네가 나를 가스라이팅했듯이."

"편지 가져와 봐."

그가 비웃으며 말한다.

나는 문간에서 잠시 머뭇거리다가 뒤로 몇 걸음 물러선다. 복도로 나가서 손님방으로 달려가 서랍에서 편지 한 묶음을 꺼낸다. 그에게 편지를 주면 그는 편지를 읽는 동안 사만다를 놓아줄 것이고, 사만다와 나는 이 집을 빠져나갈 시간을 벌 수 있을 것이다. 그의 방으로 돌아가다가 계단 맨 위에서 걸음을 멈춘다. 편지를 겨드랑이에 끼우고 휴대폰을 확인해본다.

경찰이 아직까지 오고 있지 않은 게 이상하다.

십 분이 아니라 적어도 오 분 안에 경찰이 도착했어야 했다.

핸드백에서 휴대폰을 꺼내 엄지로 화면을 밀고 통화 목록을 확인한다.

맙소사! 911에 전화가 가지 않았다.

제대로 된 방향으로 화면을 밀지 않았거나, 전원 버튼을 다섯 번 확실하게 누르지 않았거나 둘 중 하나다. 경찰은 출동하지 않았고 내가 여기 있는 줄도 모른다.

셰인이 있는 방 쪽을 흘끗 보면서 나는 수동으로 911에 전화를 건다. 전화가 끊겨서 그쪽에서 다시 나한테 전화할 수도 있으므로 벨소리를 무음으로 해놓는다. 초록색 통화 버튼을 누르고 휴대폰을 핸드백에 도로 집어넣는다. 그리고 한 걸음 앞으로 내딛은 순간 균형을 잃고 바닥에 넘어지고 만다. 셰인과 부딪친 것이다.

셰인이 바닥에 떨어진 편지 더미를 주워 들고 발신인 주소를 확인한다. 그는 아무 말도 하지 않지만, 씁쓸해하는 표정을 보니 내 말이 사실임을 인정하는 듯하다.

"내가 말했잖아."

나는 일어서서 두 손으로 난간을 짚는다. 그제야 내 손에 권총이 없다는 걸 깨닫는다. 셰인이 편지를 들여다보는 사이 그의 등 뒤로 복도 바닥을 훑어본다. 반짝이는 검은 물체가 저 앞에 떨어져 있다. 하지만 나보다 셰인이 권총과 가까이 서 있다. 그 방향으로 섣불리 움직였다간 내가 몹시 불리해질 수 있다.

끝나지 않을 것 같던 순간이 지나고 셰인은 편지 더미를 바닥에 내던진다. 편지들이 주변에 아무렇게나 떨어져 내린다.

그가 나를 손가락으로 가리키며 입을 연다. 하지만 말할 기회를 놓치고 만다.

등 뒤에서 사만다가 달려들어 그의 목을 두 손으로 감아쥔 것이다.

셰인이 숨을 쉬려고 컥컥댄다. 얼굴이 벌겋게 변하고 두 눈동자가 튀어나올 듯하다. 사만다가 여기서 나가라고 나한테 소리치지만 그럴 수가 없다. 이 여자만 여기 두고 떠날 수는 없다. 이런 식으로는 안 된다. 저 남자와 단둘이 남겨두고 가는 건 있을 수 없다.

나는 셰인의 뒤쪽에 떨어져 있는 권총을 향해 냉큼 달려간다. 그의 옆을 지나는 순간 그가 돌연 거센 힘으로 사만다를 밀쳐낸다. 사만다는 그를 놓치고, 나는 그의 팔에 밀려 계단 아래로 구른다.

계단 맨 아래칸까지 굴러 떨어진 순간 눈앞에 휘황한 별이 반짝인다.

몇 초가 지났는지, 몇 분이 지났는지 알 수가 없다.

이내 사방이 캄캄해진다.

58장 나이얼

"내가 널 다치게 하진 않는다는 거 알잖아."

나는 아우디 조수석에 앉은 사만다의 손을 꼭 잡고 차 속도를 높여 남쪽으로 향한다. 얼마 안 있으면 우리는 퀴너섹블러프를 영원히 떠나게 될 것이다.

"아까 그 집에서 본 나는…… 원래의 내가 아니었어. 처음엔 너인 줄 몰랐어…… 브리엔의 방에서 뭐 하고 있었던 거야?"

목소리는 부드럽게 나오지만 심장은 방망이질 친다. 아드레날린이 지나치게 분비되는 느낌이다.

그 집을 나온 후로 사만다는 말이 없다. 두려워서일 것이다. 사만다는 겁을 먹으면 입을 다물어버린다.

사만다 잘못이 아니다. 사만다는 나의 낯선 면을 봤고, 온갖 일들이 너무도 빠르게 일어났다. 그래도 충격이 가시고 나면 괜찮아질 것이다.

"진짜 궁금해서 그래. 아까 거기서 뭐 하고 있었어?"

나는 다시 묻는다.

사만다는 헤드라이트 불빛 너머 어두운 도로를 바라보며 목청을 다듬는다.

"네가 나한테 줬던 반지, 오팔이 박힌 반지 있잖아. 안쪽에 이름이 새겨져 있던…… 그 반지…… 브리엔한테 돌려주고 싶었어."

젠장.

초짜 같은 실수다.

하지만 지금은 어쩔 도리가 없다.

백미러를 보다가 잠시 사만다에게 시선을 돌린다. 그녀는 조각상처럼 가만히 앉아 앞만 바라보고 있다. 나는 그녀와 손깍지를 끼고 말한다.

"다 괜찮을 거야."

브리엔이 계단 아래로 굴러 떨어진 순간, 나는 방에서 싸고 있던 더플백을 굳이 집어 들지 않았다. 대신 브리엔의 총과 주방 카운터의 열쇠고리를 챙긴 다음 사만다를 데리고 그 집을 빠져나왔다.

그리고 이렇게 차를 운전해서 가고 있다.

"아까 그 집에서 네가 제정신이 아니었다는 거 알아. 사람들은 화나면 온갖 미친 짓을 하잖아. 우리도 예외가 아닌 것뿐이야."

백미러를 수차례 보고 있지만 아직까지는 무사하다.

오늘 저녁 이 도시는 죽어 있는 것 같다. 우리 차 말고 다른 차들은 눈에 거의 띄지도 않는다. 이곳을 쉽게 빠져나갈 수 있을 것 같다.

"내가 우리를 위해 멋진 계획을 잔뜩 세워놨어, 자기야." 나는 사만다의 손을 다시 꼭 잡아 쥔다. "우선 같이 코스타리카로 가자. 어때? 그리로 가는 길에 어디든 들러서 빨간 비키니랑 네가 좋아하는 거울형 선글라스를 사줄게. 비행사 선글라스라고도 하는 거 말이야."

저 앞에 교통 신호가 바뀌려 하고 있다. 주간고속도로로 가려면 이 길이 제일 빠르다. 나는 신호등이 노란불에서 빨간불로 바뀌기 직전에 가속 페달을 밟아 빠르게 그곳을 통과한다.

"지금 넌 온갖 생각이 다 들겠지." 나는 최대한 부드러운 말투로 사만다를 달랜다. 그녀는 겁을 잔뜩 먹었을 것이다. 그런 식으로 행동하는 나를 처음 봤을 테니까. 내 안의 또 다른 면이 완전히 드러난 걸 지금껏 본 적이 없었으니까. 솔직히 말해 나도 처음 봤다. "이제부터 내가 알아서 할게. 나한테는 네가 있으니까 다 괜찮아, 사만다. 전부 다 괜찮을 거야. 내 목숨 걸고 맹세해."

내 손에 잡힌 사만다의 손이 떨리고 있다. 키스로 두려움을 없애주고 싶지만 지금은 그럴 때도, 장소도 아닌 것 같다.

텅 빈 교차로에서 빨간 신호등 아래 차를 쌔앵 달려 지나간다. 심장이 터질 것만 같다.

다음 신호등까지 절반쯤 갔을 때 백미러로 경찰차의 경광등이 비친다.

당황해서 욕이 튀어나오려는 걸 참으며 차를 멈추고 실내등을 켠다. 경찰들은 이렇게 실내등을 켜주는 걸 좋아한다. 그래야 좀 더 안전하고, 덜 위협적으로 느낀다고 한다.

"괜찮아, 자기야. 그냥 가만히 앉아 있어. 금방 끝날 거야. 우린 다시 길을 가면 돼."

나는 운전대의 10시와 2시 방향에 양손을 두고 똑바로 정면을 응시한다. 파란색 미니밴을 탄 중년 여자가 우리 옆을 지나가면서 목을 길게 빼고 쳐다본다. 자기가 관여할 자격이라도 있다는 듯이.

“운전면허증과 차량등록증 좀 봅시다.”

경찰이 다가와 말한다. 그가 손에 들고 있는 손전등이 내 얼굴을 비춘다. 지갑 안을 뒤지는데 눈이 부셔서 짜증이 난다. ‘리처드 호손’이라는 이름으로 된 가짜 신분증을 꺼내 경찰에게 건넨다. 브리엔이 죽지 않고 살아서 마지막 숨이 붙어 있는 오 분 동안 경찰에게 내 진짜 이름을 댔을 수도 있으니 이렇게 해야 안전할 것이다.

“잠시만 기다려주십시오.”

경찰이 손전등을 끈다. 운전석 창틀에 얹은 통통한 두 손이 눈에 익숙하다. 경찰이 자세를 낮춰 나를 쳐다본다.

나도 경찰을 돌아본다. 달처럼 둥글고 나태한 얼굴이 왠지 반갑다는 듯 나를 보며 멍청하게 웃고 있다.

“브라이언?” 나도 그를 여기서 보게 돼서 기쁘다는 듯 웃어 보인다. “경찰복 입고 뭐 하는 거야?”

그는 왼쪽 가슴에 붙인 명찰을 손으로 툭 친다. 퀴너섹블러프 예비경찰이라고 적혀 있다.

“부업으로 하는 일이야.”

지난 몇 개월 동안 내가 브라이언에 대해 굳이 알고 싶어 하지 않았던 사실 중 하나인 것이다…….

나는 깊은 인상을 받은 척을 해야 할지 잠시 고민하다가, 그의 통통한 손가락 사이에 끼워져 있는 내 가짜 신분증으로 신경이 쏠린다.

“셰인.” 그는 본론으로 들어간다. “아까 저쪽 교차로에서 신호

위반한 거 알지? 신호 위반뿐만 아니라 시속 70킬로미터 도로에서 80킬로미터로 달렸어."

나는 곁눈질로 사만다를 흘긋 쳐다본다. 이쯤 되면 사만다가 자기 쪽으로 경찰의 관심을 유도할 차례다. 하지만 지금은 그럴 생각이 없어 보인다. 내가 여기서 보여준 능력 때문에 굳이 자기가 돕고 나설 필요가 없다고 여기는 듯하다.

"어, 미안. 부주의했던 것 같아." 나는 잘못을 후회하는 척 짧은 수염이 돋은 턱을 손으로 문지른다. "앞으로 조심한다고 약속할게."

내가 리처드 호손 신분증을 돌려받으려 손을 뻗는데 그가 뒤로 물러선다.

"신분증 확인은 해야 해."

"왜 그래? 우린 친구잖아."

전에 내가 사무실 전화를 사적으로 사용했을 때 그는 우리가 친구 사이라며 상부에 이르지 않았다. 나는 그 사실을 일깨운 것이다.

브라이언은 경광등이 번쩍이는 순찰차를 고갯짓으로 가리킨다. "오늘 저녁엔 파트너가 있어서. 규칙대로 해야 직성이 풀리는 사람이거든. 딱지 끊지 않고 넘어갈 수 있을지 가서 얘기해볼게. 몇 분 걸릴 거야. 얌전히 앉아 있어, 알았지?"

운전대를 잡은 두 손에 힘이 들어간다.

신분증에 적힌 이름이 그가 아는 내 이름과 다르다는 걸 알면 그는 다시 와서 이것저것 물을 것이다. 그렇게 되면 그에게 신분증을 돌려받고 즐겁게 우리 길을 갈 수 없게 된다.

"괜찮아, 사만다?"

나는 사만다의 허벅지에 손을 얹는다. 내 손길에 사만다의 몸이 움찔하지만 나는 별말을 하지 않는다. 시간이 해결해줄 것이다. 사만다에겐 시간이 필요하다.

버터처럼 매끄러운 가죽 시트에 등을 붙인 채 나는 심호흡을 하면서 백미러를 확인한다. 브라이언이 파트너와 얘기하는 모습이 보인다. 그의 파트너가 어깨에 찬 무전기에 대고 무어라 말하고 있다.

나는 오른발을 가속 페달에 올리고 눈을 질끈 감는다. 경찰에게 쫓기는 장면이 머릿속에 그려진다. 생각들이 요란하게 목소리를 내고, 귓속에서 심장 소리가 쿵쾅쿵쾅 요란하다. 나는 의기양양한 미소를 지으며 아랫입술을 깨문다.

잠시 후 결심을 굳힌 나는 눈을 뜨고 기어 장치로 손을 뻗는다. 실내등은 여전히 켜져 있는데 조수석은 비어 있다.

뒤돌아보니 사만다가 경찰차 뒷좌석에 올라타고 있다.

가슴이 죄어온다. 고통스럽다. 잠시 동안 모든 상황이 슬로모션으로 펼쳐진다. 내게 등을 돌린 사만다의 모습이 내 머릿속에 영원히 새겨지게 됐다.

하지만 감상에 빠져 있을 시간이 없다. 지금 여기서 이러고 있어선 절대 안 된다.

심장이 방망이질 친다. 있는 힘껏 운전대를 잡는다.

기어를 드라이브로 놓고 가속 페달을 밟는다. 마치 액션 영화에서처럼 타이어가 끼이익 소리를 낸다. 무고한 시민을 뒷좌석에 태운 경찰들이 나를 끝까지 추격하지는 않을 것이다. 덕분에 시간을 벌게 됐다. 주 경계선까지는 48킬로미터 정도 남았다. 나를 붙잡으려면 저들은 다른 주 경찰의 협조를 구해야 한다. 그렇게 하려면 온갖 절차가 필요하니 내게는 유리한 상황이다.

머리 위에 뜬 반달과 별들로 가득한 하늘을 올려다본다. 소냐가 나를 내려다보며 미소 짓는 것 같다.

59장 브리엔

"아, 드디어 깼구나."

몸을 뒤척이는데 마리솔의 목소리가 들린다.

눈을 뜨자 낯선 방이 보이고 전기 충격이라도 받은 듯 격한 두통이 밀려든다. 얼른 내 몸을 내려다보니 몸에 전선과 정맥 주사 줄이 연결돼 있다. 바로 옆 모니터를 통해 내 꾸준한 심장 박동 소리가 들린다. 여기가 어디인지 알 것 같다.

손을 들어 머리를 만져본다. 피부와 머리카락이 있어야 할 자리에 얇은 붕대가 감겨 있다.

"너 계단에서 굴러 떨어졌어. 혹시 모를까 봐 해주는 말이야." 마리솔은 한숨을 쉬면서 다리를 꼬고 몸을 앞으로 기울인다. "내 문자에 답을 안 하길래 너희 집으로 가봤어. 내가 도착하자마자 네 차가 쌩 하니 나가더라…… 그런데 운전석에 앉은 사람이 네가 아니었어. 얼른 집 안으로 뛰어 들어가는데 경찰들이 왔어. 계단에서 떨어지기 전에 네가 경찰을 불렀던 모양이야. 아니면 누가 불러줬거나…… 어쨌든 집에 들어가 보니까 네가 계단 밑에 쓰러져 있었어."

마리솔이 내 손을 잡아준다.

"그 남자는 도망쳤어?" 나는 잠긴 목소리로 묻는다. 오늘이 며칠인지, 내가 여기 얼마나 이러고 있었는지도 궁금하지만 제일 중요한 것부터 묻는 게 순서에 맞을 듯하다.

"넌 갈비뼈 두 개가 부러지고 뇌진탕이 왔어. 혹시 궁금할까 봐……."

"셰인은? 경찰이 체포해갔어?"

머리가 지끈거린다. 두통을 참고 가까스로 눈에 초점을 맞추며 마리솔을 바라본다.

"체포했어." 마리솔은 고개를 옆으로 살짝 기울인다. "동네 외곽 교차로에서 빨간불 신호에 지나갔다가 경찰에 잡혔는데 그대로 도망쳤대. 멍청이가 따로 없지. 그렇게 멀리까지 가지도 못했어. 경찰이 가시가 장착된 띠를 도로에 가로질러 놨거든. 옆 동네에서 붙잡혔어. 지금 경찰서에 구류돼 있어."

"다행이다." 나는 안도의 한숨을 내쉬며 환자복을 입은 내 가슴에 손을 얹는다. 이 순간이 초현실처럼 느껴진다. 다리에 닿은 두툼한 면 시트의 거친 감촉, 폐 안 가득 차오르는 병원 소독약 냄새, 아드레날린이 빠져나가면서 밀려드는 서늘한 기분. "사만다는? 어디 있어? 무사해?"

나는 숨을 죽이고 대답을 기다린다.

"그 여자까지 챙기는구나. 어이없네." 마리솔은 의자에서 일어나 옆 카운터에 놓아둔 핸드백을 집어 들고 안에서 하얀색 봉투를 꺼낸다. "그 여자가 몇 시간 전에 여기 들렀어. 네가 아직 의식이 없을 때라서, 이거 좀 전해달라면서 나한테 맡겨놓고 갔어."

마리솔이 봉투를 내민다.

"난 잠깐 나가서 커피 한 잔 마시고 다른 애들한테 전화 좀 하고 올게. 이십 분마다 문자로 네 상태를 묻고 있어. 금방 올게."

마리솔이 나가자 나는 봉투를 찢어 열고 편지를 꺼낸다.

브리엔에게,

셰인 때문에 겪은 고통에 대해 정말 미안하게 생각합니다. 무엇보다 제가 이 일에 연루됐었다는 사실이 더 미안하네요. 맹세컨대, 그가 어떤 짓을 벌이고 있는지 알았다면 절대 그가 시키는 대로 하지 않았을 거예요.

당신 신분으로 살고 당신을 만난 후로 제 삶이 영원히 바뀐 것 같아 감사드리고 싶어요.

지난 몇 달 동안 배운 게 많아요.

당신으로 살면서 현재의 나, 앞으로 되고 싶은 나, 벗어나고 싶은 과거의 나에 대해 많은 생각을 했어요. 그리고 오늘 당신을 만나고 나서 앞으로 어떤 사람이 되어야 할지 더 분명히 알게 됐어요.

당신은 불굴의 의지를 지닌 강한 여자예요. 상상도 할 수 없는 일을 겪으면서도 굳게 버텨내는 당신 모습에 감명을 받았어요.

부디 저를 용서해주시길.

언젠가 다시 만나게 되길 바랄게요.

사만다

P. S. 당신 물건인 것 같아서 돌려드립니다.

편지 맨 밑에 외할머니의 오팔 반지가 투명 테이프로 붙여져 있다. 이 반지가 없어졌다는 것도 몰랐다. 셰인이 내 보석 상자에서 멋대로 꺼내 사만다에게 허황된 미래를 약속하며 선물로 주었던 모양이다. 이루어지지 못한 그 미래 역시 셰인의 계획 중 일부였을 것이다. 어떤 미래인지 나로서는 그저 상상만 해볼 뿐이다.

어쨌든 이제 다 끝났다.

모두.

베개에 등을 기댄 채 나는 길고 안정된 숨을 들이마신다. 눈을 감고, 외할머니가 냉장고에 붙여놓았던 문구를 떠올린다.

결국 모든 게 괜찮아진다.
괜찮지 않다면 아직 끝난 게 아니다.

이제 드디어 끝난 것 같다.

60장 나이얼

난 원래 오렌지색이 잘 받지 않는다.

유치장에 들어앉아 첫 법원 출석을 기다리고 있다. 경찰은 내가 시속 145킬로미터로 달리며 추격전을 했다는 이유로, 그리고 어쩌다 보니 차에 권총을 소지하고 있었다는 이유로(콘솔 박스에 들어 있었을 뿐인데) 나를 위험인물로 취급하고 있다.

콘크리트 블록으로 된 벽에 머리를 기대고 눈을 감는다.

혼자 가만히 생각에 잠겨 있자니 소냐가 브리엔에게 보낸 편지들이 떠오른다. 편지를 읽어볼 기회는 없었지만, 오랜 세월 소냐가 나를 가스라이팅했다는 말은 믿을 수 없다. 소냐가 편지까지 보내가면서 딸 그리고 부모와의 관계를 회복하려 애쓴 이유는 원래 자신의 몫인 유산을 차지하기 위해서였을 것이다.

브리엔은 자기가 무슨 말을 하는지도 모르고 떠들어댔다.

브리엔은 소냐에 대해 나만큼 잘 알지 못한다. 소냐는 나를 위해 희생한 방식으로 브리엔을 위해 희생한 적이 없다. 사랑의 본질은 바로 희생이다.

하루를 마감하면서 이런저런 생각을 하다 보니 내가 최소한 한 가지 복수는 확실히 한 듯하다. 앞으로 브리엔은 제 엄마를 생각할 때마다 나를 떠올리게 될 거다. 그리고 나를 떠올릴 때마다 자기가 얼마나 잘 속아 넘어가는 멍청이인지를 기억하게 될 거다.

소냐가 브리엔을 키웠으면 이런 일은 일어나지도 않았다.

소냐가 키웠으면 브리엔은 군인처럼 강하게 자랐을 테니까.

"닛센, 일어서."

황갈색 제복을 입은 교도관이 내 이름을 부른다. 드디어 판사를 만나러 갈 때가 왔다.

두 손을 문에 뚫린 구멍 밖으로 내놓자 저들이 내 손목에 수갑을 채운다.

이건 사소한 계획 지연일 뿐이다.

내가 돈을 훔친 건 사실이다.

그로 인해 감방에서 얼마간 지내게 될 것이다.

나는 금융사기 죄로 가벼운 처벌을 받고 얼마 안 가 다시 자유의 몸이 될 것이다.

사만다는? 제 손해일 뿐이다. 조만간 찾아와 내 비위를 맞추려 하겠지. 그동안 사만다가 찾아오면 해야 할 말을 정리해둬야겠다. 계모는 나를 당하고만 사는 호구로 키우지 않았다.

어차피 이렇게 된 거, 세상 근심 하나 없이 밤에 잘 자게 됐으니 잘됐다고 생각하려 한다. 자동차 할부금 걱정, 공과금 걱정, 이른 아침마다 일터에 나가는 지긋지긋한 일들을 그만해도 된다. 방법이 좀 이상하긴 하지만 나는 소냐가 내게 바랐던 삶을 이제야 살게 된 듯하다.

61장 브리엔

하코트에 위치한 사만다의 아파트 문을 두드린다. 오늘 아침, 두 시간 전에 퇴원하자마자 옷을 갈아입고 곧장 이곳으로 왔다.

안에서 대답이 없어 한 번 더 노크해본다. 어쩌면 벌써 쿼너섹 블러프를 떠났을 수도 있다. 여기 더 머무를 이유도 없을 테고, 인생의 이 장章은 그만 잊어버리고 싶을 테니까. 이만 발을 돌리려는데 문이 열리더니 눈을 휘둥그렇게 뜬 사만다가 나를 내다본다.

"브리엔." 사만다는 살짝 움찔하며 묻는다. "여긴 웬일이세요?"

"그쪽이 떠나기 전에 만나 보고 싶어서요." 심장이 빠르게 뛰는데 이유는 모르겠다. "들어가도 돼요?"

사만다는 내 이마의 붕대를 흘긋 쳐다보고는 옆으로 물러선다.

"그럼요."

"잘 지내고 있어요?"

사만다는 천천히 어깨를 으쓱한 후 고개를 젓는다.

"아뇨, 별로요. 하지만 이제 잘 지내야죠. 브리엔 씨는요?"

"나도 마찬가지예요. 아직 정신이 없네요……."

"이 모든 게 현실 같지가 않아요." 사만다는 두 팔로 제 몸을 감싸며 아랫입술을 깨문다. 그녀의 손이 바르르 떨리는 게 보인다. "어젯밤에 한숨도 못 잤어요. 잠을 이룰 수가 없어서. 눈을 감을 때마다……."

그녀는 말끝을 맺지 못한다.

"적어도 그 사람은 이제 감옥에 있잖아요. 원래 있어야 할 곳이죠."

사만다는 눈썹을 치켜뜨며 고개를 끄덕인다.

"저는 아직 충격 상태인 것 같아요. 셰인의 그런 모습은 평생 처음 봐서. 제가 알았던 사람이 아니었어요. 이런저런 비행을 하긴 했지만 이런 짓까지 한 적은 없거든요. 이렇게…… 극단적인 짓은요."

"우리 엄마도 그랬어요. 상황에 따라 다른 성격을 드러내셨죠. 수년 동안 엄마가 나한테 보낸 편지들도 그렇고요…… 엄마의 편지 내용이 진심이길 바라면서도, 꼭 그렇지만은 않을지도 모른다는 의심이 들어요. 내가 알기로 엄마는 개인적인 이득 때문에 가족의 품으로 돌아오려고 했어요. 늘 딴생각을 품고 사신 분이에요……."

아파트 안을 둘러보니 짐 대부분이 상자에 담겨 있고 현관문 옆에 큼직한 여행가방 두 개가 놓여 있다. 고향으로 돌아가려는 모양이다…… 그곳이 어디든 간에.

"주고 싶은 게 있어서 찾아왔어요."

나는 핸드백을 열고 오는 길에 준비한 작은 선물을 꺼낸다.

"뭐예요?"

사만다는 벨벳 상자를 받아 뚜껑을 열고 그 안에 담긴 고운

반지를 들여다본다.

"월장석 반지예요. 월장석은 새로운 시작을 상징하죠."

"굳이 이러지 않아도 되는데……."

사만다는 반지를 꺼내 오른손 약지에 끼운다. 완벽하게 잘 맞는다. 나를 바라보는 사만다의 눈이 촉촉이 젖는다.

"꼭 주고 싶었어요." 나는 오른손을 들어 보인다. "나도 하나 사서 꼈어요."

사만다의 입꼬리가 올라간다. 우리는 잠시 말없이 서로를 이해하는 시간을 갖는다.

사만다가 말한다.

"여러 가지로 고맙습니다."

62장 브리엔

석 달 후.

토요일 밤 우리는 텅 빈 앞쪽 응접실 맨바닥에 앉아 있다. 옛 친구들, 스타샤와 앰버와 마리솔, 그리고 나는 레드 와인이 가득 담긴 플라스틱 솔로Solo 컵과 피자를 가운데 두고 빙 둘러앉았다.

지난 몇 달 동안 나는 감정의 롤러코스터를 탄 기분이었다. 친구들이 없었으면 버텨내지 못했을 것이다.

"이 집에 다른 가족이 이사 와서 살게 된다니 기분이 이상해." 스타샤는 앞 창문 너머로 마당의 '매매 완료' 간판을 내다보며 말한다. "한 시대가 끝난 것 같아."

마리솔이 내 무릎을 토닥인다.

"이게 최선이야. 브리엔도 그동안 못 한 일을 실컷 하고 살아야지."

죽을 뻔한 경험을 한 사람은 그렇게들 산다고 들었다. 삶의 방향을 바꾸고, 인생에 큰 변화를 주고, 예전에는 두려워했던 일들을 해보면서.

"이 집이 그리울 거야."

나는 이렇게 말하며 마지막인 듯 집을 또 쭉 한 번 돌아본다.

그러자 앰버가 말한다.

"아니. 그리워지는 건 이 집이 아니라 추억이지. 추억만 가져가면 돼."

나는 애써 긍정적으로 생각하려고 노력한다. 이 집에서 만든 행복한 추억들이 셰인 넛센이라는 사기꾼으로 인해 오염돼버렸다는 사실도 굳이 입 밖에 내지 않는다.

그자의 이름을 다시는 입에 올리고 싶지 않다.

내게 일어난 일이 자랑스럽지는 않다. 멍청이 취급을 받은 것, 낯선 사람이 하는 말과 행동만 믿고 호구 노릇을 한 것, 사기꾼의 말을 너무나 쉽게 믿은 것이 자랑스러운 일은 아니니까.

방 저쪽에서 내 휴대폰이 진동한다. 짐을 싸고 옮기느라 힘을 썼더니 몸 곳곳이 쑤셔서 휴대폰을 가지러 갈 기운도 없다. 아마 법회계사가 보낸 이메일일 것이다. 나는 셰인이 훔친 내 돈의 일부라도 회수하기 위해 법회계사를 고용했다. 오늘 안에 상황 업데이트를 해주겠다고 약속했으니 아마 그 이메일이겠지. 셰인이 빼돌린 돈을 추적하는 일은 쉽지 않았다. 법회계사에게 지불해야 하는 비용도 만만치 않았지만 덕분에 지금까지 절반 정도는 회수할 수 있었다. 셰인은 일이 이렇게 될 줄 알았는지 다양한 계좌에 돈을 나눠서 숨겨두었고 암호 화폐로도 바꿔놨는데, 암호 화폐는 당시에 비해 가치가 60퍼센트 넘게 하락한 상태다.

변호사는 셰인이 돈을 숨겨둔 계좌번호 일부를 우리 쪽에 넘기는 조건으로 형량을 줄이려 시도하면서 버틸 것 같다고 했다. 하지만 우리는 그의 요구를 전혀 수용하지 않을 생각이다. 그래야 할 이유도 없다.

경찰은 그의 소지품 중에서 염화칼륨이 담긴 주사기를 발견했다. 사람의 심장을 마비시킬 수 있는 약이다. 그가 일하는 병원에서 가져온 약으로 추정되어 경찰은 그에게 불법 약물 취급 죄도 추가했다. 또한 그의 침실 벽장 맨 위 선반에서 부동액 통도 발견했다. 차고에 있어야 할 물건이 선반에 있는 것도 이상한 일이었다. 집 안 곳곳을 확인해본 결과 구강청결제, 우유, 커피 크림 등이 부동액으로 오염된 것으로 밝혀졌다. 경찰은 그가 나를 독살하려 했다고, 독살이라는 방법이 먹히지 않을 경우 염화칼륨을 주사해 내 심장을 멈추게 할 작정이었다고 결론 내렸다.

악몽 같은 상황이었다. 더 심각한 일이 일어났을 수도 있었다. 그 문제를 오래 생각할수록 몸까지 욱신거렸다. 그는 자기 계획을 실현하기 위해서라면 무슨 짓이라도 했을 사람이었다.

나는 죽을 수도 있었다.

그는 내 돈을 챙겨 달아났을 것이다.

그가 외조부모님이 나를 위해 신탁에 넣어둔 자금까지는 발견하지 못해서 다행이었다. 나는 신탁 자금의 계좌번호를 은행의 안전 금고에 넣어두었다. 나는 내가 번 돈으로 잘 살아왔다. 외조부모님이 물려주신 집도 있으니 굳이 신탁을 건드리지 않고 매년 이자가 쌓이게 놔뒀다. 그 계좌에 쌓인 돈이 지금 얼마나 되는지는 나도 모르겠다. 만약 셰인이 신탁에까지 손을 뻗었다면 아마 전부 털리고 말았을 것이다.

마리솔이 플라스틱 컵을 손에 들고 물었다.

"어디로 갈 생각이야?"

오늘 대학생들을 고용해 큰 가구들을 이삿짐 트럭에 싣게 한 후 나머지 잔짐들은 친구들과 함께 정리해 실었다. 내일 이 동네 북쪽에 위치한 창고로 짐을 옮겨서 보관해둘 예정이다.

나는 늘 이곳을 고향으로 생각하며 살겠지만 이제 공식적으로 뿌리 없는 존재가 됐다. 그래도 이곳 퀴너섹블러프에는 친구들이 있고, 외조부모님과 함께했던 어린 시절의 추억이 있다.

"내일 저녁 비행기야. 시애틀부터 시작해서 이 나라를 횡단하려고. 내년 이맘때쯤에는 대서양 반대편에 가 있을 수도 있어."

대학 시절을 제외하고 평생 퀴너섹블러프라는 작은 거품 속에서 살았다. 대학을 다닌 4년 동안에도 여기서 한 시간도 채 떨어지지 않은 동네에서 살았다.

이제 멀리 떠나볼 때가 됐다. 여기보다 덜 완벽하지만 덜 고립된 곳을 찾아서.

과거를 뒤로 흘려보낼 수 있을 만큼 풍성한 경험을 쌓고 싶다.

여기서 계속 살다 보면 내 인생으로 들어오려는 사람을 무조건 불신하고 남은 인생을 지긋지긋해하면서 허비할 것 같다.

셰인 넛센은 내 존엄과 온전한 정신과 돈을 훔쳤지만 덕분에 나는 유일한 내 것인 삶을 온전히 누리게 됐다.

다시는 이 삶을 어느 누구에게도 빼앗기지 않을 것이다.

감사의 말

무엇보다 편집자 제시카 트리블과 샬롯 허셔에게 진심으로 감사드린다. 두 분의 넘치는 열정과 격려, 통찰력 있는 안목이 없었으면 이 책은 세상에 나오지 못했을 것이다.

내가 잔뜩 쌓아둔 설거짓거리를 늘 깨끗이 치워주는 남편에게도 고맙다는 말을 전하고 싶다. 한창 원고에 집중하던 시기에 결혼하는 바람에 남편은 나랑 살기가 쉽지 않았을 것이다. 그래도 바쁘지 않을 때는 함께 즐거운 시간을 보낼 수 있으니 서운함을 덜길 바란다.

제일 오래 알아온 친한 친구 헤더에게도 고마움을 전한다. 헤더는 내가 이 이야기의 초안을 쓰고 순조롭게 작업을 진행할 수 있도록 옆에서 늘 나를 지켜봐주었다(글쓰기 소프트웨어 오류 때문에 원고 3분의 1가량이 날아가 펑펑 울었을 때도 나를 바보 같다고 비난하지 않았다).

귀중한 업계 정보를 알려주고, 근거 있는 낙관주의로 늘 내 불안을 누그러뜨려준 에이전트 질 마설과 내 책이 다른 나라 독자들에게도 전해질 수 있도록 물심양면으로 도와준 APub의 토머스 앤머서 팀에게도 깊이 감사드린다.

내가 너였을 때

1판 1쇄 인쇄 2020년 6월 15일
1판 1쇄 발행 2020년 6월 22일

지은이 민카 켄트
옮긴이 공보경
펴낸이 김기옥

문학팀 제갈은영 | **마케팅** 김주현
경영지원 고광현, 김형식, 임민진

표지디자인 김형균 | **본문디자인** 고은주
인쇄·제본 (주)민언프린텍

펴낸곳 한스미디어(한즈미디어(주))
주소 04037) 서울시 마포구 양화로 11길 13(서교동, 강원빌딩 5층)
전화 02-707-0337 | **팩스** 02-707-0198 | **홈페이지** www.hansmedia.com
출판신고번호 제313-2003-227호 | **신고일자** 2003년 6월 25일

ISBN 979-11-6007-486-4 03840

한스미디어 소설 카페 http://cafe.naver.com/ragno | **트위터** @hans_media
페이스북 www.facebook.com/hansmediabooks | **인스타그램** @hansmystery